『みな殺しの歌』目次

夜と霧の使者

1

凶銃は、クロームで被膜した漆黒の銃身を鈍く光らせ、冷たくスマートな形態を床に横たえていた。

クロームの下から、見事な焼き入れの波紋を見せた深いブルーの特殊鋼の地肌がうかがえた。光線のかすかな乱れを撥ねかえして碧い宝石めいた炎を、かげろうのようにチラチラと燃えたたせた。

凶銃は、ドイツが世界に誇るダブル・アクションのワルサーＰ38改、細長い銃身と小さな撃鉄が露出した口径九ミリ、約〇・三五インチだが習慣的に三十八口径とも呼ばれている九連発自動拳銃であった。普通のワルサーＰ38は、一発ごとに引金を絞るセミオートだが、その凶銃はフル・オートマチック・タイプで、スイッチ・レヴァーを切り替えると機銃のように引金を絞ったまま連射できるように特別に作られていた。

そのワルサーは、人を死にひきずりこむような妖しい磁気を放っていた。

静かに床に横たわっているだけでも、凶銃は不吉な生き物のように生きていた。人の心に潜む暗く暴虐な深部に魅入る魔力を秘めて眠っていた。そのそばに発射のガス圧とエジェクターで遊底からはじきだされた真鍮の空薬莢が無心に転がっていた。

そして、犠牲者は——下腹部に、熱く焦げた弾を一発射ちこまれて、床に四つん這いになっていた。

銃弾はその男の臓腑を抉り、背中に柘榴の熟しを踏み躙ったような射出口を残して壁を貫いていた。

その男は四十を少し越した年頃だった。体の下はねばねばする血の海だった。壁ぎわから這ってきたものとみえ、血の引きずられた跡が続いていた。男は脂汗のしたたる痩せた蒼白な顔をあげ、荒い呼吸で喘いでいた。

床に横たわったワルサーをはさんで、フェドラのソフトをあみだにかむった背の高い男が、椅子にまたがり、椅子の背に顎をのせて、苦しみ続ける犠牲者を冷ややかに見下ろしていた。肩幅は広く、浅黒く整った顔に暗い瞳が深かった。

「さあ、もうひとがんばりだ。あと一メーターも動けば、その拳銃に手がとどくぜ」

浅黒い顔の青年は、名前を衣川恭介といった。抑揚のない冷たい声をだした。

射たれた男は島津といった。品川精化の社長であった。島津は苦痛と憤怒にひきつった瞳をあげた。

「……………」

罵りの言葉を吐きだそうとした島津の口から、内部をズタズタにされた腹に充満した血があふれでた。

「さあ、遠慮せずにその拳銃を取りなよ。弾はまだ七発残っているぜ。俺をやっつけるには充分すぎるくらいの量だ」

衣川は唇だけを動かし、乾いた声で笑った。

島津は濁った血の塊を吐きだした。

その瞳は床のワルサー自動拳銃に戻され、再び憑かれたような光を帯びてきた。魅入られたように拳銃を見つめて動かない。

「いい拳銃だろう？　そうは思わないかね？　ワルサーP38、ナチス・ドイツのゲシュタポやアイヒマン親衛隊の愛用銃だ。ワルサーが火を吐いて、何十万、何百万のユダヤ人が闇から闇に消されていったのだ」

衣川は感情を殺した声でしゃべった。

島津は消えゆく力を必死にふりしぼって、一寸刻みにワルサー拳銃に這い寄った。再び咳こみ、血の塊が、ゴボゴボと口からあふれ出た。

「どうだ、この拳銃を見つめていると、引きずりこまれるような気になるだろう？　このワルサーはな、かつてナチスの死刑執行人の最高責任者で、ヒットラーの懐刀（ふところがたな）といわれた、ウイルヘルム・ケストラーが特別に注文して作らせた愛用銃なんだ。最高の技術者が念には念を入れて作った。製造番号はワルサーＰ38の軍用制式採用年一九三八年と開戦記念日一九三九年九月一日を組み合わせた三八三九一号さ。銃把の裏側をひっくりかえしてみな。Ｗ・Ｋのイニシァルが刻まれてあるから……」

衣川は冷たい声でしゃべり続けた。

島津は憑かれたような瞳でワルサーを凝視し、血の筋を床にひいてにじり寄ってきた。

「ケストラーはこのワルサーを腰の革ケース（ホルスター）にぶちこんで、大量虐殺の場には、必ず登場した。昨日は三百万人を殺したアウシュヴィッツのガス室に現われ、今日はブッヒェンワルトの大焚殺場（だいふんさつじょう）に飛び、あすはカチンの森でポーランド士官一万の殺戮（さつりく）に加わったと伝えられている。

夜と霧の影を吸って、残虐のかぎりを尽くしたこの凶銃は、ナチスの滅亡とともに、歴戦の勇士であった米軍士官によってアメリカに持ち帰られたんだ」

「…………」

「この凶銃を手にしたときから、その士官の運命は狂った。奴は退役し、シカゴのギャングの群れに身を投じてしまった。凶銃は血に飢え、血を吸わずにはいられないんだな。

この凶銃は、アメリカでも非道の限りを尽くしてきた。アメリカでいったい、一日に何人の人が射たれていると思う？　合衆国のどこかで、二十四時間ごとに、四人の男と一人の女と二人の子供が射たれているんだぜ。統計ではな。そのうちの一割は、この凶銃が血祭りの生贄(いけにえ)にあげてきた……」

島津の右手は、ワルサーから二十センチのあたりまでとどいた。

「むろん、持ち主は転々としたさ。いずれも射殺されてな。男と生まれた以上、このワルサーを自分のものにせずにはおられぬガン・マンがごろごろしているから、この持ち主は自分自身も銃火を浴びて滅びていくわけさ。

マフィアの大親分のアナスタジアを射殺したのもこのワルサーだ。そのあと全米のギャング・シンジケートの大親分がニューヨーク市西北方の田舎町に続々車を連ねて駆けつけた、有名な〝アパラチンの首脳会議〟にも、アナスタジアのライバルで危うく暗殺されるところだったニューヨークの大親分コステロの用心棒、マイク・コールハンの腋(わき)の下にこいつをしのばせてあった――」

衣川は息をついだ。

島津の右手はワルサーから十センチの近さにあった。

「それがどうして日本に流れてきたか？　女に迷ったマイクは、親分に渡すはずの競馬のノミ屋の集金十数万ドルを使い込んだ。それがバレて、マイクは土地(シマ)を売って高とびした。ラス・ヴェガスのジョーニー・マルチネーズ親分を頼ってな。だけど、仁義を破った回状持ちのヤクザを待っていたのは、コステロ親分から回されて先にヴェガスに着いていた殺し屋さ。マイクはこのワルサーを射ちまくって逃げた。一年ほど南米やハワイを転々とした。どこにもいることができなくて、流れ流れた終着駅が東京よ。悪性の胃癌で半死半生でな。マイクにとって、東京は人生の終点にもなったわけさ。

俺のやってるバーに幽霊みたいな顔で現われて、カウンターで倒れたんだ。奴は、できることなら俺にホールド・アップでもやりたかったろうが、もうその体力も気力もなかったよ。奴は俺のバーの屋根裏で二日だけ生きていた。二日もあればいろいろのことがしゃべれるさ。俺はその凶銃についていろんなことを知ったよ」

2

島津の顎の先から、脂汗がしたたり、音をたてて床に落ちた。瞳には、祈りにも似た光があった。力いっぱいに伸ばした右手から、ワルサー拳銃は三センチと離れてなかった。

「辛(つら)いか？　苦しくなくはあるまい？　だけどな、苦しんだのはあんただけではないぜ――」

衣川は陰気に笑った。

「お前さんたちは、俺の兄貴の腹に、弾頭先端を斜めに削った四十五口径のダムダム弾をブチ込んで、顎がはずれるほど笑いこけた。いや、それだけじゃない。腹を射つ前、なぐさみに兄貴の両耳や手足の指を射ちとばしていった。みんなで、よってたかってな……」

衣川の声がとぎれた。

必死の体力をふりしぼった島津が、ワルサーに手をとどかせたのだ。

衣川はすっと長い脚を突き出した。足首を曲げて、ワルサーを自分の方に引きよせた。島津の右手と拳銃は、再び十センチほど離れた。島津は呻いた。

「どうだい、これで兄貴がどんな気持ちだったか、ちっとはわかったか？　ギザギザに抉られた臓腑を血でいっぱいにして、かなわぬまでも一矢を報いたいとなめくじのように這っていき、ついに力尽きて死んだ兄貴の気持ちが……」

木彫りの面のように無表情な衣川の顔に、唇のあたりだけが苦く笑っていた。

「確かに兄貴は、お前さんたちから見れば邪魔者だったろうよ。組織から抜けて足を洗ったんだからな。

それだからといって、兄貴をこの山荘におびきよせて、猫が鼠をいたぶるようになぶり殺しにしていいってことはあるまい？

兄貴は自分が足を洗ったからって、あんたらのやってたことを警察に密告するような男ではなかった。あんたたちもそれはよく知ってたはずだ。

それだのになぜ兄貴をなぶり殺しにした？　退屈してたのか？　気ばらしに兄貴をいたぶったのか？　それだけじゃああるまい？

兄貴は何か大変なことを知ってた。あるいは、何か重要な物を隠してたのかもしれない。あんたたちは、それを兄貴にしゃべらそうとしたんだ。違うかね？」

衣川は静かに言った。

島津は体を痙攣（けいれん）させながら、再びワルサーに近づこうとしていた。苦痛の余りか目から涙が流れた。

「それが何なのか。あんたに聞いても教えてはくれまい。もう口をきくことはできそうにないからな。

俺は慌（あわ）てないよ。お前さんの仲間はあと六人、兄貴がいれば八人だった。俺は残りの奴らからゆっくり聞いていく。楽しみはのばすほどいいって言うからな」

衣川は不敵に笑った。

「だけど、復讐の誓いはこれ以上のばされない。俺が承知しても、その凶銃が血を見ずにはおさまらないんだ」

島津は出血にともなう悪寒（おかん）がしてきたのか、マラリアに憑かれたような震えに襲われていた。震えながらも、拳銃に向かってにじり寄ってきていた。

「俺は待った。兄貴がやられてから、五年間ものあいだ。長かった。その間に、あんたらは合成モルヒネ密造の工場をたたんで、違う分野で成功者となった。それぞれ昔のことはおくびにも出さずにな。浮かばれないのは兄貴だけだ。俺は怒りに血がたぎっても、あんたたちの勢力を考えると、泣き寝入りの格好になっていた。

諦めていたわけではないぜ。寸暇を惜しんでは小銃（ライフル）の標的練習と散弾銃（ショット・ガン）のクレー射撃をやって、カンと熟練を積んでいたんだ。

それが、ふとしたことからワルサーが俺の手に入ったのだ。

やっぱり、俺もこの凶銃に魅入られて運命を狂わせたらしい。昔の気弱な俺は死んでしまって、生まれ変わったんだ。この銃を持つと無性に人を殺したくなる。怖いもの知らずの気持ちになって、いままで心の奥にひそんでいた残忍性が疼（うず）きだす——」

衣川の声に、圧（お）さえつけたような興奮が高まり、瞳はギラギラ輝きだした。頬に血がのぼってきた。

「俺は、やると言った以上、生ぬるいことはしない。あんたの仲間の残り六人にも、熱く焦げた銃弾をたっぷりご馳走してやるぜ。まあ、あんたも、地獄ででも仲間とめぐり合うことだな」

衣川の硬い唇は、冷笑にまくれあがった。

島津は霞（かす）む目を見開き、ワルサーを右手でさぐりあてていた。

高熱を持って震える体に最後の気力を奮い起こし、ワルサー自動拳銃を持ちあげはじめた。

衣川は椅子から素早く離れた。

左足を出し、拳銃を握った島津の右手首を踏みつけた。骨が軋んだ。

衣川は鋲を打った靴裏を、力をこめて踏みにじりながら、島津の指の方に移動させていった。

島津の指が折れた。拳銃が離れた。島津は低い悲鳴をあげて咳こんだ。

衣川がワルサーをすくいあげるのと、島津が内臓から逆流してきたおびただしい量の血を吐き出すのがほとんど一緒だった。

衣川は跳びじさった。茶色い胆汁のまじった血が床に拡がった。

島津は喉につまった血に噎せて、自分の吐いた血塊に顔を突っ込みながら、背中を波打たせていた。背広の背中をギザギザに破った射出口から、桃色を帯びた腸がはみ出てきた。

衣川は、苦悶する島津を冷ややかに見下ろしていた。

その唇が冷笑に歪んだ。ワルサーを握った右手の親指が動いて、スイッチ・レヴァーを完全自動の位置に切り替えた。

唇の歪みが深まるとともに、引金にかけた人差し指がかすかに白くなった。

ワルサーは、ガッ、ガガガガ——と、続けざまに短く咳こんだ。閃光を続けざまに吐きちらす銃口は小刻みに躍り、火薬の高熱に赤みがかった空薬莢が斜め上に雨のように流れた。

衣川はワルサーの銃口を左から右に移した。

島津の頭は初めの一発で、左半分がフッとんでいた。銃弾が貫き抜けたとき、一緒に飛んだ頭蓋骨が、壁にグシャッと当たって転げ落ちた。

あとは、島津の顔がパルプのように粉砕される血しぶきと脳髄と骨皮の飛沫の連続であった。

連続射撃の音は、木立ちの間をはねかえり、遠く闇の中に消えていった。

弾倉を射ち尽くした衣川は、銃把の弾倉室から弾倉を引き抜いた。遊底は自動的に開いたままとまっていた。

ポケットから米国レミントン社製の九ミリ・ルーガー弾を詰めた革サックを出した。

ワルサーP38、ブローニング・ハイ・パワー十四連のようなヨーロッパ系軍用自動拳銃は、ルーガー一九〇八年モデルと同じように九ミリ・パラベラム・ルーガー弾を使用する。

遊底止めを圧して遊底を閉じておき、そのルーガー弾を、弾倉の上端から八発詰めた。カチンと音をたてて、装塡した弾倉を銃把の弾倉室に叩きこんだ。遊底の先の薬室はあけていることになった。

島津は、頸骨をむきだして完全に死んでいた。顔がないから、死体を発見した者はまごつくだろう。

衣川は念のためにワルサーに安全止めをかけた。P38独特のメカニズムによって撃鉄は自動的に安全位置に倒れたが、撃針も自動的に固定される。衣川は、その拳銃を背広の下に左の肩から腋の下にかけて吊った革ケース（ホルスター）に突っ込んだ。トレンチ・コートのベルトを締め直し、スエードの薄い手袋をはめた。

電灯を消して小さな山荘の外に出た。玄関の外に、心臓を一発で射ちぬかれた島津の用心棒が、S＆W（スミス・アンド・ウエッスン）口径三十八の輪胴式拳銃（リヴォルヴァー）を握った右手を投げ出して死んでいた。

衣川は、ススキと独活（うど）の仙石原（せんごくはら）の高原に歩み出した。はるか谷をへだてた小涌谷（こわくだに）の湯煙が、かすかに雲間をきれる月光を受けていた。

しばらく行くと、林に入った。林から山道に抜けると、点滅する小さな灯火が遠くに見えたが、初めの人家が近づいたのは、島津の山荘を出て三十分ぐらいあとだった。

衣川は深くトレンチ・コートの襟を立て、ソフトを目深（まぶか）にかむりなおした。

風が冷たく吹きすさび、道の両側の松が唸った。

石ころ道を降りきって、バス通りをしばらく行くと、渓谷に向かってせり出した空地に青灰色のヒルマン・ミンクス・スーパー・デラックスが停めてあった。

衣川はその車に乗りこんだ。兄貴が生きてたとき買ってくれた新宿のバーを叩き売って買った車だ。車を発車させて、小田原の方に車首を向けた。

3

衣川が東京に戻ったとき、すでに時刻は午前二時半を回っていた。

その夜は偽名で新大久保の二流ホテル〝みかさ〟の三階に泊まった。料金前払いだ。車はずっと離れた空地に置いておいた。

荷物は銃身部と受筒（レシーヴァー）や銃床部分に分解したスライド・アクションのレミントン・ゲーム・マスター〇・三〇－〇六口径の大口径小銃と弾箱だけだった。

分解した小銃は、バッグにしまってあった。バッグを見ただけではゴルフ用具入れとしか見えない。弾箱も入れてある。

俺の持っているのは、銃と車と凶暴な心だけか、衣川は部屋に持って来させた冷肉を噛みしめながら鼻を鳴らした。

食事を終えると、背広を脱いで肩掛けケース（ホルスター）に入れたワルサーをベッドの上に置いた。小銃（ライフル）のバッグを開いて、乾いた布、槊杖（さくじょう）、ガス取りクリーナーの缶、ミシン・オイル、ドライヴァーなどを出した。

ワルサーの銃把の弾倉室から装弾された弾倉を引き抜いておき、ワルサーの分解にかかった。よく掃除しておかないと内部に錆（さび）でもついたら恥だ。

遊底をひき、遊底の刻みにスライド・ストップを噛ませた。遊底は開いたまま止まる。ついで衣川は、銃身止めのラッチを前に回す。そうしておいた銃身と遊底を銃体から前に抜き出すのだ。あとは手とドライヴァーでバラバラに分解した。

発射のとき、ガスの残滓(ざんし)のついた銃身の内腔をガス取りクリーナーで清掃した。他の部分は丹念にオイルをくれた。

再びワルサーを組み立て終わって、ビロードの布で表面を磨きあげた。ワルサーは無気味さをたたえてギラリと輝いた。

衣川は道具をバッグにしまい、クリップ弾倉を詰めたワルサーをホルスターに入れた。

ベッドに腰をおろした途端――、窓ガラスに小さな穴があき、放射状のヒビが突っ走った。危うく衣川の頬をかすめた銃弾は壁を貫いた。漆喰(しっくい)の粉がパアッと飛び散った。砕けた窓ガラスがベッドに降りそそいできた。

銃声は遠く、街の騒音と風に吹きちらされて、よくは聞きとれなかった。

衣川は拳銃の入ったホルスターを摑(つか)んでベッドから転げ落ちた。

続けざまに十発近く襲ってきた銃弾の一つが上にそれて蛍光灯をブッ飛ばした。衣川は素早くベッドの下にもぐりこんで難を避けた。

暗闇の部屋に絶えまなく銃弾が射ちこまれた。銃弾をくらった壁が悲鳴をあげ、漆喰の粉末がもうもうとたちこめた。

衣川の瞳は、すぐに闇に慣れた。弾道が立ちあがった胸の高さより低くはさがらないことも見きわめた。

パトカーのサイレンが遠くから近よってきた。その音は刻々と数を増していた。

衣川は床に蹲(うずくま)ってトレンチ・コートを羽織り、小銃(ライフル)のバッグを左手にとりあげた。弾道の死角である左の壁ぎわを伝わってドアの所までついた。

スライドをひいて薬室に実包(じっぽう)を送りこんだワルサーを右手に構え、廊下に身を投げ出すようにして跳(と)び出した。

途端に、階段の上端から、銃火が毒々しい炎を吐いた。弾は衣川の頭上五センチのあたりを、ビシッと鋭く空気を引き裂いて飛び去った。ほとんど同時に、耳をつんざく〇・四五口径コルト・ガヴァメントの轟音が爆発した。

スイッチ・レヴァーを半自動(セミ・オートマチック)の位置にした衣川は、ほとんど狙いもつけずに引金を絞った。

パキューンと、つきぬけるような発射音を残したワルサーは、右手から快いショックを衣川の全身に伝えた。

階段の上端で第二弾の狙いをつけていたずんぐりした男が、脳天を巨大なハンマーで叩きつぶされたように、〇・四五口径を放りだして瞬間的に尻餅をつくとともに、バウンドしながら階段を転げ落ち、踊り場の壁に叩きつけられて身動きもしない。

衣川は二段とびに階段を跳び降りた。踊り場の隅に倒れている刺客には見覚えがなかった。ホテルの部屋部屋から、圧し殺したような女の悲鳴が聞こえてきた。

ロビーでは、ボーイやクラークが茫然とした顔つきで階段を見上げていた。何が起こったのか見当がつかぬらしい。

衣川は拳銃をホルスターにしまって、ロビーに走り降りた。

「いったいどうしたんだ？　こんな物騒な所に一晩でも泊まれるもんか」

と、聞こえよがしに言い捨て大股にホテルから出ていった。パトカーのサイレンは二手にわかれていた。その一団はこちらに近づいてきた。

衣川は足早に空地に近より、車の荷入れ(トランク)の中にライフルのバッグを入れた。素知らぬ顔で走りだした。

ホテル〝みかさ〟から二百メーター以上も離れた三階建てのライオン商事のビルを、パトカーや警察トラックがとりかこんでいた。群がる野次馬を巡査が必死で追っぱらっていた。

ライオン商事のビルは、警官隊のトラックから浴びせかけられるサーチライトの白熱の光線のなかに浮いていた。

ビルの屋上で、マスクをつけた二人の男が強烈な光を浴びて必死に逃げ道を捜していた。

二人とも、ボルト・アクションのウインチェスターM70の小銃(ライフル)を提げていた。

そのビルには、外側に非常階段がついてなかった。野次馬の話を拾いあわせてみると、狙撃者たちは、ビルの管理人を昏倒させて屋上に登って狙撃を開始したが、目を覚ました管理人が縄から抜け出て、屋上の昇降口の鉄扉に鍵をかけてしまったらしい。

「武器を捨てろ！」

警察トラックの蔭で、日焼けした警部がマイクを通してどなった。

「むだな抵抗はやめろ、お前らはとりかこまれている。おとなしく武器を捨てるんだ！」

スピーカーは繰り返し繰り返し怒鳴った。

屋上からの返答は、二発の一斉射撃の轟音であった。

二台のパトカーの屋根に、青紫の閃光と無気味な音をたて裂け目ができた。野次馬は悲鳴をあげて逃げまわった。

五十人を越す警官隊はパトカーやトラックのフードの蔭に隠れて、S＆W制式拳銃を突き出した。

「射てっ！」

マイクを摑み、のびあがって命令をくだした主任警部は屋上から発射の閃光がひらめくとともに、首の左半分の肉を射ち千切られ、地ひびきたてて転がった。屋上の連中は口径〇・三〇－〇六のマッシュバーン弾頭を使っているらしい。ダムダムであるマッシュバーンは、目標物に当たった途端、大きく拡がって残酷な傷を残す。

警官隊は怒り狂って、無茶苦茶に乱射しはじめた。

鼓膜が千切れるほどの炸裂音が続けざまに起こり、ビルの屋上のコンクリートの縁(ふち)は、銃弾に削られてグチャグチャになった。

4

屋上の連中は、銃火にさらされながらも頑強に抵抗をやめなかった。警官隊は、次々に正確な死に見舞われた。

パトカーや警察トラックは、あとからあとから駆けつけてきた。いずれも完全武装した警官を満載していた。ヘリコプターも来た。

屋上の連中が最後に残った一発の弾を自分の心臓にブチ込んで自決をとげたときまでに、合計十四人の警官が冷たいむくろと化していた。

ともすれば腋の下のワルサーの銃把にいこうとする右手の疼きを懸命にこらえて、物蔭で射ちあいを見守っていた衣川は残念そうに現場を離れた。

すでに夜が明けかかっていた。空の色は刻々と変化していた。衣川はヒルマンに乗りこみ、西新宿四丁目の真美子(まみこ)のアパートをたずねた。

真美子の住んでいるアパートは、角ばった鉄筋コンクリートの三階建てであった。真美子は二階の左端にある六畳と四畳半とダイニング・キッチンとバス・ルームの一揃いを借りていた。

アパートのそばまで来たが、中に入る決心がつかず、長い間、車の中に坐ってタバコを吸っていた。牛乳配達の自転車が耳ざわりな音をたてて通り過ぎた。しばらくすると、新聞配達の少年が次々に車のそばを駆けぬけていった。

アパートの窓にところどころ灯火がつきはじめた。タバコを七、八本灰にした衣川は、車から降りて、香月荘と書かれたアパートの階段をゆっくり登っていった。

その部屋のドアの横に、新納真美子と名札が出ていた。衣川はベルを押した。

しばらくして灯火がついた。覗き穴のカーテンを引いた真美子の唇がO字形に開いた。衣川は目礼した。すぐにドアが開いた。

真美子は薄紫のネグリジェの上に、形のくずれたローブを引っかけていた。二十四歳の年よりずっと若く見えた。

「恭介さん！」

濁りのない声だった。

「追われてるんだ。二、三日でいいからかくまってくれる？」

衣川は圧し殺したような声で囁いた。

真美子のハート形の顔に一瞬、不審げな表情がかすめたが、体を斜めにして手招きした。

「ありがとう。車を片づけてくるから」

衣川は一礼して階段を降りていった。車から自分の居所をつきとめられない用心に、ヒルマンを遠く高田馬場の早大体育館のあたりに乗り捨て、分解したライフルや実包の詰まったバッグをトランクから取り出して、タクシーを拾った。

真美子は濃いコーヒーを沸かして待っていた。衣川はライフルのバッグを床に置いて、テーブルについた。

熱いコーヒーを啜ると、人心地がついてきた。

「島津を殺ったよ」

衣川は他人ごとのように言った。

「あの島津さん？」

コーヒーをかきまぜていた真美子のスプーンが音をたててカップに当たった。

「そう、あの島津だ。君と婚約までしていた兄貴をなぶり殺しにした奴らの一人だよ」

「…………」

真美子は喘いで空つばを飲んだ。

「まだまだ、殺戮は始まったばかりだよ。まだ死ななければならない者が六人いる」

衣川は残りのコーヒーをガブ飲みした。

「舟橋…小田…三国…高橋…坪田…大村……」

真美子は呟いた。

「お店は前の所？」

衣川は話題を変えた。

「去年から〝ドノヴァン〟に移ったのよ。やっぱり銀座ですけど、六丁目……」

「長い間ごぶさたしてしまったね。兄貴がああなってしまってから来づらくて……」

「あなたのようにお兄さん思いの弟さんを持って、あの人も草葉の蔭で……」

真美子は涙のあふれてきた目を伏せた。

「俺にとって兄貴は、小さいときから偶像だったんだな。柔道や拳闘を教えてくれたのも兄貴だった。気の弱かった俺が上級生にいじめられたとき、無理やりにそいつと俺を対決させて、俺に度胸をつけてくれたのも兄貴だった。

それに、兄貴は頭もよかった。押しだしもよかったけれどね。兄貴が予科練を一発で受かったときは、俺にとって兄貴は神様のように見えたな。

ところが、戦争が終わって帰って来た兄貴は、どっか前の兄貴と違っていた。俺たちのおやじもお袋も、戦災で死んでしまっていた。俺は長野に疎開していて生き残ったんだ」

「…………」

「そう、兄貴は前と変わっていたな。俺には優しい兄貴だったけど、どこか心の中に空白な穴があいていたよ。金もうけのためならどんなことでもやったらしいな。

商売となると冷酷無情のくせに、どこか妙にさびしがりやのところがあるんだ。三日も四日もキャバレーや待合にいつづけしているかと思うと、一日中部屋にこもって一人でレコードばっかり聞いていることもあった」

衣川はタバコに火をつけて、遠くを見る目つきをした。真美子はテーブルに顔を伏せて、背を波打たせていた。

「一時、兄貴は荒れに荒れた生活をして、俺もよっぽど殴り殺してやろうかと思いこんだ時期があったな。そんなとき、兄貴は君と会ったのだ。兄貴は君に一生を賭けたのだ。深酒もやめた。あくどい遊びもやめた。これから失った生涯を生き直そうとしたとき、兄貴は犬ころのように殺された」

衣川の瞳は沈痛な翳をたたえていた。

「だから、俺は兄貴を殺った奴らを生かしてはおけない。法が裁かなくても、俺の拳銃が裁く」

圧し殺したような衣川の声には、血に飢えたような響きがあった。

首脳部会議

1

飛魚(とびうお)のように尻尾を張った高級車が、中野哲学堂の近くにある舟橋の邸宅の門の中に、次々と吸いこまれていった。

まだ早朝の靄(もや)が静かな住宅街に立ちこめていた。衣川が真美子のアパートに転げこんだ時刻だ。

舟橋の邸宅は庭が広かった。百坪を越す建物が小さく見えるほどであった。続々と到着した高級車は、腋の下に吊った拳銃のふくらみを見せびらかした舟橋の部下たちの手で、奥の駐車場に誘導されていった。

車から降りた男たちは、寝不足で血走った目に、不機嫌と不安の交錯した表情をたたえていた。

ガウンをまとった舟橋と、衣川に虐殺された島津の経営する品川精化の専務取締役の田辺は、天井の高い図書館のような書斎で待っていた。おびただしい量の書籍が壁をとりまいていた。

案内されて入ってきた男たちは、三国をはじめ舟橋の旧友たち五人であった。書斎の真ん中に据えつけたマホガニーの円卓を囲んで、七人の男は着席した。

舟橋は円卓の葉巻函からペルフェクトを一本取り出し、左側の高橋に葉巻函を回した。舟橋は穏やかな目をした四十すぎの学者タイプの男であった。声も柔らかであった。共立建設の社長とは思えなかった。

「困ったことになった」

「島津が殺られたらしいね？」

舟橋の向かいに坐った三国が、確かめるように言った。精悍な顔だちの大男だ。都内のターミナルに四つのマンモス・パチンコ店を持っている。

「そう。衣川の弟にな。私らが奴の兄を殺ったときと同じように、島津は腹を射ち抜かれて苦しみぬいて死んだそうだ。ここにいる田辺君に、そのあたりの事情を説明してもらおうか」

舟橋は葉巻の端を嚙んだ。

「島津社長は衣川に仙石原の山荘におびきだされたわけです。用心して護衛を二人連れていきましたがね。

一人の護衛は山荘の外で見張りをしているところを射殺されましたよ。島津さんは腹を射たれた。残りの護衛は天井裏に隠れて震えてやがったのです。臆病な奴だ。射とうと思えば射てたのに、手足が硬直してしまって金縛りになっていたとくるから、笑い話にもなりませんよ」

田辺は苦々しげに言った。専務取締役といっても、何回も鈍器で殴られたようなしたたかな面構えをしていた。

「衣川は私たちに対する復讐を誓ったそうだ」

舟橋が補足した。

「衣川の若造はワルサーとかいう死人の怨霊のこもった凶銃を手に入れたらしいのです。それを持つと、人を殺さずにはいられないという……」

田辺は唇を歪めた。

「ナンセンスだ」

坪田が吐き出すように言った。頬骨のとがった蒼白な顔に三白眼が冷たい。大洋金融の大きな事務所を持ちながら、裏ではパクられた手形を暴力的に回収するサルヴェージ屋の元締めだ。

「衣川は島津さんが失血で朦朧としていくさまを充分に楽しみ、最後に機銃のようにワルサー拳銃を乱射して、島津さんの顔をフッ飛ばしてしまったんですな」

田辺が言った。

「臆病風に吹かれた屋根裏の用心棒は、そのあいだ震えるだけを仕事にしてたのかね？」

小柄な大村が冷笑した。大村は銀座に本店を置き、新宿、渋谷、上野にチェーン店を散らしたキャバレー〝フラミンゴ〟の持ち主である。

「衣川が出ていく物音を聞いて、やっと腰が抜けたのが治ったというから、ひでえ用心棒もあったものですよ。

それでも、おっかなびっくり衣川のあとを追ってみたが、すでに影も形も見えない。そこであわてて山荘に戻って、私の所に長距離電話をかけてきたというわけです」

田辺は言った。

「田辺君はなかなかやるよ。電話を受けるとすぐ、衣川の顔を知っている新宿のヤクザを雇ってきてね、多摩川にかかって東京と神奈川を分けている大師橋、六郷橋、多摩川大橋、丸子橋などの袂に配置したんだ。なにしろ、衣川が箱根仙石原から東京に戻るにはどうしても多摩川を渡ることになるからね」

舟橋が穏やかに笑った。

「車に乗った京浜第二国道の多摩川大橋で網を張ってた連中が、疾走してくる衣川のヒルマンを見つけて追跡しましたよ。衣川が新大久保のホテルに入るのを見届けて、フロントで部屋の番号を聞き出すぐらいわけはないですからね。小田さんに衣川のルーム・ナンバーを連絡して、うまく取りはからっていただこうとしたんですが……」

田辺はニヤリと笑って語尾を濁した。

「そう言われると俺は頭があがらんよ」

肥満した小田が苦笑した。

小田の職業が何であるかを知っている者はそう多くはない。ただ邪魔な人間を消してもらいたいときは小田に電話をかけ、金を払いこむと、引金をひきたくて人差し指が疼いている若い者を即座に派遣してくれる。殺し屋は誰のために何の目的で殺すのか知らされないまま、犠牲者の体に鉛の塊をブチこむ。小田に頼むと、金は高いが、決して後くされがないという定評だった。

「いやはや、まったく頭があがらんよ――」

小田は繰り返した。

「さっそく三人ばかり、衣川のところにさしむけたんだがね。奴らは怖気づいたと見えて、遠くのビルから衣川を狙撃したんだ。ところが、気絶していたビルの管理人が目を覚まして、奴らを屋上に釘づけにしてしまった。奴らはたちまちポリどもに囲まれて自滅してしまったんだから世話はない。拳銃を持ってホテルに直接衣川を襲った奴はあっさりやられてしまうし、衣川は行くえをくらましてしまうし……」

2

「これで、私が諸君をここにお招きした理由は分かっていただけたと思う」

舟橋は葉巻の煙を吹き出した。

「その前に聞いておきたいことがあるんだが……島津の死体はどうしたね？」

三国がギョロッとした眼を田辺に向けた。

「むろん、警察には知らさず、殺された用心棒と一緒に山荘の中に安置してありますよ。あの山荘はめったに人が近づくような所でなし、しばらくは大丈夫と思いますが……」

田辺が三国を睨み返した。

「いつまでも島津の死を世間に隠しておくわけにはいかんだろう？　社の仕事にもさしつかえがあるし」

「ですから、今日この席で皆さまのいいお知恵を拝借したいと思いまして……」

「主治医にたっぷり握らせて、心臓麻痺の診断書でも書かすんだな」

坪田が冷たく言った。

「島津が死んで、実利的に誰がいちばん得をするだろうかな？」

三国は皮肉に唇を歪めた。

皆は軽い驚きの表情を浮かべた。

「まさか、私のことを言っておられるんじゃありませんでしょうね」

田辺の声は怒りに上ずり、頬に血がのぼってきた。

「誰も、君のことを言っていないよ。ただ、ね……」

「ただ、何とおっしゃる」

「一般的に言ってだね、社長が死ねば専務取締役が格上げになって、社長になる例が多いということさ。まして公募株もなく、咳どめ薬のエフェドリンからヒロポンを作ってアブク銭をかきあつめている会社では、社長に知られたくないことをやっている専務取締役もいるかもしれない」

「奥歯に物のはさまったような言い方はやめてください」

田辺はピクピクと頬をひきつらせた。

「俺に命令するほど偉くなったのかね、え、田辺？」

三国は、声を高めた。

「もういい、もういい。内輪もめはもう沢山だよ、三国君」

舟橋は穏やかな声で制した。

「そんなことより、私たちのなすべきことは、いかにして衣川の気狂いじみた襲撃をくいとめるかということではないかね？」

「俺はまだ衣川の弟が島津を殺ったとは信じられないんだ。あいつにはそれほどの度胸がないと思うんだが」

三国は呟いた。

「しかし、事実は事実なんだよ、君」

「事実と言ったところで、田辺の言うことがはたして事実だろうか？」

「私に何か恨みでもありそうな口ぶりですね」

田辺はふてくされた。

「恨みなんかないさ。しかしな、田辺、お前さんの言うことを一から十まで信用することはできねえってことさ。俺は馬鹿踊りを踊らされるのは大嫌いなたちでね」

三国は鼻を鳴らした。

「三国、そう荒れるなよ。島津とお前が親友だったことはみんな知っている。そうだといって、田辺にまで八つ当たりするのは見苦しいぜ。衣川が島津を痛めつけているあいだ、屋根裏で震えてたという間抜けな用心棒は田辺が命じて処刑したそうだから、気を鎮めてくれよ」

小田がなだめた。

「だから、ますます怪しいんだ。衣川が島津を襲った実況の目撃者はなくなった……」

三国はなおもブツブツ呟いていたが、不機嫌に黙りこんだ。

「さてと、いったい、衣川の若造に対する防禦手段はどうすればいいかね？」

舟橋が口をはさんだ。

「防禦なんか生ぬるい。一刻も早く奴を探しだして、奴の兄貴と同じ目にあわせてやることだな」

大村が酷薄な瞳を光らせた。

「奴の居所はまだつかめないのかね？」

黙々と葉巻を吸っていた高橋が初めて口を開いた。高橋は表向きは京橋に五階建てのビルを三つ持って貸しビル業を営んでいるが、裏に回るとサルヴェージ屋の坪田と手を組んだ手形パクリ屋だ。きれいな桜色の皮膚をした上品な男だ。

「奴は自分のやっていた新宿のバーを売って背水の陣をしいてやがるんです。車はその金で買ったらしい。機動力をつけるためでしょうね。ナンバーはわかってます」

田辺は説明した。

「その車を見かけたら、すぐに追跡させることにしよう」

小田が言った。

「なるべく生けどりにするんだ。畜生、俺たちに手むかうとは、なぶり殺しにしてもあきたらぬ奴だ」

坪田が吐き出した。

「それでは、奴を生けどりにできたら、うちの地下室に運びこんでいただきたい。音が外に漏れないからね」

舟橋が葉巻の煙とともに穏やかに言った。

「そうだな。警察に衣川が捕まってしまうと、俺たちの楽しみがなくなるから、なるべく警察に奴のことが漏れないようにしようよな」

小田がニヤリと笑った。

残りの男たちも頷いた。ただ、田辺だけは衣川の脅威を痛感しているだけに、彼らのように楽観ができなかった。

「しかし、衣川の若造をあんまり舐めていては大変なことになりますよ。やはり、腕ききの用心棒を三人ぐらいに増やして不意にそなえておかないと……」

「わかったよ。俺のところには油断ならない専務取締役はいないから、いらん心配はしないですむよ」

三国は皮肉たっぷりな口調で言った。

田辺の顔色が怒りにドス黒くなった。瞳に碧白い殺気のようなものがチラリと燃えた。

会議に参加した男たちは、舟橋と握手を交わし、用心棒を兼ねた運転手がハンドルをあやつる高級車のシートにおさまって、舟橋の邸宅から散っていった。

黒塗りのダッジ・デ・ソートのシートに身をゆだねた田辺は、窓外を流れゆく長いコンクリートの塀を睨みつけながら、口の中で低く三国を罵っていた。額の青筋がふくれあがっていた。

3

衣川は喉の渇きで目を覚ました。見なれない天井が瞳に映った。反射的に跳ね起きて、真美子のアパートのソファの上で寝ていたことを思い出した。

もう夜だった。卓子のスタンドの光が、衣川の影を長く天井に映していた。

毛布をおしのけた衣川は、ソファの上に坐り、首を左右に振った。窮屈な寝かたをしたため、首の骨がポキポキポキ鳴った。

真美子はすでにバーの勤めに出たらしい。衣川は着たまま寝込んだ上着の腋の下に手をやって、ワルサー自動拳銃がホルスターに入ったままなのを、無意識に確かめた。

立ちあがって、ダイニング・キッチンに入った。食卓の上に手料理が用意され、その横に夕刊と合鍵がおいてあった。

衣川は、魔法瓶の紅茶で渇きを鎮めると、タバコを吸いながら夕刊の社会面に目を通した。

昨夜の狙撃者のことは、紙面にわりに大きく出ていた。

狙撃者の死体から採取した指紋は前科者の指紋台帳にのってなかった。彼らが使用した二丁のウインチェスター・モデル・七〇の口径三〇－〇六スプリング・フィールド――一九〇六年に米軍制式実包となった〇・三〇インチ口径――小銃は、公安委員会に未登録のものであった。製造番号から全国の銃砲店に当たってみたが、どの店もその製造番号の銃を扱ったことはないと否定した。

狙撃者たちは銃の薬室外面と遊底桿に刻まれたナンバーを削り落としたかったのであろうが、なにしろなまじっかな彫刻の鑿が通らぬほどの硬度を誇るモデル七〇では歯がたたぬと見えて、製造番号にグラインダーをあてて中止した跡があった。

そのヤミの小銃から、試射された弾頭の条痕は比較顕微鏡にかけられ、犯罪に使われた三〇－〇六小銃弾の条痕写真と照合された。狙撃者の使った二丁のウインチェスターのうち一丁は、一昨年の春、江戸川放水路べりで悪名高かった高利貸しの金森の命を奪い、残りの一丁は昨年東京地検の鬼検事と言われた甲賀を即死させていた。口径〇・四五のG・Iコルトを持ってホテルに暴れこんで射殺された男の身許も、拳銃の出所も、不明であった。

闇から闇に生きて死んでいく殺し屋……と、新聞は昨夜の狙撃者を形容していた。

狙われたのが衣川であることも、警察はまだ衣川の名前まで知ってなかった。仙石原で殺した島津と用心棒のことも、新聞は一行も触れてなかった。

衣川は考えこみながら、ベーコンや卵や生野菜をふんだんに使った真美子の手料理を食い終わった。食器を片づけ、居間に戻って何本もタバコを灰にした。

ワルサーを腋の下の革ケース(ホルスター)から抜き出し、スタンドの光を撥ねかえす凶銃の、深く冷ややかな鋼鉄を見つめていると、いつしか引きずりこまれるような魔力の虜(とりこ)になり、衣川の瞳は熱にうかされたようにギラギラ輝きだした。

衣川は凶銃の安全止めを外し、遊底被(スライド)を引いて離し、弾倉の上端にバネの力でおしあげられている実包を銃身後端の薬室に装塡した。

銃に安全止めをかけると、撃鉄は自動的に倒れたが、独特の安全機構によって、その場合には撃針は固定されるので暴発しない。銃把の弾倉止めを押して収容能力八発の弾倉を抜き出し、ポケットから出した弾箱から一発補弾した。弾倉をカチンと弾倉室に叩きこむ。凶銃を左腕の下のホルスターに差し、トレンチ・コートのベルトを差した衣川は、ソフトを目深にかむった長身を運んで廊下に出た。

合鍵でドアの錠をおろし、階段をおりていった。猫のように足音をたてない。

外に出ると、いがらっぽい煤煙を含んだ濃霧が渦をまいて流れ、霧に潤(うる)むネオンが幻のように点々と浮かんでいた。衣川はトレンチ・コートの襟を立て、暗い瞳を据えて大通りに向かった。

長い間かかって、やっとタクシーの空車を拾った。クラクションを短く鳴らしながらのろのろと走るタクシーの前方から、次々と赤みがかった車のライトだけが近づいてはすれちがっていった。

霧は濃度をまし、雨雲のように流れていた。衣川は馬場下で、タクシーを捨て、ぶらぶらと歩きだした。

公衆電話のボックスに入り、メモ帳を繰って板橋にある三国の自宅を呼び出してみた。偽名でだ。三国は留守中だが、遅くとも十二時すぎには帰宅するだろうと女中が言った。衣川は礼を言って電話を切った。腕時計を見ると、十時半を過ぎていた。

しばらく歩いて、衣川は早大体育館近くに停めてあった自分のヒルマンに乗りこんだ。

その車を駆って池袋の方に向けた。雑踏する池袋で何回か白タクと間違われながら、板橋に向けてスピードをあげた。行き交う車が悲鳴のようなクラクションを鳴らして歩道寄りにストップした。

三国の家は、板橋志村中台町の東京火薬の爆発現場跡からそう遠くない所にあった。あたりは、静かなというより淋しいといったほうが正確であった。

両側を竹藪で囲まれた広い坂道を、百五十メーターほどのぼりつめた丘の頂上に、洋館二階建ての三国の家がそびえていた。霧で、窓から漏れる灯火しか見えない。その人間の背丈ほどの竹藪で囲まれた坂道には、点々と柱灯がついて三国の家の正門まで続いていた。

乗ってきたヒルマンを円明寺の近くに停めた衣川は、徒歩でまわり道した。竹藪の横側から這い登り、音をたてぬように注意して坂道の方に背の低い竹をかきわけていく。

注意をはらっても、靴の下で踏みしだかれる笹の枯葉や、おしまげられた反動でもとに戻る竹が耳障りな音をたてた。

闇と濃霧で視界はゼロに近かった。坂道の柱灯の光を密集した竹の幹がさえぎっていた。枯笹や竹の皮にすれて頬がチカチカ刺されるように痛んできた。五十メーターほどを十分以上かかって進んだ。急に竹藪がまばらになり、光に照らされる坂道が霧を通してぼんやり見えはじめた。

衣川は、ハンカチで手をきれいにぬぐい、ホルスターから全弾装塡したワルサーP38を抜き出した。

笹の落葉の上に静かに左膝をついて耳を澄ませた。その顔を不審げな表情がかすめた。坂道をへだてた向こう側の竹藪の中から、ひそやかに坂道に近づく三、四人の足音と竹の騒ぐ音が聞こえてきていた。

物音は衣川の正面より右側、つまり坂の下寄りの方から起こっていた。

衣川はワルサーの安全止めを親指でそっと押し上げた。ワルサーの安全弁は普通の自動拳銃のそれと違って、水平位置にしたとき安全を解く。カチッと安全装置の外れる音が、たかぶった神経を強く刺激した。親指で撃鉄を起こした衣川は全身の感覚を耳に集中した。

一度止まった向こう側の藪の物音は、再び坂道に近づいてきた。

軽快なエンジンの唸りを放って三国のクライスラーが上り坂にさしかかった。

追われて

1

ヘッド・ライトの光芒は闇と霧を貫き、刻々と接近してきた。竹藪の隙間を透かして、坂道の小石を浮かびあがらせ、深い影を投げた。

片膝をついて、安全止めを外したワルサーを構え、衣川は冷たい薄笑いを漏らした。乾いた下唇を舐めてしめりをくれた。

三国のクライスラーは、エンジンを唸らせて、間近に迫ってきた。

突然――銃声が耳を聾した。衣川とは坂道でへだたった向こう側の竹藪の中で、三丁の拳銃が短く咳こみながら、続けざまに青紫の炎を吐きちらした。

クライスラーの窓ガラスに点々と放射状のひびが入り、砕け散った破片が甲高い悲鳴をあげて四散した。

精悍(せいかん)な唇にタバコを横ぐわえして目を閉じていた三国は、銃声とともに後ろのシートに身を投げ伏せた。その上にガラスの破片が降り落ちてきた。

用心棒を兼ねた運転手は、銃弾に額の骨を浅く削られ、絶叫をあげて頭を反らせた。次弾に喉笛を射ちぬかれて、前のめりにハンドルにかがみこんだ。足はさらに強くアクセルを踏み込んでいた。

クライスラーはグウンと引っぱられるように前に跳び出した。ボディに当たった弾が青白い火花を散らしてめりこみ、あるいは無気味な摩擦音と反響を残して跳ねた。

跳弾の一発が片膝をついた衣川の肩口をかすめた。

衣川は、スッと立ちあがり、眼前を急速度で閃(ひらめ)きすぎようとするクライスラーの運転台に向けてワルサーの引金を絞った。

銃声は突きぬけるように鋭く、一瞬の間をおいて跳ねかえってきた。

快い発射の反動とともに、衣川は全身で手ごたえを感じた。

被甲した九ミリ・ルーガー弾は、竹の葉をはねとばし、ハンドルにかがみこんだ運転手の後頭部を無惨に砕いて横に逃げた。

運転手の悲鳴は、エンジンの唸りよりもさらに高く響いた。

衣川は再び片膝をつき、暴走しはじめたクライスラーの後部車輪に拳銃弾を続けざまに二発叩きこんだ。

同時に——鋭く夜気を嚙んで襲ってきた熱い銃弾が衣川の頰をかすめ、背後の竹の幹を薙ぎ倒し、ジグザグを描いて闇の中に消えていった。

その銃声は坂道の反対側の藪の中から起こった。さきほどクライスラーめがけて乱射した連中が、矛先を衣川に転じたのだ。

衣川は咄嗟に横に転がった。体の重みを受けた竹が軋んだ。

狙撃者たちはその物音をめがけて、一斉射撃を浴びせてきた。

クライスラーが竹藪の中に突っ込む物音を耳に聞きながらも、衣川には、その方向に目を向ける余裕はなかった。衣川の体の上をシュシュッと銃弾がとび、射ち落とされた枝や葉が降り落ちてきた。

闇と霧と竹の幹の間にボウッと浮かぶ発射の閃光を狙って、衣川は横倒しになったままワルサーを速射した。

跳ねかえってくる三発の銃声の木霊と頭のてっぺんから絞り出したような悲鳴がいりまじった。その悲鳴は一人の男が発していた。

それとともに、無数の竹の表皮を削りながら稲妻のようなジグザグ型の弾道を示して飛び去る二発の跳弾の響きも聞こえた。弾頭の尖った高速被甲弾なので、つるつるした竹に滑って思いがけぬ方向にそれるのだ。

衣川は闇に瞳を据え、息を殺して反応をうかがった。まだワルサーには三発——薬室に一発と弾倉に二発残っている。

悲鳴は、まだ続いていた。悲鳴のそばで、笹をかすかに鳴らして用心深く後退していく物音が聞こえた。まだ二人は生き残っているらしい。

衣川は硬い唇を嚙んだ。クライスラーが突っ込んだ左方三十メーターあたりの藪にチラッと視線を走らせてみたが、すべてのライトが消えた車の輪郭は見定めることができなかった。

音をたてぬようにしてワルサーの銃把の弾倉室から弾倉を抜いた。ポケットから弾薬サックを出して、弾倉の上端から一発、一発補弾していった。

金属の触れあう音は避けられなかった。六発の実包を新たに入れた弾倉が、パチンと弾倉止めの音をたてて弾倉室の中におさまると同時に、坂道をへだてた竹の中から続けざまに銃声が起こった。

その位置はさきほどより相当に深かった。

弾は衣川にとどくまえに、竹の繁みにさえぎられ、跳弾となって四方に跳ね狂った。

衣川もワルサーの銃口をあけた。引金を絞るのは思いとどまった。

竹が邪魔だ。

狙撃者たちは拳銃の弾を撃ち尽くしたらしい。撃針が虚(くう)を叩く乾いた音のあとに、慌(あわただ)しく弾倉に実包を詰める音が聞こえた。

衣川はその隙を見はからって素早く行動を起こした。四つん這いになって、クライスラーがエンコした方に忍び寄っていく。

何度か鋭い切株に掌を刺し貫かれそうになった。タバコが無性に吸いたかった。

狙撃者たちは、後退しながら散発的に射ちかけてきたが、衣川の近くまでとどく弾はなかった。射たれた男の悲鳴は弱々しい啜り泣きに変わっていた。

ライトの消えたクライスラーは、竹藪の中に全身を突っ込んでいた。衣川はそろそろとそれに近づき、ワルサー拳銃を構えて立ちあがった。

運転手はガラスの割れた窓わくから上体を乗り出して死んでいた。

本命の三国の姿は見当たらなかった。後ろのシートで吸いかけのタバコがくすぶっているところを見ると、少し前までは乗っていたはずだ。後部ドアの右側は開いていた。

衣川は口の中で罵り、竹藪をかきわけて坂道に出た。途中、三国の靴が脱ぎ捨てられてあるのを見つけた。

三国は転げるように、坂道を自分の家に向けて走っていた。霧のために、こちら側に向けて走り寄っているように錯覚しそうだった。すでに門灯のあたりに迫っていた。

衣川との距離は約七十メーター、中口径拳銃の実用有効射程を完全にはずれていた。

だが衣川は射った。

凶銃はパキューンと突きぬけるような快音を残して小さく躍った。遊底からはじき出された真鍮の空薬莢は、熱と霧で赤みがかっていた。

2

三国の逞(たくま)しい体は二、三歩走り続け、急に両膝をついて前のめりに倒れた。左の肩胛骨(けんこうこつ)の上部に当たった銃弾は、軟部組織を縫って抉りあがり、鎖骨の上の肩の筋肉にポカッと射出口をあけて抜けていた。

衣川は、再び狙い定めて射った。

地面にゴロゴロ転がって呻く三国の左の耳が、一瞬にして血まみれの西洋キャベツのようにギザギザになった。

衣川は三国の右の耳を狙った。

灯火を消した三国の邸宅の二階の窓から、サヴェージ〇・三〇〇口径のレヴァー・アクションの小銃が突き出された。遊底覆い(レシーヴァー)の中に、くるくる回るロータリー弾倉(マガジン)のついた有名なモデル九九だ。

衣川が本能的に身を沈めるのと、サヴェージ・ライフルがオレンジ色の火を吐くのがほとんど同時であった。

衣川の立っていたあたりを、無気味な尾をひいて実猟用のダムダム弾が飛び去った。

この距離でライフルとピストルでは勝負にならない。レヴァーをカチーンと起こして引いた二階の男が、第二弾を送ってきたとき、衣川はすでに竹藪の中に転げこんでいた。

坂の下方から、パトカーのサイレンが数を増しながら近づいてきた。

衣川はキリキリと白く鋭い歯を噛んで、退却に移った。頭上を飛翔するサヴェージが驟雨のように枯葉を吹き散らせていった。

銃声はやんだ。

静寂のなかに、さきほど衣川に射たれた男の泣き声と、下方に充満してきたパトカーのサイレンの音がよく通った。

啜り泣いている男のそばに近よって、正体を確かめたかったが、その男はまだ拳銃を手放していないだろう。それに、先頭のパトカーの赤いスポット・ライトが、脈搏のように点滅しながら坂道を薙ぎはじめていた。

衣川は坂道に忍び寄ったコースを逆にたどって、竹藪の横側から滑り降りた。

三国の家が建つ高台を、ランターンを持った警官や自警団の連中が遠まきにとりかこんでいた。

乗ってきたヒルマンを置いた円明寺のあたりまで出るのは不可能かもしれない。

衣川は近くの東京火薬の爆発跡に身を潜めようと思った。爆発で抉られた窪地は直径一キロほども広く、畠と丈高く生い茂った雑草の原になっている。

衣川はワルサーに安全装置をかけて、肩掛けホルスターに突っ込んだ。

爆発現場は、三百メーターほど左の方にある。トレンチ・コートの襟を立てた衣川は、さりげない足どりで歩み出した。

百メーターも行かぬうちに、二人連れのパトロール警官が近づいてきた。

衣川は歩調をゆるめなかった。逃げ出しもしなかった。

警官は懐中電灯の光をまっこうから衣川の顔に浴びせた。衣川は立ちどまった。

「君、ちょっと尋ねたいことがある」

くたびれた顔つきをした中年の警官が威丈高(いたけだか)に呼びとめた。

「僕ですか?」

「君以外に誰もおらん。こんな夜中にどこへ行くんだね?」

「伯父の家へ」

衣川は神妙な顔をした。

「その人の名前は? 住所は?」

警官はしつこかった。

「志村の中台三丁目……津村四郎(つむらしろう)というのが伯父の名前です」

衣川は出まかせを言った。

「何の用事で行くんだね?」

左側のまだニキビの消えてない若い警官が口をはさんだ。

「いったい何が起こったんです？　個人的なことは訊かれたくないですね」

「君の名前は何という、ええ？　身分証明書か定期券か運転免許証を出しなさい」

中年の警官は、声と表情に権威の悪臭をプンプンにおわせた。

衣川は苦笑して上着の内側に手を差しこんだ。その手は凶銃の冷たい銃把を握りしめた。

「これだ、身分証明書は」

衣川は不敵に笑った。

電光の素早さで抜き出したワルサー自動拳銃は、流星のように弧を描き、中年の警官の首筋にピシッと音をたてて叩きこまれた。

その警官はグウッと呻き、潰れた首筋に手をやって尻餅をついた。上体が後ろに倒れ、制帽のはねとんだ後頭部をアスファルトにぶっつけて気絶した。

左側の若い警官は、茫然と開いた口を慌てて閉じ、腰の拳銃の撃鉄にかけた安全止め革を外して抜き出そうとした。

衣川は、一跳びでその警官の前に回った。左の臑で睾丸を鋭く蹴りあげ、ワルサーの銃口で強く警官の胃をついた。

警官のニキビ顔が緑がかった色に変わった。ジャック・ナイフのように身を折ってS&W制式拳銃から手を離すその頭部を、渾身の力をこめたワルサーの銃身で一撃した。

警官は蛙のようにアスファルトに叩きつけられ、手足を痙攣させた。

衣川はあたりを見回した。人影はない。

警官の重いS&W拳銃をホルスターから抜き、吊り紐を外した。日章の下に金色で警視庁と表示された黒褐色の警察手帳を自分のポケットに移した。

銃身を握って、鉄と硬いくるみの銃把で若い警官の頭を何度も強打した。頭蓋骨はついにパルプのように粉砕された。もう口を開くことはないだろう。

警官のベルトにつけた弾薬サックから、半月形の保弾子を二つ奪った。口径〇・四五弾が三発ずつ入っていた。

中年の警官も血祭りにあげ、シリンダー弾倉と、弾薬サックの弾を奪った。

二人の体を露地の暗がりに引きずりこんだ衣川は、自分が手に触れた部分をハンカチでぬぐって静かに現場を立ち去っていった。あまり遠くないところで銃声が起こり、散発的な警官のS&Wリヴォルヴァーの轟音がそれに応えていた。

3

衣川は目ざす爆発現場跡の窪地にたどりついた。

枯草の間をかき分けていくと、崖土の下に体をもぐりこませることのできるほどの穴があるのを見つけた。その前を枯草がおおっているので、ちょっと分かりにくい。

衣川は唇をほころばせて、その穴の中に足の方から這い込んだ。体重で倒された枯草がゆっくり起きあがっていた。

濃霧はゆるやかに晴れはじめた。ミルクを流したようであったのが、いまはスモークのようになってとんでいた。風が出てきたのだ。

衣川は外から火口が見えぬように、掌でタバコをおおってひっそりと吸っていた。

とぎれていた銃声が、あまり遠くないところで再び交錯し、あとはまた静寂が戻ってきた。

自分が袋の鼠になったのを衣川は強く感じた。交錯した銃声は追いつめられた狙撃者たちと警官たちの交わしたものだろう。

衣川は思い出して、ワルサーの弾倉に補弾した。手許においたS＆W（スミス・アンド・ウエッスン）拳銃の上にそっと乗せた。

畜生……、衣川は口の中で狙撃者たちを罵った。

奴らがヘマをやったばかりに、三国にとどめを刺すことができなかった。

三国は生き返るかもしれない。だが、それはそれでいい。三国の傷が治ったら、今度こそはなぶり殺しにしてやる。

馬鹿だな、お前は、衣川は自問した。それまでお前は生きのびられると思うか。

俺は死なない、衣川は自分に言いきかせた。復讐の使命を果たすまでは、死んでも死ない。俺には凶銃にこびりついた悪霊（あくりょう）が乗り移っている。

雑草のかなたから物音が近づいてきた。

衣川は両の掌でおおったタバコを、地面になすりつけて消し、じっと耳を澄ませた。ワルサーを取りあげ、静かに安全装置を外して、闇の中に瞳を凝らした。

その物音から、人が必死に這ってくる様子が読みとれた。

ザワザワと枯草を倒す音に、暑気あたりした犬のような喘ぎ声がまじっていた。一人らしかった。

霧が晴れた。

衣川の瞳に、右の胸を両手で押さえ肘と膝を使って這い寄ってくる男の姿が映った。

男は喘ぎ声と呻き声をあげる口から血を垂らしていた。衣川の左前方三十メーターのあたりで力つきたのか、ごろんと上向きになって喘いでいた。両手は右の胸を押さえて離さなかった。胸から噴出した血が、腕を伝い地面に向けて走った。

遠くで警察犬らしいシェパードの一群が吠えていた。

衣川は、左手に撃鉄を起こしたS&W(スミス・アンド・ウエッスン)、右手に手慣れたワルサーを握って、上向きになった男の方に這い寄った。男の顔がはっきり見えてきた。

肉の薄い細面に鉤鼻(かぎばな)が突き出た酷薄な顔だった。それが顔中を醜く歪め、酸素不足の金魚のように口を開け、空気を求めて烈しく喘いでいた。

背中を射たれたのだ。弾が肺を引き裂いて胸から抜けたのだろう。肺の空気が胸の傷から漏れていた。

衣川が近づく気配を感じたらしいその男は、抵抗を示さずに固く瞼(まぶた)を閉じた。怖いのであろう。

衣川は上体を起こして、血の匂いの漂う男のそばに蹲った。

S&Wの銃口で、男のポケットや腋の下をつついてみたが、銃器を隠し持ってはなさそうだった。どこかで落としたのだろう。

衣川は男の体を右下に横にさせてやった。傷口が下になったので、少し息が楽になったようだ。

「俺は刑事(デカ)でない」

衣川は男の耳に口を寄せ、低い声で囁いた。

「…………」

男は瞼をピクピクさせた。

「聞こえるか?」

衣川は言った。

男はかすかに肯(うなず)いた。

「俺もお前さんと似たような者だ。さっき藪の中で射ち合った」

「た、救けてくれ」

男は喉の奥から、血とともにしゃがれ声をふりしぼった。

「俺はあんたの敵ではない。三国を待ち伏せしてたら、あんたたちのほうが先に車に向けて射った」

「あ、あんたは三国の用心棒ではないのか！」

男は血走った目を開いて呻いた。

「あたりまえだ。なぜ、あのとき俺に向けて射ってきた？」

衣川は尋ねた。

「姿が見えねえから人違いした。てっきり三国の用心棒が、俺たちに向かって射ってきたのだと……」

「馬鹿な、お蔭でこのとおり両方とも散々な目にあった。お前さんたちはなんで三国を狙ったんだ？　俺の先を越しやがって」

衣川はニヤリとした。

「社長の命令なんだ」

男は咳こみはじめた。口からも血が出たが、掌の間からも肺にあふれた血が漏れた。

「社長とは？」

男の血咳がおさまるのを見はからって、衣川はさりげなく尋ねた。

「島津の後がまにすわった品川精化の田辺よ。野郎、三国と仲が悪いもんで、何だか衣川とかいう気狂い野郎が暴れてるまに、三国を消してその拳銃気狂いのしわざだと言いふらそうという寸法だ。糞っ、うまいことおだてられて来てみたらこのとおりのザマになった」

男は弱々しいかすれ声で自嘲した。

「俺がその衣川という気狂い野郎だよ」

衣川は静かに言った。

男はちょっと目を剝いたが、あぶくとともに長い息を吐いた。

「そうか、二人ともツイてねえな」

それが男の最後の言葉だった。

ガクンと垂れた男の顔に手を寄せてみて、衣川はその男が死んでいるのを知った。

警察犬の一群の荒い鼻息が近よってきた。その後ろで大勢の足音がした。

衣川は匍匐しながら死体から離れていった。絶体絶命になったら、ワルサーに運命を託すだけのことだ。

手負いの獣（けもの）

1

警察犬が咳こむように唸った。

もとの穴に戻った衣川は、荒い息が追っ手に聞こえないように、口を開いて呼吸をした。ワルサーを握った右腕を伸ばし、警察犬の後ろに続く足音の方に狙いをつけた。足音がとまった。

闇の中に懐中電灯の細い光の線が躍った。一本だけではなかった。数本の光線が交錯した中心に、背中を射たれて逃げてきたさきほどの男の死体が浮かんでいた。

「この男だ」

「死んでいる。自業自得かな」

いろいろな声が聞こえてきた。警察犬が甘えるように鼻を鳴らした。

「君、報告に行ってくれたまえ」

太い声がした。

返事とともに駆け去る足音がした。懐中電灯の光線の一本が足音とともに去っていった。残った光線は三本になった。

警察犬の一頭が警戒の唸りを発した。連れの二、三頭も唸った。

フッ、フッと鼻を鳴らして草むらを嗅ぐ音が聞こえた。シェパードの鼻息は一寸刻みに衣川の隠れ穴の方に近づいてきた。

三本の懐中電灯の光線が流れた。光線は崖の肌をなめ、わずかの違いで衣川の頭上をそれた。

光線は弧を描き、再び衣川の方に迫ってきた。カチッと輪胴式拳銃（リヴォルヴァー）の撃鉄を起こす音が響いた。警官だ。

衣川は大きく息を吸いこんだ。

息をとめ、いちばん右端の光線の左よりの少し高めに向けてダブル・アクション・ワルサーの引金を絞った。

間髪を入れず、残りの二つの懐中電灯の持ち主に銃火を浴びせた。

衣川のワルサーから閃いた三本の青白い火箭（ひや）が、闇を切り刻んだあと——肉にくいこんだ無気味な弾の音と、はねかえってきた銃声が消え、奇妙な静寂がのしかかってきた。

衣川は息をひそめたまま待った。これまで二十八年間、何かを待ちながら神経をいらだたせて過ごした時間は、どれほどにのぼったろうか、と思った。

待つ間は短く終わった。

黒い旋風のように、一頭のシェパードが衣川の喉をめがけて跳躍してきた。

衣川はワルサーを伸ばして射った。銃口はシェパードの湿った鼻づらにぶつかった。圧しこもったような発射音とともに、そのシェパードは空中で一瞬停止し、弾着の衝撃におされて後ろに叩きつけられた。

鳴き声もたてなかった。顔の半分がなくなってしまったのだ。夜目にも白く光る頭蓋骨の間から血が噴出していた。

残りの二頭が唸り声とともに襲ってきた。

衣川のワルサーは二度続けざまに吠えた。あとは——静寂の闇の中に、吐き気をもよおすような重い獣の血と、火薬に焦げた毛皮の悪臭が漂った。

衣川は素早くワルサーの弾倉に補弾した。一瞬にして殺戮の血を吸ったワルサーは、掌の中で心強い重量を保ち、かすかに光をはねかえしてギラッと輝いた。

遠くで、警笛が吹き交わされていた。

衣川は左手でスミス・アンド・ウエッスン警官用制式リヴォルヴァーを持った。撃鉄(ハンマー)は起こしてある。

右手に愛銃ワルサーを握りしめて、そろそろと崖下の穴から這い出た。

霧は晴れていたが、月はなかった。額のかすかな脂汗を風が奪っていった。

衣川は立ちあがった。ふてくされたように唇を硬く結び、しっかりした足どりで歩み出した。鋭くあたりに目をくばっている。

窪地の左側のはずれのかなたに、住宅街がかたまっていた。銃声に目覚めたとみえ、ほとんどの家から灯火が漏れていた。

衣川は不敵な微笑を浮かべ、リヴォルヴァーの撃鉄（ハンマー）を倒した。コートをはぐってズボンのベルトに差した。重たかった。

露出したワルサー自動拳銃の撃鉄も、右の親指で圧さえた。左の親指を撃鉄と遊底被（スライド）の後端の間にはさんだ。

引金をひいた。勢いよくスライドの中に撃針（ファイアリング・ピン）を叩いて薬室の中の薬莢雷管を発火させようとした撃鉄は、挟まれた左の親指にさえぎられ、撃針までとどかなかった。

衣川は撃鉄を圧さえた右の親指の力を抜きながら、左の親指をはずした。ゆるやかに倒れた撃鉄は、静かに撃針の前にとまった。ワルサーP38の自動安全装置の信頼性は高いとはいえ、こうやって手動で撃鉄安全をかけるのが、いちばん信頼が置ける。

衣川はそのワルサーを腋の下に吊った革ケースにおさめ、パトロールから奪った警察手帳を胸ポケットに移した。

衣川は歩き続けた。遠くで、再びサイレンが唸りだした。吹き交わされるホイッスルの音もまじった。無数の光の筋が、衣川が隠れていた方に向けて迫っていた。

2

窪地の左端から、崩れやすい斜面をのぼっていった。

住宅街に通ずる要所要所では、自警団とおぼしい青年たちが、石油缶にくべた焚火のまわりに群がっていた。警官の姿も見えた。

衣川は斜面の途中で立ちどまり、膝やコートについた土砂を払い落とした。なるべく音をたてぬようにするので手間がかかった。

どうしてでも、その第一の警戒線を突破しなければならなかった。

引き返すことは、逮捕されるか、蜂の巣になるかどちらかの問題だった。

衣川は髪を掌で撫でつけ、襟もとを正した。斜面の上に姿を現わし、胸を張って焚火に近づいていった。

焚火にあたりながら見張っていた連中が、慌てて六尺棒を握りしめた。逃げ腰になった者もいた。

立番中の二人の警官が、ホルスターの安全止め革を外した腰の拳銃に手をあてて、用心深く近づいてきた。

衣川は足を早めた。警官たちがあまり動かない間に、彼らに接近して立ちどまった。

警官たちは、二人とも若かった。いかつい顔に、まだ農村の土の匂いが残っていた。まだなりたての派出所の警邏巡査……と、衣川は直感した。

衣川はキビキビした動作で、水ぎわだって鮮やかな挙手の礼をした。降ろした手で胸ポケットから警察手帳を抜き出し、二人の眼前に閃かせると、次の瞬間には再び胸ポケットにおさめていた。

あっけにとられた警官は、慌てて無骨な挙手の礼を返した。

「捜査第一課の桑野警部補です。異状ありませんか？」

衣川はドスのきいた声で尋ねた。

自警団の連中は緊張をゆるめて焚火を囲んだ。

「さきほど窪地の中で銃声がしましたが、われわれは現在位置をみだりに離れてはならないと指示を受けておりますので」

重い唇を動かす右側の警官の言葉には、北国の訛が強かった。

「ご苦労、警戒を続行してください」

衣川は事務的に言い捨てて歩きだした。顔色はいささかも変化を見せていなかったが、心臓は早鐘をついていた。

衣川を本庁から来た大学出のパリパリの若手警部補と思いこんだらしい警官たちは挙手の礼で送った。

彼らに背を向けて歩み去る衣川の背筋には、緊張のあまり冷汗が筋をなして流れていた。背中にはもう一つ目がほしかった。

パーン——と、けたたましい音をたてて焚火がはぜた。

一瞬、短銃声と勘違いした衣川は、危うく身を伏せるところだった。右手は電光のスピードで、発作的に腋の下に滑りこんでいた。背中の汗が凍りついた。

錯覚とわかって、衣川は長い息を吐いた。唇が自嘲にまくれあがった。後ろを振り返って見たい強烈な誘惑をおしとどめて、さりげなく歩を進めた。銃把にまきついた右の掌がぬるぬるしていた。

道は左にカーブしていた。衣川は左方に折れながら、そっと横目で焚火の方をうかがってみた。誰も衣川の後ろ姿を凝視している者はなかった。

角を曲がったところで、電話ボックスの蔭から跳び出した白バイの警官に不審尋問をかけられた。ヘルメットをかむった二組だった。白バイは露地に隠してあった。

今度こそは射ちまくって血路をきりひらかなければならぬと覚悟をきめたが、衣川はさきほどの警邏巡査に対してしたこととおなじような行動をとった。ホルスターに入れたワルサーの重みを強く意識した。

ところが——白バイの警官は、あっさりと衣川の言うことを信じた。

彼らに背を向けて再び歩きだしたとき、衣川は運命を信じた。凶銃から悪霊が乗り移って、これからも、熾烈さを加えるであろう大虐殺の場への登場をうながしているのだ。

あたりは庭の広い家が多かった。衣川は一時の隠れ家に適当な構えの家を物色しながら歩いた。犬があちこちで吠えていた。射ち合いにまきこまれるのを怖れてか、通りを歩く民間人はいない。

背の高さの柚子の生垣で囲まれた芝生のなかに、瀟洒なブロック建築の平屋が見えた。

衣川はニヤリとした。いかめしい高い塀に囲まれた昼なお薄暗い家の方が、犯人が逃げこんでいると疑われて、家宅捜索を食いやすい。

その家の門は白いペンキで塗った低い木製の柵であった。表札に中村と書いてあった。玄関のほかにブラインドをおろした部屋の一つから灯火が漏れていた。

衣川は体重で門を押しあけ、内側に入って後足で閉めた。

衣川はコツコツと敷石を鳴らして玄関に近づいた。門から二十五メーターは離れていた。

指紋をつけぬように、手の甲の方でベルを押した。

家の中で、人々が身を固くしている気配がした。

しばらくして、奥から用心深い足音が玄関に近づいてきた。

「どなたですか？」

深い音楽的に響く声だが、恐怖をおしかくそうとしている初老の男の声だった。ここの主人だな、と衣川は思った。

「警察の者です。お尋ねしたいことがありますので」

「証明書をお持ちでしょうか？」

「警察手帳をお目にかけます」

「ちょっとお待ちください。覗き窓を開けますから」

中村は弁解した。ドアの左側についた高さ十五センチ横三十センチほどの覗き窓が開いた。

衣川は、金色の日章と警視庁名がはっきり中村に見えるようにかかげた。ついで写真のページはほんのチラッとしか見えないようにうまくパラパラとめくった。

「失礼しました。凶悪犯人がこのあたりをまだうろついているというので、神経がたかぶっていますので……どうぞ、中にお入りになって……」

中村は玄関の鍵を外した。

「恐縮です。われわれは全力をあげて犯人を追っていますから、逮捕は時間の問題と思われますが、ただ……」

衣川は開いたドアの隙間から、するっと玄関の中に滑りこんだ。

中村は灰色がかった胡麻塩頭の大男だった。その赤ら顔を見て、今は第一線を退いている高名なバリトン歌手だと気づいた。中村は背後に隠し持っていたらしい彫刻入りのブローニング・ライトニングの十二番の自動装塡式（オート・ロッディング）散弾銃を照れくさそうに杖についた。

「ブローのオートマか。いい銃ですね。五連でしたね。たいしたもんだ」

衣川の瞳は光った。

「ええ、実猟にはパーディやチャーチルのような馬鹿に値の張る高級二連銃より、この方が調子がいいもんですよ。下手な鉄砲も、数射ちゃ当たると言いましてね……ところでさっき、刑事さんは何をおっしゃりかけてたんです？」

恐怖色の消えた中村の声は、気持ちのいい響きを持っていた。

「ただ、我々も全力は尽くしてますが、それでも神でないからミスする可能性もなきにしもあらずです。犯人の一人は、火薬爆発現場跡の窪地を渡って、こちら側に逃げこんだ形跡があるのです」

「…………」

中村の瞳が落ち着かなく動いた。

「犯人は追われてヤケクソになっています。今までも何人もの人間を殺してきたのだから、あと一人や二人、殺しを重ねたところで、捕まれば絞首刑には変わりはないだろうと思いこんでいます」

衣川ははっきりした声で、ゆっくり言った。

廊下に灯火の漏れる居間の中から、圧し殺したような若い娘の悲鳴が聞こえた。話が聞こえたのだ。不安に駆られて聞き耳をたてていたのだろう。

中村はブローの散弾銃を固く握って、不安げな視線を玄関のドアの方に何回も走らせた。

3

「その犯人は手負いの虎のようなものです。強烈な憎悪と生存本能で人間の心を失っている。そんな男が、この住宅街に逃げこみ、平和な家庭に押し入ってきたら、どんなことが起こるでしょうか」

衣川は生真面目な顔で言った。

「わたしは、妻や娘を守るために、ここの銃をとって戦う。射ち殺しても正当防衛でないですか」

中村の唇は小刻みに震えていた。

「ご冗談を。人間を射つのは鴨や兎とは勝手が違いますよ。もし、あなたが戦争で人が殺せたとしても、それは群集心理の魔力に浮かされていたのです。

しかし、今度の敵は違う。己れ一人と拳銃だけを頼りにして逃げのびてきたお話にならないほどのしたたか者です。奴は射ち合いには慣れっこになっている。

おそらくあなたがそのブローを構える間に、奴はあなたの体中に少なくとも五発は射ち込むでしょうね」

衣川はしゃべっているうちに、試してみたくてたまらなくなってきた。銃声が外に聞こえてはまずいので、その衝動をおしとどめた。

「………」

中村の顔に隠しきれぬ恐怖が露わになってきた。

「ご心配なく。その拳銃気狂いを防止するのが、われわれ警察官の役目です。われわれは犯人が逃げこみやすいような家をこの町中から十軒ほどピック・アップし、そこに張り込んで待ち伏せすることになりました。お宅がその十軒のうち一つに当たりましたので、私が参上したわけです。決してご家族の方にご迷惑をおかけしません。ご協力をお願いできるでしょうか」

そのお願いの部分は、いかにも刑事らしく押しつけがましい調子で言った。

「いやあ、どうもこうもありませんよ。願ってもない幸せです。妻や娘もどんなにか安心することでしょう。さあ、さあ、どうぞ奥の方に」

中村はホッとしたように満面に笑みをたたえ、玄関のドアの錠をおろした。

衣川は脱いだ靴を手に持った。スリッパに履きかえながら、

「いつ跳び出さぬといけないか分かりませんのでね」

衣川はニヤリと笑った。ある面では本当の話だった。ブローニングを抱えた中村が居間に

案内した。

居間は暖色で統一されていた。暖炉の上に銃架があり、見事な彫刻のついたマインリッヘル大口径小銃と、ウインチェスター・モデル十二のスライド・アクション六連発散弾銃がかかっていた。

中村夫人が、暖炉のそばの肘掛け椅子から立ちあがった。まだ色香の消えうせぬ上品な女だった。

部屋の右隅にあるグランド・ピアノ近くのソファに坐っていた若い娘が、恥じらいをふくんだ微笑を投げた。

透けるような肌に、髪と瞳が淡い鳶色を帯びて美しかった。

中村は銃架のいちばん下の段にブローニング自動装塡式散弾銃を掛けた。

衣川は暖炉の近くに進んだ。

「警視庁捜査第一課の田所(たどころ)です」

衣川は警察手帳の持ち主だった男の名前だけ拝借した。

さきほど中村に述べたことの要点を女たちに説明し、

「ですから、皆さん、恐れ入りますが私に無断で外出はなさらないようにしてください。なにしろ相手は血迷ってますので……」

「怖いわ」

娘はハンカチを揉んだ。大きな瞳がさらに大きくなった。

「失礼ですが、お名前は」

「由紀子（ゆきこ）と申します。どうぞよろしく」

「どうも」

衣川はカーテンに自分の影が映らないような位置に回りこんだ。つまり、暖炉のマントルピースに背をもたせたのだ。手を伸ばせば、銃架のブローニングにも手がとどく。

中村は揺り椅子に体を沈めて、ブライヤーのパイプをみがきだした。

「電話はそこだけですか？」

衣川は左端のマホガニーのデスクの上の受話器を顎でしゃくった。

「え？　ええ」

中村はとまどったような顔をしてうなずいた。

「裏口のドアの鍵はかけてありますか？」

「はい」夫人は言った。

「いや、もしかすると勘違いということもある。もう一度確かめてきてください……ああ、一人で怖いのでしたら、私も一緒に」

衣川は中村の妻に向かって言った。

夫人は気乗りせぬ様子で、先に立って歩きだした。衣川はそのあとに続きながら、途中の部屋の間取りを覚えこんだ。

裏口は電化の完備した台所についていた。裏口のドアの錠はかかっていた。

「これで安心です。ついでに鍵は私が預かっておきましょう」

衣川は、優雅な身振りで夫人から裏口の鍵を受け取った。

「部屋の窓の鍵はかけてますか？」

居間の所に戻りながら衣川は聞いた。

「ええ」

夫人は言葉少なに応えた。

居間に戻った衣川は、さきほどの暖炉の位置に立って皆を見回した。

嘲(あざけ)るような微笑が唇を歪め、右手が閃いたかと思うと、ワルサーP38の銃口が皆の胸もとを狙って半回転した。

由紀子が悲鳴をあげた。

「お静かに、私の命令どおり動いてくだされば、決して命までいただこうとは思ってません。しかし――」

衣川は冷酷無惨な笑いを浮かべた。

「裏切った場合は、可愛い娘さんをどう処分しようと俺の勝手だ」

檻(おり)

1

中村家の人々は、恐怖に化石したように身動きしなかった。

衣川は、ワルサーを暖炉のマントルピースの上に置いた。

コトン——と小さな音が、沈黙のなかに大きく響いた。由紀子がかすかに身震いした。

衣川は、中村の顔から視線を外さずに、銃架からブローニング自動装塡の五連発散弾銃をとった。

夫人が、言葉にならぬ呻き声をたてて腰を浮かせた。目は吊りあがり、化粧のヴェールの下から、四十六の年齢がむきだしになった。

衣川は、安心しろ、と言ったように、左手で押さえる身振りをした。安全止めを外したブローの遊底(ボルト)ハンドルを引いて、赤い紙ケースに包まれた散弾を抽出した。太い口紅のケースに似た十二番の弾薬は、無心に絨毯(じゅうたん)の上を転がった。

バシーンと音をたてて遊底は自動的に閉じた。ボルト・ハンドルを操作して、チューブ状の弾倉に入っていた散弾実包も抜いた。弾倉には三発しか詰めてなかった。

衣川はブローニング散弾銃を銃架に戻した。中村に一瞬背を向けた。中村の上体が揺れた。足に力がこもった。

「早まるな」

衣川はワルサーの銃把に手をかけた。

中村の体から力が抜けていった。肩がさがった。

衣川は白く鋭い鬼歯を見せて笑い、銃架からウインチェスター十二のスライド・アクション・ショットガンを取った。スライドを引いてみたが、弾はこめてなかった。マインリッヘル特製の六・五×六八ミリのマグナム・ライフルにも装塡してなかった。

衣川はワルサー自動拳銃を腋の下の革ケース(ホルスター)にしまい、マントルピースに、けだるげに背をもたれさせた。くつろいでいるかのように見えたが、筋肉はいかなる突発事態にも敏感に反応するように引きしまっていた。

「弾箱はどこだ？」

衣川は中村の瞳を覗きこみながら、手さぐりでポケットのタバコを引き抜いて唇にくわえた。

「弾はない」

中村は唇を歪めた。

「ほほう？」

衣川はライターの火をタバコに移した。信用してない顔付きだった。

「本当だ。ブローに詰めてあったその弾で全部なんだ」

中村は絨毯に転がった三発の実包に目を落とした。

「そうかね？」

嘲笑(あざわら)うような言葉とともに、タバコの火口がピクピク躍った。衣川はすっと手を伸ばして銃架から精巧な彫刻をほどこしたオーストリア製のマインリッヘル・マグナムの小銃(ライフル)をとった。四倍のビューラーの望遠照準鏡がついていた。

「本当かね？」

と、言いながら、身をかがめて、暖炉の中で燃えるガス・ストーブの上に、その最高級ライフルの銃床を近づけていった。

中村の瞳は苦痛に歪んだ。正式に税関を通せば五十万円近いプレミア・グレードの名銃を傷つけられるのは耐えがたかった。

衣川は頰つけの凹みの美しい銃床を、炎の上にかざした。

「ま、待ってくれ。思い出した。使い忘れた弾が金庫にしまいこんである」

「金庫はどこだね？」

衣川は炎からマインリッヘルの銃床部を遠ざけた。

「私たちの寝室だ」

「オーケイ、信用しよう」

衣川はマインリッヘルを銃架に戻した。素早く絨毯の上の散弾を拾ってポケットに入れた。

ベルが鳴った。電話のベルだった。

誰も動かなかった。ベルは執拗に鳴り続けた。

最初に動いたのは衣川であった。タバコを捨て、無駄のない動作でワルサーを引き抜いて、銃口で受話器を示した。

「出てくれ」

と、静かな声で夫人に言った。

夫人は顔を硬ばらせていた。顔面の筋肉が面白いぐらい痙攣していた。

「出るんだ、娘が可愛かったら」

衣川は圧し殺したような声で命令した。顔をおおっている由紀子の方に一歩踏み出した。

夫人は、はじかれたように腰をあげ、よろめきながら部屋の左端のデスクに近づいた。受話器をとりあげた。

衣川は大またにそのそばに近づき、夫人が耳にあてた受話器に自分の左耳を寄せた。目は油断なく中村の方にくばっていた。

「もし、もし、中村さんの奥さま？」

受話器から流れてきたのは女の声だった。

「まあ、奥村さんの奥さま！」

夫人の声は案じたほど震えてなかった。

「はあ、特別に用件があってお電話をさしあげたわけでございませんですことよ。夜分ご迷惑とはぞんじましたけど……さきほどから、お宅のスピッツがうちに遊びにいらしってますので」

女の声はホ、ホホと意味のない笑いをした。

「まあ、ちょっと目を離しましたら……また、お宅さんで悪さをしてますのでしょうか？」

夫人の声は、わずかなチャンスを摑んで生き生きとしてきた。衣川は口の中で罵った。

2

「なんですか、花壇の中を楽しそうに走り回られてますわ。ほんとに可愛らしいお犬さんですから、私の方まで楽しくなってまいりますことよ」

女の口調は、皮肉をこめて馬鹿ていねいだった。

「本当にすみませんわ。思いきり叱ってやってくださいな。丹精なさってらっしゃる花壇を踏み荒すなんて、うちのペリーも何てことをしてくれたんでしょう！　さっそく連戻しに参りますから」

夫人は早口に言った。衣川が止めさせる間はなかった。

「でも……悪いわ。凶悪犯がこのあたりをうろついているって話ですのに」

「でも……すぐ引取りに参りますから、堪忍してくださいね」

夫人は素早く電話を切った。肩で息をしていた。衣川は木犀の匂いの香水を嗅いだ。

衣川は発作的に、左のバック・ハンドで夫人の胸部をひっぱたいた。夫人はタタッと四、五歩後によろめき、両足を投げだして仰向けに倒れた。あまりの激痛に悲鳴も出ない。腿はまだ若かった。

唸り声をあげて、中村が立ちあがろうとした。素早く拳銃をホルスターにしまった衣川は、三跳びで中村に追いついた。

中村は憤怒のあまり自制心を失っていた。水車のように両腕を振り回しながら襲いかかってきた。由紀子は口の中に繊細な拳をくわえて、悲鳴と嗚咽を圧し殺そうとしていた。

衣川は中村の秀でた額に軽い左のジャブを放って顔を仰向かせた。その左手で襟首をつかみ、頬骨がくだけるほどの右フックを喰わせた。

中村の顔は大きくそりかえった。パンチング・ボールのように反動でもとに戻ってくるところへ、再び、凄まじい右を叩きこんだ。同時に、襟をつかんでいた左手を離した。

中村は揺り椅子に勢いよく着陸し、椅子もろとも壁に激突して昏倒した。義歯がとんでいた。

夫人は絨毯の上に腹這いになり、右の胸を押さえて呻いていた。駆け寄った由紀子が咽(むせ)び泣きながら、母の背中をさすっていた。

衣川は表皮のすりむけた拳の関節を舐めた。肘掛け椅子に腰をおろし、組み合わせた手の上に顎をのせて、冷たく光る瞳を由紀子の体に向けていた。

淡い鳶色を帯びて輝く由紀子の長い髪は、透けるように白い項(うなじ)に流れ、渦巻いていた。体の動きとともに尖った乳房が揺れた。スカートに尻の割れ目が浮き出た。

夫人は少し楽になったのか、由紀子に助けられて立ちあがった。ソファに崩れるように坐りこんだ。

由紀子はその横で夫人の体をさすり続けていた。目は伏せたままであった。

「さっきの電話でしめたと思っただろうな。ここから脱け出す口実ができたんだからな。俺のことを知らせることもできる——」

衣川は、夫人に向かってゆっくりしゃべり続けた。

「甘い夢を見させて気の毒だったが、そうは問屋がおろさないよ。あんたが犬コロを引取りにゆくのは仕方がない。電話でああ言った以上、行かないとかえって疑ぐられるからな。だけどさ、俺のことをよその者にしゃべろうなんて気を起こしたら、しゃべる前に何度も考えなおしてみるほうが利口だぜ」

「…………」

「分かるだろう？　あんたのようなインテリが分からぬはずはない。ポリがここに押し寄せてきたら、俺のバリケードになるのは誰だい？　あんたの大事な亭主と、可愛い娘さんだ。それに——」

衣川は乾いた唇を湿してニヤリと笑った。

「さっきの俺の約束を忘れてはいないだろうな？　あんたがまたおかしな真似をはじめたら、由紀子さんをいただくという約束になってたはずだが」

「お願い。約束しますから……」

夫人はひきつった瞳をあげた。

「オーケイ、早く行って犬コロを連れて帰りな。どんなことがあっても、俺のことをしゃべったりしないように気をつけてな」

「でも……」

夫人はたとえ僅かの間でも、娘の由紀子を衣川の手もとに置いて外出するのが不安になった。

「行かぬと疑われる。早く用件を済ませて帰って来るんだ」

衣川は強い語調で言った。

「コートをとってきていいでしょうか?」

夫人は衣川の顔色をうかがった。

「ご自由に。くどいようだが俺の誤解を招くような行動だけはとらない方がいいぜ。俺はやろうと思ったら娘さんの心臓に弾をブチ込むことだってできる男だってことを忘れずにな」

衣川は腋の下の革ケース(ホルスター)を服の上から軽く叩いた。

身仕度した夫人は、蒼白な頰に紅を差して出ていった。スピッツを連れて帰ったときの玄関のブザーの鳴らし方まで衣川は指令した。気まずい沈黙のなかで、由紀子は壁に激突して昏倒している中村にやっと気づいた。

「パパ、可哀そうなパパ……」

と叫びながら走り寄ろうとした。

「動くんじゃない」

衣川は鋭く命令した。由紀子は足がすくんで再びソファに崩れた。

衣川は中村の大きな体に歩み寄って、脈をとろうとした。

気絶しているものとばかり思っていた中村が、薄目を開くとともに、思いきり両膝を縮めた。

跳びのいた衣川の腹部に、反動をつけて蹴りつけてきた中村の足先がめりこんだ。嫌な音をたてた。

衣川は両手で胃を抱えて、ジャック・ナイフのように半身を折った。猛烈な吐き気にゲーゲーと胃液を吐きながら、バランスを失って仰向けに倒れた。

先に歯を砕かれていた中村は、暖炉の火搔き棒(ポーカー)を握って、阿修羅のように襲いかかってきた。

欠(か)けた歯の間から、シュッ、シュッと短く息を吐き出し、火搔き棒を振って殴りつけてきた。

衣川は背を波うたせて吐きながら、涙に霞む目で中村の動きをとらえた。絨毯の上をゴロゴロ転がり、辛うじてポーカーの打撃を数度かわした。耳もとを無気味な唸りを発して重い鉄棒が流れ、あるいは絨毯にくいこんで埃をまきあげた。

衣川は、やっとワルサーを抜き出すチャンスを摑んだ。

それを狙っていたかのように、中村が横に払った火搔き棒が衣川の右腕にくいこんだ。衣川の手からはねとばされたワルサー自動拳銃は、まだ安全装置が掛かったまま、小刻みに跳ねて絨毯の上を滑っていった。

衣川は右の前腕部の激痛をこらえ、両手で火搔き棒を摑んだ。力いっぱいそれを手前に引いた。

中村の八十五キロを越す体は、仰向けになった衣川の上にかぶさってきた。息ができぬほどの重さだった。

歯ぐきから血を垂らした中村は、衣川の喉を左手で押さえながら、右手で眼球を突こうと狙っていた。

衣川は顔をそらすかわりに顎をひき、自由な左手で中村の顎を突きあげた。中村が頭をそらすところへ、横なぐりに左フックをくらわせた。

有利な体勢にあった中村の体が大きくゆらいだ。衣川は中村の重量から逃れ出て、二メーターほど先に静止している愛銃ワルサーににじり寄ろうとした。

中村は横向きになり、衣川を背後から羽がいじめにした。

衣川は中村の体重を引きずり、芋虫のようにワルサーに向かって這い寄った。

「由紀子、由紀子！」

歯を砕かれた中村は、悲痛な声で娘に呼びかけた。

3

男の争いを茫然と眺めていた由紀子が、ハッと現実の顔つきに戻った。はじかれたように立ちあがった。

衣川は悟った。自分の腹の近くで組み合わさっている中村の親指をつかんで、力いっぱい逆に捩ったった。

指の外れる音と悲鳴がいりまじった。衣川はさらに中村の人指し指もへし折った。

中村は衣川から手を離した。ブラブラする指を右手で押さえこんだ。倒れ伏して啜り泣いた。

衣川の眼前を、緑色のスカートとすらりと伸びた白い脚が閃き過ぎた。一瞬ではあったが、衣川の瞳は由紀子の内股についた黒子の映像を網膜にやきつけた。

衣川が立ちあがりかけたとき、ワルサー拳銃は由紀子の両手に握られて、死の銃口を向けていた。

衣川はひるんだ。拳銃をあつかい慣れていない由紀子は、下手にこっちから動くと、恐怖のあまり引金を引きかねない。ダブル・アクションの銃だから、撃鉄が倒れた位置にあっても、力いっぱいに引金を絞ると、撃鉄は往復運動を起こして撃針を叩き、薬室内の実包を発射させる。

衣川は拳銃の左側を凝視した。荒い息をつく硬い唇が微笑にまくれた。由紀子は安全装置を外してなかった。

「それを渡してくれ」

衣川は、ビー玉のように見開かれた由紀子の目を覗きこんだ。由紀子はかぶりを振った。

「さあ、いい娘だから、それを俺に返してくれ」

衣川は左手を伸ばして、そろそろと由紀子に迫った。

由紀子は退がった。

「鬼ごっこは退屈だよ。おとなしく、そいつを俺に返してくれ」

衣川は静かに言った。

背後で物音がした。衣川は素早く振り返った。振り返りながら身を沈めていた。シュッ、と空気を裂いて、中村が健全な右手で握った火搔き棒が、衣川の頭上をかすめた。打撃をかわされた中村は、力あまって、二、三歩左に泳いだ。衣川は左の肩からぶつかっていった。

中村はブリッジ用の卓子をひっくりかえし、仰向けに倒れた。衣川ははずみをつけてその背にとび乗り、踏んづけた。

中村は肺中の空気を絞り出されて平たくなった。衣川は投げ出された中村の太い手をつかみ、まだ折れてない八本の指を次々に折っていった。中村は完全に気絶した。

これで、こいつはしばらく銃は使えない、衣川は自分に言いきかせて、由紀子の方に振り返った。

由紀子は拳銃を両手で握りしめ、暖炉の横まで退っていた。奥歯を鳴らせてマラリアのように震えながら、引金を絞ろうと懸命になっていた。しかし、安全装置が掛かっているので引金は動かない。

衣川は由紀子の瞳を見据えながら近づいた。しびれの消えた右手を出して、無造作にワルサー拳銃を奪おうとした。

由紀子は予期せぬ行動に出た。衣川の指に嚙みついたのだ。

不意をつかれた衣川は、呻き声をあげて由紀子の口から指を離そうとした。かえって歯が皮膚にくいこみ、激痛が腕をつらぬいた。

衣川は左手を伸ばして、由紀子の上顎と下顎の蝶番(ちょうつがい)の部分を締めあげた。滑らかな由紀子の皮膚に衣川の左指がくいこんだ。

拳銃を落とした由紀子は、衣川の顔をひっかこうとした。膝をあげて蹴っとばそうとした。

衣川は左手に力をこめた。嚙まれていた右指が抜けた。第二関節のあたりに歯形が並び、赤い小粒の真珠のような血が滲(にじ)み出て転げ落ちた。

衣川はひっかかれぬように顔をウィーヴィングしながら、傷ついた指をなめた。由紀子の馨(かぐわ)しい唾液とまじって、血は甘酸っぱい味がした。

衣川は自分の血を啜った。争っているうちに由紀子のしなやかな体に触れ、淡い香水とともにたちのぼる体臭を胸に吸いこんで、久しく女に触れてなかった男が疼いてきた。

両腕の外側から由紀子を抱き、首筋に唇を押しつけた。由紀子は無言のまま膝を使って衣川を蹴りつけようとしていた。

衣川は熱い唇を首筋から胸の方に移動させながら、体重で由紀子の体を押し倒していった。弓なりに反って耐えていた由紀子の膝が崩れた。由紀子はガスの炎が桜色に燃える暖炉の前に仰向けに倒れた。その上に、衣川がのしかかった。重圧に由紀子は呻いた。

衣川は両手を移動させて由紀子の頬をはさんだ。由紀子はもうひっかこうとはしなかった。しかし、脚はしっかり閉じていた。淡い鳶色を帯びた長い髪が、絨毯の上に扇形に拡がって震えていた。

その時、玄関のブザーが鳴った。

窮鼠（きゅうそ）

1

玄関のブザーは再び鳴った。

衣川は口の中で罵って由紀子の体から身を離した。足許に転がるワルサーを拾いあげた。

由紀子は瞼と脚をしっかり閉ざして、仰向けに倒れたまま身動きもしなかった。

「立てよ！」

衣川は圧し殺したような声で命じた。由紀子は動かなかった。

衣川は由紀子の腕をつかんで立たせた。由紀子の心臓の鼓動が伝わった。

「見てきてくれ。ママが帰ってきたらしい」

衣川は言った。玄関のブザーは、まだ鳴り続けていた。

由紀子は緑色のスカートを直しながら、居間から出て、廊下を玄関に近づいた。衣川は半開きになった居間のドアの蔭で、ワルサー自動九連を構えていた。

由紀子は鍵を外して玄関のドアを開けた。鼻を鳴らして白いスピッツが跳び込んできた。由紀子はその小犬を抱きあげて頬ずりした。

中村夫人が、後ろ手に玄関のドアを閉じた。寒気のためか、耳がバラ色だった。

「ご苦労。居間に戻ってくれ」

衣川はドアの蔭から全身を現わした。

二人の女はのろのろと廊下を渡ってきた。由紀子の腕の中でスピッツが歯を剝いた。身をよじって吠えたてた。

衣川は由紀子が横を通りすぎる瞬間を待ち、渾身の力をこめたワルサー拳銃を閃かせた。

キャイン……と悲鳴をあげて、スピッツは由紀子の腕から叩き落とされた。眼球がどろっと飛び出し、硬直した四肢が数度虚を蹴って痙攣した。

それっきりだった。スピッツは生命を終えた。静かになった。

「ペリー、ペリー！」

由紀子は犬の名を呼びながら、その死体に顔を伏せた。

「何て惨酷なことをなさるんです！　罪もない犬を……」

夫人の声は嫌悪でとがっていた。

「吠えると邪魔になる」

衣川は冷たく言い捨てて、拳銃で女たちに中に入れと合図した。自分もスピッツの尻尾をつかんで運び入れた。

夫人の目に映ったのは、十本の指をくじかれ、顎を砕かれて気絶している中村の姿であった。

夫人は中村の体にすがりつき、自制を忘れて啜り泣いた。

衣川は由紀子の肩を左手につかんでソファに坐らせた。自分は暖炉のマントルピースの前に、物憂げに立った。

長い時間が過ぎた。置時計の音が神経に響いた。隣りの家で犬が吠えはじめた。夫人は気絶したままの中村にしがみついて泣きやんでいた。

「こいつの弾は寝室の金庫にあると言ってたな。取ってきてもらおうじゃないか」

衣川は暖炉の上の銃架にかかったマインリッヘル・スペッシャルの小銃を示した。

夫人は衣川の命令を無視した。

衣川の頬に、怒りの血がのぼってきた。瞳は凄みを帯びて冷たくなった。

「俺の言うことが聞けないというのか？」

衣川は暖炉の前から離れた。中村の上に重なった夫人に近づき、その顎の下に靴をさし入れて勢いよく持ちあげた。

夫人は尻餅をついて、仰向けにひっくりかえった。衣川は豊かな夫人の胸の上に靴をのせ、軽く力をこめてぐりぐり回した。

夫人は激痛に耐えようと、まだ若さを失わぬ両脚をふんばった。まなじりが裂けそうにみえた。

「さあ、言うとおりにするんだ。そうすれば痛い目にあわずに済む」

衣川は言った。

夫人は痛む乳房を揉みながら、居間から消えた。外から聞こえてくる犬の吠え声は合唱になっていた。衣川の瞳は光った。追いつめられた獣（けもの）が反撃に移ろうとする際の瞳の光だった。

夫人は二十発入りの弾箱を五つ運びこんできた。定評のあるドイツRWS社製の六・五ミリ口径、薬莢の長さ六十八ミリのマグナムだ。マグナムとはブドウ酒の瓶（かめ）を語源にし、口径は同じでも段違いに薬莢と火薬量の大きな弾薬を意味する。したがって、威力も凄まじい。

「よし、それを下に置いてソファに戻ってもらおうか」

衣川は笑った。銃架から見事な鹿と葉模様の入ったマインリッヘルをおろした。軽くて、持運びに手頃な重さだった。普通マインリッヘルに多いダブルのセット引金（トリガー）ではなくて単引きだった。

衣川は望遠照準鏡（スコープ・サイト）のキャップを外した。銃を部屋の反対側の油絵に構えてスコープを覗いてみた。近すぎるので、サイトの十字のなかで油絵のメロンがぼやけていた。

夜だから、スコープは闇から射ちかけてくる相手に照準をうまく合わすことはできない。狙う側が明るくて、狙われる側が暗いとまずい。

よし、近距離の相手はワルサーで片づけ、遠距離で少しでも光の中に相手が入ったらマインリッヘルでしとめてやる。衣川はマインリッヘル・ライフルの槓杆（ボルト）を起こし、遊底を後ろに引いた。

遊底の下から銃の左側に向けて斜めに装塡（そうてん）するロータリー弾倉に、五発のマグナム弾を詰めた。遊底をもとに戻すと、弾倉上端の実包は、銃身の後端の薬室にとびこんだ。

衣川は槓杆（ボルト）を倒し、遊底の右側についた安全止めを後ろに滑らせて暴発をふせいだ。

ブローニング自動装塡の散弾銃から抜いた三発の弾をポケットから出し、紙栓を破って小さな霰弾の粒をブチまけた。粟粒のようなチルド弾は無数の銀色の宝石のように輝いた。

衣川は紙ケースを踏んづけて潰した。これで散弾は使えなくなる。次いで、六・五ミリ・マグナムの小銃弾を、左右のポケットに三十発ぐらいずつ落とす。さすがに重かった。外から聞こえてくる犬の吠え声はやかましいほどだった。

右手に小銃、左手に拳銃を持った衣川は、前庭に面した窓に近より、ブラインドを細目にはぐって外の闇に目を凝らした。

ブラインドに肩幅の広い衣川の影がくっきりと映った。

2

突きぬけるような銃声とほとんど同時に、窓ガラスを砕いた銃弾がブラインドを貫き、衣川の頬にはじきとばした木片を突きたてて、反対側の壁を大きく抉った。

衣川は生垣の間から銃火が閃いた瞬間、右に体を倒していた。

夫人と由紀子は、抱きあって床に転げ、歯を鳴らせて震えた。

衣川はポケットの小銃弾を一個、天井からさがった蛍光灯に投げつけた。

甲高い音をたてて裂けた蛍光灯は、光を失った。暖炉の中で燃えるガス・ストーヴの桜色の火だけが、淡く室内を照らしていた。

銃声は、一発だけで、あとは沈黙していた。しかし、警官隊がこの家を取りまいて、息をひそめていることは明白だった。中村や家族たちを傷つけるのを怖れて、一斉射撃をひかえているのだ。

「やっぱり裏切ったか、馬鹿な女だ。俺が死ぬ前に、あんたは自分が呼んだ警官隊の弾で蜂の巣になるぜ——」

衣川は夫人に向かって淡々としゃべった。

「奴らはさっきの狙撃に失敗して泡をくってるだろうな。俺にはあんたら二人の人質がある。

むざむざと射たれるもんじゃないさ」

ライフルの銃口を夫人に向け、安全装置を前に滑らして外した。

「脱げ！」

「…………」

「脱ぐんだ。なにもかも」

衣川の瞳は凄まじく、有無を言わさぬ力がこもっていた。

夫人はためらった。

「脱がぬと射つ。人質は娘一人でも充分だからな」

衣川は圧し殺した声で言った。裸にしておけば、恥ずかしいので外に逃げ出さないだろう。

夫人は震えながら服を脱いだ。スリップ姿になった。

「それも脱ぐんだ」

衣川は命じた。

ブラジャーとパンティだけの裸になった夫人の白い腹は、たるみが皺になって、さすがに年は隠せなかった。夫人はそれを恥じてか、脱いだ衣裳で隠そうとした。

「着てた物はこっちに投げろ」

衣川は冷酷に命じた。

夫人は目をつむって、言われたとおりにした。

「娘さんも、ママさんと同じ格好になっていただこうかな。さあ、ぐずぐずせずに脱いでもらおう」

衣川は由紀子に言った。

由紀子のヌードは見事だった。淡雪のような肌にうぶ毛が金色を帯びて光り、隆起した胸からくびれた胴へかけてのカーヴは急角度を描いていた。膝の上から急に肉づきを増して両腿はぴったりと合わさっていた。

衣川は由紀子の着けていた物を手許に集めた。それらを一まとめにしてマインリッヘル小銃の銃身で持ちあげ、破れたガラス窓の外に突き落とした。

再び銃声が吠えた。

窓枠の木片がパアッと舞いあがった。

衣川は窓に口を近づけ、声をかぎりに叫んだ。

「下司(げす)ども、俺をやっつけることができるもんならやってみろ！　人質を血祭りにあげるのを覚悟してるんならな」

「この家は包囲されている――」

スピーカーが怒鳴った。

「包囲されて蟻(あり)の這い出る隙もない。観念して、武器を捨てて降服しろ」

「参るもんか。こっちには人質という切り札がある。この家にお前たち下司野郎が一歩でも踏み込んだら、どんなことになるかよく考えた方がいいぜ」

衣川は怒鳴り返した。

「重ねて警告する。武器を捨てて、おとなしく出てこい。警告を無視すれば射殺もやむをえない。しかし、われわれはそれを望まない。武器を捨てて降服しろ……」

スピーカーは幾度も幾度も繰り返した。

台所の方でかすかな物音がした。窓をガラス切りで用心深くこすっている音だ。

衣川はニヤリと笑った。奴らはスピーカーで注意を前庭に集め、裏から潜入するつもりだ。

衣川は這って由紀子たち親子に近よった。

右手のマインリッヘル小銃が二度鋭く弧を描き、頭に一撃をくらった由紀子と母親は、急速に闇の中に沈んでいった。

暖炉のガス栓を閉じた。一瞬にして闇が襲ってきた。蛍光の光る腕時計を外して胸ポケットに入れた。

衣川は音をたてぬように居間のドアを開けた。長い間かかった。そこで小銃(ライフル)を捨て、右手に手慣れたワルサーを握って安全止めを倒した。

肘と膝を使い、息をひそめて廊下を一寸刻みに台所に向けてにじり寄った。

台所の窓を切る音はやんでいた。圧し殺した息づかいが台所に充満していた。

衣川は待った。

中腰になり、拳銃を構えて待った。

台所から廊下に通じるドアが、かすかに軋みながら開きはじめた。

闇に凝らした衣川の瞳に、台所から流れ出た腕時計の蛍光が映った。足音も聞こえた。再び別の蛍光が動いた。衣川はワルサー拳銃のスイッチ・レヴァーを完全自動(フル・オートマチック)の位置に切り替えた。

3

衣川がスイッチ・レヴァーを切り替えたかすかな音を聞きつけて、廊下の向こうで息を呑む気配がした。

衣川は引金を絞った。絞り続けながら、銃口を左から右に移動した。

チュン、チュチュチュチューン……銃口から青白い火箭を続けざまに泣き散らしながら、凶銃は小刻みに躍った。

連続発射音にまじって、銃弾が肉にくいこむ無気味な音、人のものとは思えぬほどの悲鳴や絶叫がはねかえってきた。

またたく間に弾倉を射ち尽くした衣川は、ぴたっと廊下の床に身を伏せて、闇に目をこらした。

銃火は応じてこなかった。台所から侵入してきた連中は全滅したらしい。酸っぱい無煙火薬の匂いの中に、濃い血の悪臭が漂ってきた。

衣川は後ろに這いさがりながら、銃把の弾倉室から弾倉を抜いて手さぐりで装弾した。音をたてぬようにして弾倉を弾倉室に戻した。遊底被(スライド)を引いたが、引いた手を離してバネの力で勢いよく戻るスライドが金属音を発するようなことなく、スライドの動きを手で加減した。

居間に這い戻った。マインリッヘル小銃が足に触れた。

そのとき、ある考えが、衣川の脳裡に閃いた。闇の中に白い歯がきらめいたかもしれぬ。

衣川はハンカチの端(はし)で、腕時計のバンドをゆわえた。ハンカチの反対側の端を、ドアの把っ手に結びつけた。時計の文字板や針の蛍光が室内を向くようにし、そろそろとドアを閉じた。閉めるようなことはせず、ドアと柱の間にわずかな隙間を残した。

マインリッヘルを左手に持ち、身をかがめて前庭に面した窓ぎわにしのび寄った。

黒雲のかすかな切れ目から、血の色をした月が渋面を覗かせていた。光を吸った雲の縁は、オレンジと緑色を帯びて流れている。

そのかすかな光を浴びて、生垣の向こうに蹲り、あるいは匍匐する十数人の警官の姿や、時おりきらめく輪胴式拳銃(リヴォルヴァー)が見えた。少なくとも、衣川の鋭い瞳にはまる見えだった。

衣川は手慣れたワルサーを絨毯の上に置き、ブラインドを横にずらして、破れた窓ガラスの間からマインリッヘル小銃の銃身を突き出した。淡い月光を撥ねかえさぬように、ゆっくり突き出した。

膝をついてマインリッヘルを構えた。倍率四のビューラー望遠照準鏡(スコープ・サイト)をとおして目標物を透かし見た。

スコープの集光性能は素晴らしかった。生垣の向こうに蹲った警部や制服の警官の姿が鮮明に浮かびあがった。

衣川は驚きと会心の微笑に唇をほころばせた。

スコープの十字の中心部に、警部の胸のあたりが止まった。

衣川は躊躇(ちゅうちょ)せずに、引金を絞る人差し指に力をこめた。

ドァーン……と、凄まじい銃声とともに、オレンジ色の炎が銃口から舌なめずりをし、肩に銃床がくいこむほどの反動がきた。マグナム弾だけに予想以上に発射の衝撃は大きかった。ゴーッと木霊がはねかえってきた。

警部は巨人の手に握られたハンマーで一撃をくらったように、仰向けに地面に叩きつけられた。

それに――実包が、弾頭に鉛が露出したソフト・ポイントの狩猟用ダムダム弾だったからたまらない。

警部の左の肋骨をへし折って心臓に入った弾は体中で大きくはじけ開き、変則回転を行ないながら、多量の柔部組織をえぐり潰し、背部の肋骨のギザギザの折れ目を露出させた擂鉢状の大きな射出口を残して闇に消えた、射出口は、丼よりも大きく深かった。そのために、警部の左腕は肩から外れそうになっていた。

衣川は素早く槓杆を起こして引き、焼けた大きな空薬莢をはじきとばした。ボルトをもとに戻し、弾倉の実包を薬室に入れた。

度胆を抜かれたらしく、警官隊は応射してこなかった。

目の前に指導者の警部が惨殺されて転がっているのだ。射てば銃火で自分の位置を知らせるようなものだから、浮き足だった警官たちは引金にかけた指が麻痺してしまうのだ。射たれて、一瞬にして警部のような死体に変わりたくない。

家をゆるがせたマインリッヘル・マグナムの凄まじい銃声に、気絶していた中村が目覚めたらしい。よろめきながら立ちあがる物音がした。

「動くな！」

振り向いた衣川は、低く圧し殺した声で囁いた。

しかし、その声は逆効果だった。

衣川の囁き声によってその位置を知った中村は、床の上の障害物につまずきながら、一歩一歩足場をさぐって衣川の方に迫ってきた。

「止まれ、止まらぬと射つ！」

衣川は不吉な声で警告した。

中村はちょっとの間たちどまり、再び歩み寄ってきた。

「止まれ！」

衣川は繰り返した。

中村は警告を無視した。

「死にたければ死ね！」

衣川は怒りに喉を詰まらせて吐き出した。マインリッヘル銃口を中村の体におしつけた。

中村は折れた指で銃身をつかもうとした。衣川は発砲した。

中村は空中に両足を跳ねあげて、即死した。銃火に舐められた服に火がつき、チョロチョロと炎を走らせて燃えた。いやな臭いが部屋中にたちこめた。

窓ガラスに炎が反射した。炎はすぐに消えたが、警官隊は四十五口径の拳銃弾を無茶苦茶に射ちこんできた。

恐怖に駆られているので、一度射ちはじめると、弾倉が尽きるまで射ち続けないと不安なのだ。自分が射っている間だけは、敵弾に当たらずにすむであろうという、一抹の安心感と神だのみがある。

こうなると冷静なときでは考えられないことだが、銃に弾が尽きてもまだ発射しようとし続け、銃の引金を狂気のように引く者が多い。

だから、昨年まで米陸軍の制式銃であった口径三〇－〇六のガーランドM1自動装填式ライフルでは、最終弾の空薬莢と収容能力八発の挿弾子(クリップ)が最後にビュッと遊底の上に自動的に排出され、そのとき遊底は開いたままの位置に止まって、残弾のないことを知らせる。発射しようとするときは、装弾したスペアのクリップを弾倉に叩きこんだらいいのだ。

ほかの軍用銃も、弾倉を射ち尽くすと、遊底は開いたまま止まる。ワルサーにしても同じだ。

警官隊の乱射は、悪夢のように長く続いたように感じられた。衣川は床に腹這いになって、マインリッヘルに補弾した。ガラスというガラスは微塵(みじん)に割れ、漆喰の粉がもうもうとたちこめた。

乱射はピタッとやんだ。

再び静寂が戻ってきた。弾にはじき散らされた漆喰の粉末のヴェールが晴れだした。廊下で聞こえるか聞こえぬかの物音がした。衣川は素早くライフルをワルサー自動拳銃に持ちかえた。ドアの方に向きなおって待った。

ドアのノブに吊るした腕時計の蛍光がジリッ、ジリッと動いていた。誰かが音もたてずにドアを開いて、忍び込もうとしているのだ。

突破口

1

暗闇の中で、居間のドアは音もたてずに開かれた。ノブに吊るした腕時計の蛍光はドアの動きにつれて、目に見えぬほどの速度で闇を横切った。

衣川は息をひそめて待ち伏せしていた。右手に握りしめたワルサー自動拳銃がひどく重たく感じられた。

ドアのノブにハンカチで吊るした腕時計の秒針は、幾度か完全な円を描き終わった。衣川は自分の心臓の鼓動を痛いほど感じていた。深呼吸してそれを鎮めることもできなかった。深呼吸の音を目当てに射たれるかもしれない。

二時半をさした腕時計の蛍光は、ドアが半開きになったことを示していた。

不意に、蛍光がかき消された。居間に忍び込んだ侵入者が、ドアの前に蹲るか立つかしたのだ。

衣川はワルサーのスイッチ・レヴァーをセミ・オートマチックに切り替えた。度胸がすわり、心臓の鼓動は止まっていた。

衣川は慎重に蛍光のあった位置に、ワルサーの狙いをつけて発射した。

一瞬閃いた銃火と同時に、絶叫と、人体を叩きつけられて大きく開いたドアの音が起こった。

衣川は絶叫の方向に向けて第二弾を浴びせた。

体に弾のくいこむ音とともに絶叫は中絶した。

衣川は音をたてぬように細心の注意をはらって、ドアをめがけて這い寄りはじめた。

右足が、絨毯の上に置いたマインリッヘル小銃に触れた。小銃はかすかな音をたてた。

廊下の闇から青紫の火箭が舌なめずりした。続けざまに三度、銃火はほとばしった。衣川の右側の絨毯から、漆喰の埃が舞いあがった。

衣川は、発射の閃光に幽鬼のように浮かびあがる痩せた刑事の額をめがけてワルサーの引金を絞った。

銃声と衝撃波のあとは、ただ、闇と静寂であった。

突然——窓に残ったガラスが火事のように赤く輝いた。数本のスポット・ライトの赤い光の洪水が、闇の居間に流れこんできた。

衣川は床にぴったり身をへばりつけた。ドアの近くに、銃身の短いスナップ・ノーズの刑事用リヴォルヴァーを放りだした二人の刑事が即死していた。

衣川は素早くワルサーに補弾した。マインリッヘル小銃のロータリー弾倉にも実包を加え、窓ぎわににじり寄った。

「最終通告を発する！　今から三分間の余裕を与える。その間に考え直して降服せよ。どんなにあがいたところで、お前は逃げきれない」

スピーカーは威嚇（いかく）した。

衣川は陰惨な笑いを頰に刻んだ。

「三分の間に武器を捨てて出てこなければ、総攻撃をかける。射殺もやむをえない」

スピーカーは叫んだ。

「待て、待ってくれ！　十分間の余裕をくれ！　その間によく考えてみる」

衣川は叫び返した。

「だめだ」

スピーカーは拒否した。

「五分間では？」

叫びながらも、左手にワルサーを持ちかえた衣川は、ソファの蔭に昏倒している由紀子に近づいていた。

「よし、五分間のあいだに決意して出てくるんだ」

スピーカーは答えた。もったいぶった声で秒読みをはじめた。

衣川は、由紀子のそばに蹲り、その頬を平手で乱打した。

由紀子はなかなか目覚めなかった。衣川は裸体の由紀子の陰部を殴りつけた。乱暴にブラジャーを引きちぎった。

由紀子は、ビクッと体中の筋肉を震わせて半身を起こした。小さな叫びをあげて、乳房を両手で押さえ、背を丸めて体を隠そうとした。

スピーカーの秒読みは続いていた。

衣川は由紀子の桜貝の耳に唇を寄せ、優しいといっていいほどの声で囁いた。

「いいかね、俺の言うことをよく聞いてくれ。あともう少しすれば、俺はここから出なければならない。一人だけではない。君も一緒に連れていくのだ」

「…………」

渦をまいて垂れた長い鳶色の髪の下に隠され、由紀子の表情は見えなかった。

「外では警官隊が待ちうけている。だけど、俺は捕まえられたくない。射ち殺されたくもないんだ。俺は、まだまだ、しなければいけないことがたくさん残っているからな」

衣川の声は低く柔らかかった。

「だから、俺を救けてくれ。俺を死なさないでくれ。そのためには、俺の言うとおりのことをしてればいいんだ。そうすれば、君の命も救かることになるんだ」

「あと四十五秒！」

スピーカーの声が重々しく響いた。

「目をつむって立ってくれ」

衣川は由紀子の耳に囁いた。由紀子に父の死体を見せたくない。

由紀子は催眠術にかかったように、ふらふらと立ちあがった。目を閉じていた。

衣川は右腕で軽々と由紀子を抱きあげた。部屋に残した指紋をぬぐうのはむだなことに思えた。

装填したマインリッヘルの吊り革(スリング)を左肩にかけた。重みが肩にくいこんだ。ドアの所で、ノブに吊るした腕時計を引き抜き、ワルサーを握った左手で胸のポケットに落とした。靴の裏が、死人の血のりでべとべとした。

廊下に人影はなかった。しかし、台所にまだ隠れている者がいるかもしれない。背中を射たれるのはご免だ。衣川は右手に由紀子を抱き左手にワルサーを構えて、そろそろと横向きに玄関のドアに近づいた。

2

ドアを開くと、目のくらむような青いスポット・ライトの渦が集中して流れこんだ。

衣川は由紀子を降ろし、右手にワルサーを持ちかえた。左手で長い由紀子の後ろ髪をつかんだ。それらは、すべて、まばたきする間に行なわれた。

「歩け」

衣川はワルサーの銃口で、軽く由紀子の腰をつついた。

由紀子ははじかれたように足を動かした。

玄関から現われた人影に五本のスポット・ライトを集中させた警官たちは、裸のニンフのような由紀子を見て、息をつめ生つばを呑みこんだ。

タイミングよく、衣川の声がとんだ。

「みんな、射つなら、射ってみろ。この娘さんに当たったら、新聞は何と書きたてるか分かるか？　警官でない、人殺しの名をかぶせられるぜ。

運よく俺を射ち殺したとしても、次は何が起こるか見当がつくだろう。俺の拳銃は、撃発装置になって撃鉄があがっている。俺は射たれた瞬間、無意識に引金にかけた指に力がこもる。銃は発射する。銃口はこのお嬢さんの背中に当てられている。どんな結果になるか、言わないでも分かるはずだ」

「射たないで、射たないでちょうだい！　おまわりさん、射っちゃいや！」

由紀子は裸の乳房を両手で押さえて、悲痛な声をたてた。

警官隊は発砲をひかえた。ギラギラとライトの後ろで目を光らせて、素晴らしい曲線を描いた由紀子の肉体の深部をさぐろうとしていた。

「分かったな？　俺の言うことがよく呑みこめたろう。わかったら射つな。弾を大切にしておけ」

衣川は冷たくひえた銃口で、由紀子の背をつついた。

由紀子は再び歩みだした。バネじかけの人形のように。その一歩あとから、油断なく視線をくばった衣川が、不敵な冷笑を唇に浮かべて続いた。

五本のスポット・ライトの光線の渦は、奇妙な二人の男女を追った。

射殺された中年の警部にかわって指揮をとった本庁捜査第一課の若手警部早川（はやかわ）は、発砲の命令をくだすのをためらった。衣川の言うとおり、衣川を射殺、あるいは傷つけても、人質にされた由紀子の命があぶない。

「こうなったら、作戦を変える――」

早川警部はマイクのスイッチを切り、右側に蹲った、これも私服の佐田（さだ）警部補に囁いた。

「奴がここから離れたら、防弾チョッキを着ている一課の五人だけを残して、部下を家の中につっこませるのだ。スポット・ライトも家の方に向ける。その前に選抜者は目をつむって瞳孔を闇に慣らしておく」

「ライトが家の方にそれて、部下たちがその方になだれこんだら、奴はホッと一息つくでしような」

警部補は囁いた。

「確かに、その油断を見すかして、防弾チョッキをつけた五人がひそかに奴のあとをつける。奴だっていつかあの娘から銃口を外すだろう。そこを射つ。手や脚を確実に狙うのは容易でないから、やむをえず射殺してもいい」

「もっとも、地面に向けて威嚇射撃しようとすれば心臓に当ててしまい、心臓を確実に狙えばとんでもないところに弾を外してしまうのが、われわれの腕前ですからね」

ピストル・シルエット射撃全国第七位の佐田警部補は謙遜した。

「少なくとも、君の腕だけは信用しているよ。君が追跡班の指揮をとってくれ。さあ、さっき、私の言ったことを伝えてくれたまえ。ライトを家の方に移す時は私が合図する」

警部は囁いた。

命令は、さざ波のように一人一人に伝わっていった。

防弾チョッキを着ているからといって、その上に弾をくらった場合、絶対に安全かと言えば、そうではない。発射された弾が物体に衝突するときには、相当の圧力（エネルギー）をはらんでいるからだ。たとえば、小銃の〇・三七五口径ホーランド・アンド・ホーランド・マグナム弾の銃口圧は二トンにおよび、九十キロの時速で突進してくる小型バスをとどめるだけの圧力を持っている。鋼鉄の芯を使った徹甲弾ならエンジンを貫く。

したがって、防弾チョッキの上から射たれても弾頭が肉体にまで達しないのは、〇・三二インチ口径——七・六五ミリ・ショート——以下の性能の劣った護身用の拳銃低圧弾である。それでも相当なショックがくる。

衣川は、肩にマインリッヘル・マグナム小銃を吊った左手で由紀子の髪を握り、右手でワルサー自動拳銃を構え、刻々と身動きしない包囲陣から遠ざかっていった。ライトを浴びせかけられている背に、痛いほど彼らの視線を受け取っていた。

早川警部は、右手をサッと振りおろした。

衣川に集中していたスポット・ライトは、流星を描いて中村の家に移動した。五十人近くの鉄かぶとの制服警官が、玄関や窓をめがけて殺到した。

衣川はハッと身をよじって、振り返った。素早く瞳孔を調節した。安堵の溜め息をついた全身から力が抜けかかったが、深呼吸して体をたてなおした。

行く手には畠が拡がっていた。衣川は由紀子を横抱きにして、畦(あぜ)の間に転げこんだ。銃声が続けざまに反響し、まわりの土が舞いあがった。キャベツの葉が千切れて、新鮮な香気が鼻を刺した。

由紀子が意味のわからぬ叫びをあげて、衣川にしがみついた。

「落ち着くんだ。あんな弾に当たることはない」

衣川は囁いた。

射撃は中断した。由紀子に当たるのを気づかってだ。

衣川は由紀子を抱えて、横の畦間に転がった。

背中にライフルの槓杆(ボルト)がくいこみ、激痛に歯をくいしばった。

畦の間を這っては、奥の方の畦間に転げこんだ。ちょうど、傷を負った半死の鴨が、飛ぶ力を失って水にもぐり、射手の乗った船の前後左右に首を突き出して呼吸するのに似ていた。

違うところは、衣川は由紀子という人質を連れ、奥へ奥へと逃げていくことだった。

3

私服の下を防弾チョッキでかためた捜査第一課の五人の刑事は、闇の中にまぎれこんだ衣川の追跡に移った。

指揮者の佐田警部補は、二十五メーター先の人体模型が規則正しく回転するピストル・シルエットの射撃競技と違って、生き身の衣川の動きにうまく発射のタイミングを合わせることができなかったので、部下の手前いささか面子(メンツ)を潰してご機嫌ななめだった。

「なあに、奴がちゃんと姿さえ見せれば、一発で仕止められたさ。それにこんな銃身の短かなやつでなかったら」

と、いまいましげに呟き、銃身がわずか二インチしかなく、服の下に隠すには便利だが、命中率の悪いコルト・ディテクチヴ・スペッシャルのリヴォルヴァーを持ちあげた。ラッチを後ろにひいて、蓮根(れんこん)状のシリンダー弾倉を左横に開き、弾倉の前に突き出た排莢子桿を後ろにおして、空薬莢を捨てた。

長い薬莢が平たい弾頭までかぶさった〇・三八スペッシャルの実包を保弾子から出して弾倉に六発詰めた。

さすがに、気がたっても、佐田は音をたてて弾倉を閉じるようなことはしなかった。

刑事たちの一団は、腹這いになって道路を渡り、衣川の消えた畑にもぐりこんだ。

「散れっ、散って包囲するんだ」

佐田は囁いた。

刑事たちは、敏捷に散っていった。

衣川は、時々動くのをやめて耳を澄ませながら、奥へ奥へと逃げこんでいった。

裸の由紀子は、寒気と恐怖のためか、歯を鳴らして震えていた。

ここまで来れば、もう一人きりになった方が身軽でいい、と衣川は思った。

「悪かったたな。ひどい目にあわせてしまって。俺はここから先一人で行く。もう、これ以上、君に悲しい思いをさせないよ」

衣川は由紀子の耳に、熱い息とともに優しい言葉を吹きこんだ。

由紀子はのけぞるように大きく体を痙攣させた。

衣川は軽く開いた由紀子の唇を、自分の唇でふさいだ。由紀子は唇を閉じなかった。舌をのばしてきた。

この娘は俺の舌を嚙み切るつもりかな……疑惑が衣川の脳裡に閃いたが、薄目を開けて由紀子の表情を覗きこんだ衣川は、彼女が真剣になっているのに驚いた。

「一人で行ってしまっちゃいや！　由紀子も連れていって！　由紀子はもうパパやママにあわす顔のない女にされたんですもの。どうせ堕ちるからには、地獄の底までも堕ちるわ。あなたと一緒に」

唇を離した由紀子は、泣きべそをかいたような顔で喘いだ。

「君の体はまだ綺麗だ。嘘ではない。俺は君の体を穢(けが)してない」

衣川は高くなろうとする声を、圧し殺すのに気をつかった。

「同じことよ。世間の人が、これからの由紀子を見る目は。由紀子は、人前に恥ずかしい姿を見せてしまったわ……」

「シッ、静かに！　誰か来る」

衣川は由紀子の口を押さえた。野の獣のように鋭い衣川の聴覚は、畦の土くれを崩して忍び寄る追っ手の気配をとらえていた。

由紀子は衣川の胸に顔を埋めた。ライフルの銃身が、かすかな光

半身を起こした衣川は、左肩のライフルをそっと外した。ライフルの銃身が、かすかな光を撥ねかえして光ったらしい。

四、五十メーター離れた闇から閃光がひらめき、チューンと長い尾をひいた弾の音が、衣川のはるか左上を飛び去った。轟音が木霊と化して、はるか後ろから伝わってきた。

一瞬の躊躇ののち、衣川はマインリッヘル小銃(ライフル)を左腋の下に構えた。ワルサーを持った右手で、マインリッヘルの安全装置を外した。

衣川に体を接した由紀子の心臓は、罠にかかった鼠のように荒かった。衣川は闇の中に瞳を凝らしたまま、右肘で由紀子をそっと押しのけた。由紀子は衣川の膝の上に顔を伏せた。

敵は、動かずに様子を見ているのだろう。ぐずぐずしていると仲間が集まってくる。

衣川は左腋に抱えたマインリッヘルをあてずっぽに発射した。蹴りつけるような反動とともに、銃口からゴーッとオレンジがかった炎がほとばしった。凄まじい発射の炸裂音に、由紀子は耳を押さえた。

ただちに相手は応射してきた。衣川の計算したとおり、弾は衣川の左側にはずれた。体の左側でマインリッヘル小銃を射ったのを、相手は普通のとおり、右肩にくっつけて射ったものと思いこんだのだ。

衣川は、相手の発射の閃光が消えぬまに、右手のワルサーの引金を絞った。

確かに手ごたえはあった。相手が弾着の衝撃で、地面に叩きつけられる響きがした。

しかし、相手はすぐに起きなおったらしい。闇の中から再び銃火が甦り、衣川の顔の近くをビシッ、ビシッと続けざまに夜気を嚙んでかすめた。

衣川は、相手が防弾チョッキを着けていることに感づいた。

相手の顔のあたりの闇をめがけて、祈りをこめた一弾を放った。完全な手ごたえがあった。

相手の銃火は沈黙した。

「俺は行かねばならない！」

衣川は由紀子に囁いた。

「今は君を連れていけないが、時が経てば迎えに来る」

「あなたの本名は？」

「あすの新聞が教えてくれるだろう。ぐずぐずしてはいられない。夜が明ければ俺の命は危ない。じゃあ、また会おう」

衣川は素早く由紀子から身を離し、畦の間を転げるように走った。足音をめがけて、遠距離から、銃弾の雨が浴びせられた。

衣川は思い出したように後ろに向け威嚇射撃しながら、闇のなかに溶けこんだ。

仲間揉め

1

包囲の警戒陣を切り抜けた衣川は、喘ぎながら西新宿四丁目の真美子のアパートにたどりついた。

灰色がかった黒藍色の空に、幾条もの雲が重なっていた。まだ地表に顔を現わさぬ朝日の弱々しい光を下から受け、刻々と色彩を変化させて物憂げに流れていった。

衣川は徒歩であった。三国を襲うとき板橋円明寺のそばに乗り捨てたヒルマンは、物騒で近づくことができなかった。なにしろ、追われ追われて、露地から露地に、ドブ鼠のように逃げまわったのだ。

弾薬を射ち尽くしたマインリッヘル小銃は、逃げる途中で放棄していた。したがって、もつれる足を踏みしめて、喘ぎ喘ぎアパートの階段を登っていく衣川は、外観からだけなら武装しているように見えなかった。

二階の真美子の部屋までいくのに、衣川は何度も階段の途中で動けなくなった。鉛よりも重く硬直した筋肉は、熱と鈍痛をともなって不自然に痙攣していた。頭を何トンもある重しで圧しつけられているようだった。

衣川は息をついて頭を振った。首の骨がミシミシ音をたてて軋んだ。首筋が折れそうに痛んだ。

気力を奮いおこし、手摺につかまってやっと階段を登りつめた。真美子の部屋の入口のドアに合鍵をさして回した。

室内で電灯がついた。衣川はドアを開けて、小さな玄関の中に入った。

「恭介さん！」

薄紫のネグリジェの上にローブを羽織った真美子が、泣きべそをかいたような顔になって、手にしていたパン切りナイフを落とした。

ナイフは床に突きささってビリビリ震えていた。

衣川は後ろ手にドアを閉めた。ドアに背中をもたれさせたつもりであったが、体が言うことを聞かなかった。

衣川はゆっくり膝をついて倒れかかった。

駆け寄った真美子が、衣川の重い体を支えた。そうでなかったら、衣川は玄関のコンクリートの上に横転していたかもしれない。

「恭介さん、しっかりして！」

真美子は悲痛な顔で衣川を揺さぶった。

「大丈夫だ。心配かけてすまない」

それだけ言うのでも、衣川は口を動かすのに困難を覚えた。

「かわいそうに、しっかり私につかまってて」

真美子は、衣川を抱えて立ちあがらせようとした。熟れた女の体臭が、香水の匂いとまじって、衣川の鼻をくすぐった。

何度か失敗して後、衣川はやっとのことで立ちあがった。真美子にすがって奥の六畳の居間に入った。

コートも脱がずに、ソファに倒れこんだ。肋骨が鳴った。衣川は目をつむった。疲れが一時に出て、自分の力では指一本も動かせなくなった。

「いったい、どうなさったの？」

真美子は、ソファの横に膝をつき、無意識に衣川の乱れた髪を撫でた。とりみだした瞳に母性が光っていた。

「気つけの……酒を」

衣川は口を開いた。

真美子は、はじかれたように立ちあがり、キッチンからブドウ酒の罎とコップを持って戻ってきた。

コップにルビー色の液体を注いで飲まそうとしたが、体を動かせぬ衣川の喉にうまく通らなかった。衣川の頬や顎に、あふれた液体がしたたり落ちた。

衣川は喉を詰まらせて噎せた。

「目をつぶってちょうだい。お願い……」

真美子は思いきったような口調で囁いた。

衣川の唇に、暖かい真美子の唇が触れた。衣川は吸った。口移しのブドウ酒が快く流れこんできた。

衣川は母乳をねだる幼児のように、真美子の口移しのブドウ酒を吸いつづけた。一罎のブドウ酒が空になったころ、アルコール分が血液に吸収され、ゆるやかに体の隅々に回りはじめた。体が少し楽になった。

真美子は、汗を浮かべて衣川の肩を揉みはじめた。衣川は胸いっぱいに、女の匂いを吸いこみ、快い懶惰のなかに身を浸していた。

「話して」

真美子は言った。

衣川は大儀そうに口を開いた。

「三国を狙ったんだ。奴の家の前で待ち伏せした。しかし、奴を狙っているのは俺だけでなかった」

「誰？」

「島津のやっていた会社を受けついだ田辺だ。揉め事があったらしい。田辺は部下を派遣した」

「では、あなたが行ったとき、すでに三国は死んだあとだったの？」

「違う。俺と田辺の部下が鉢合わせしたんだ」

「…………」

真美子は眉をつりあげた。

「奴らは、俺を三国側の者だとカン違いして射ってきた。やっと三国に遠距離から一発浴びせてやったが、三国は生き返るだろう」

「まあ」

「そのあとは、警察に追われ続けた。逃げのびるために、むだな殺しもした。そして、俺はこうしてまだ生きている」

衣川は苦笑した。

「三国は死ななかったの？」

真美子は複雑な表情で言った。

「死んではいない。何週間か経てば、銃傷は癒えるだろう。だが、奴はその間、じりじりしながら苦痛に耐えなければならない。兄貴が味わった苦しみからくらべれば、生易しいもんだが」

「…………」

「考えてみれば、奴を殺す楽しみを少しだけのばしたことと同じだ。いや、それよりもいいかもしれない。奴はベッドにくくりつけられているまに、〝死〟ということをたっぷり考えるだろうからね。奴が、死というものの怖ろしさを充分に知ってから、俺は奴の息の根を止める」

言い終わると、急速に睡魔が襲ってきた。衣川は、真美子が毛布をかけてくれたのも気づかずに眠りにおちていった。

2

朝刊はセンセーショナルに事件を伝えていた。ラジオやテレビが、朝刊の締切りに間にあわなかったことを補足した。

現場近くに乗り捨ててあったヒルマンの車から、衣川の身許は割れた。

衣川の顔写真は、印刷やブラウン管を通して全国に通知された。

逮捕された殺し屋二人は、黙秘権を行使して、雇い主の田辺のことをおくびにも出さなかった。彼らは銃器不法所持と殺人未遂の罪だけなら、弁護士がうまくやってくれるだろうと楽観していた。

中野哲学堂の近く、豪壮な舟橋の邸宅で、二回目の首脳部会議が招集された。瀕死(ひんし)の床にある三国は、前回のメンバーの中からはずされていた。

大村…高橋…坪田…小田…それに、何くわぬ顔をした田辺が、高級車を駆らせて続々と到着した。

彼らの虚勢を張った傲然(ごうぜん)とした顔つきにも、不安と恐怖の影は隠せなかった。書斎で待ちうけていた舟橋の顔も、心なしか蒼(あお)ざめていた。

前回と同じように、図書館のように天井の高い書斎の真ん中に据えつけた円卓を囲んで、六人の男は着席した。

「衣川の若造を、私たちは舐めすぎていたように思うね」

舟橋が口を開いた。

「だから、私は前に何回も口を酸っぱくして注意したんです。三国さんは私の忠告を鼻であしらった。その結果が昨夜の惨事となって現われたんですよ」

田辺が言った。

「愚痴をこぼしてもはじまらない。要は、いかにして衣川をくいとめるかだ」

三白眼を据えたサルヴェージ屋の坪田が、冷たく吐き捨てるように言った。

「待て。対策も大事だが、その前にはっきりさせぬといけないことがある」

小田が口をはさんだ。殺し屋の斡旋人と噂がある。

「……？」

舟橋が目でうながした。

「昨夜、三国君を襲ったのは衣川だけでなかったんだよ。それは諸君もご承知のとおりだ」

「衣川と鉢合わせした殺し屋のことかね？」

キャバレーの店主である大村が尋ねた。

「そう、そのことだよ。誤解のないように言っておくけどね、昨夜の殺し屋は俺の紹介では絶対にないぜ。俺はまさか仲間を殺らすために拳銃使いを斡旋するほど仁義をわきまえてないはずはないからな」

舌を嚙みそうな言いまわしだったが、小田の口調は真剣だった。

「それは君、君がそんな汚いことをするなんて、誰も思ってないよ、取りこし苦労だよ」

舟橋はなだめた。

「いや、俺の言いたいのはだね、誰があの殺し屋たちを雇ったかと言うことだ」

小田はズバリと言って、皆の顔を順々に眺めまわした。田辺はひきつった唇にタバコをくわえ、煙が目にしみるふりをした。

「俺はね、こんな商売をしているから、いつ誰が拳銃使いを雇ったか、そんな連中の出入りが手にとるようにわかるんだ——」

小田は言った。

「俺のところを通じなかったから、俺の目をごまかせた、なんて思う馬鹿な奴もたまたまいるもんで困るよ」

「誰なんだ、殺し屋を雇ったのは？」

舟橋の声が鋭くなった。

部屋の空気がピーンと緊張した。

小田は狡猾（こうかつ）な笑いを浮かべ、とぼけた口調で、

「昔々、ある森に、狸と狐と羊がいました。狸は羊が憎かった。狐も羊が憎かった。狸は羊をやっつけようと思いました。しかし、自分がやったのがわかっては森の王に裁かれるのです。そこで狸は考えました。自分がやっておきながら狐の仕業に見せかけようと。ところで、いざというときになって、これも羊を食い殺してやろうと企んでいる狐が姿を見せたのです」

「わかった。狐は衣川だ。狸はいったい誰なんです？」

商談のとき以外には寡黙な、手形パクリ屋の高橋がイライラしたような声をだした。

小田は狡猾な笑いを分厚い唇から消さずに、猪首を田辺の方にねじむけた。

「ねえ、田辺君」

ねっとりからみつくような声だった。声はしゃがれていた。

「なんでしょう？」

田辺の唇からタバコが落ちた。

「気分が悪いんなら、水を運ばせようか？」

小田は言った。

「気分なんか悪くないですよ。どうしてそんなことをおっしゃるんです？」

田辺は落ちたタバコを灰皿におしつけながら、肩を怒らせた。

「なに、ただちょっと気になっただけでね」

小田は軽くあしらい、誰にともなく、

「人間という奴はなかなかやっかいなもんですな。よほど鍛えあげた者でないと、何かうしろ暗いことをやって涼しい顔をしておられぬらしい」

と、呟いた。

3

「どういう意味です？」

田辺はくってかかった。

「どうして君は俺の言ったことが気になるのかね？」

小田は反駁した。

「私が裏切ったような言い方に、聞こえるではありませんか。私を疑っておられるのですか？」

田辺は額に薄く汗を滲ませ、カラカラに干上がった喉からしゃがれ声を出した。

「そうは言ってはいないけどね」

「じゃあ、意地の悪い言いかたはやめてください。まるで、私が裏切り者みたいな……」

「そうでなかったのかね？」

小田は、わざと穏やかに言った。

テーブルの上の空間を殺気が飛びかった。誰かが生つばを呑んだ。

「おかしな言いかたはやめてください。証拠もなしに、ヒステリー女のように人を疑ってかかられては迷惑します」

田辺は居直った。昏のひきつりは、もうとっくにやんでいた。

「そうだよ、小田君。仲間割れは見苦しいからね」

舟橋が口をはさんだ。

「証拠をあげろとおっしゃいましたね？　証拠をあげればいいんでしょう？――」

　小田は冷笑した。

「じゃあ、聞くがね、田辺さん」

「筋の通った話なら、なんでもお答えしますよ」

　田辺は挑んだ。

「君は池袋の山東組にワラジを預けている流れ者の殺し屋を貸してくれるように頼んだ」

「嘘だ！」

「むろん、君自身が頼むようなヘマはしないさ。しかしだね、君の片腕の安西が話をつけに行っている」

「でたらめは言わないでいただきたいですな」

「ふざけるなっ！　この道で長年メシを食っている俺の目を節穴だと思ってるのか！　安西が頼みにいった山東組の代貸をここに連れてくるぜ」

　小田のドスのきいた罵声が、ビリビリと窓ガラスを震わせた。

　田辺は、椅子を倒してとびさっていた。右手が閃き、腰のホルスターに隠していた自動拳銃を抜き放った。

「みんな動くんでない！　両手をテーブルの上にさらすんだ！」

　小さな自動拳銃は威嚇的に銃口を動かした。ベルギー製ベアード六連の口径〇・三八〇は三十八口径中もっとも小さく、銃身部先端のすぐ近くから引金の用心鉄がついている。射程が長いと当たりにくいが、こんな至近距離での護身用には適している。

「銃声を聞かれるのが怖くて発射できないなどと思ったらあてが外れるぜ……おっと、舟橋さん、呼びリンのボタンからもっと手を離していただきましょう」

田辺の顔から卑屈さは消えさり、何度も鈍器で殴られたような顔に、典型的なギャングづらが露骨に見えた。身だしなみのいい闇の紳士だ。

「馬鹿、悪あがきはよせ！　この屋敷のまわりは部下が固めている。私の目を逃れては、蟻一匹も這い出せない」

舟橋は冷たく言った。

「五人か。俺をよせて六人だな。弾倉を詰めかえなくても、このちっちゃな拳銃で充分料理できる」

田辺はカチッと自動拳銃の安全止めを外した。

「待て、俺たちは何もお前が三国に殺し屋をさしむけたと決めたわけではないんだ」

坪田が弱音を吐いた。

「そうだよ、初めっからそう言ってくれれば、俺だって凄まずにすんだんだ」

田辺は嘲った。

「ハジキを捨てろ！　コケおどかしはやめて話しあった方がお互いのためだ。物騒なオモチャを振り回すのはチンピラのすることだ」

舟橋は言った。

指は、円卓の縁の近くについた非常ベルのボタンに、目には見えぬほどの遅さで近づいていた。

「確かに俺はチンピラだよ。だがね、チンピラだから俺は体を張ってるんだ。あんたらのようにゼニの力で甘い汁ばっかり吸っているのとわけが違うんだ。まだ体力は残っているぜ」

田辺は舟橋の動きから目を離さずに、右手で拳銃を構えたまま、小田の背後に回りこんだ。

「舟橋さん。ご面倒だが、お手々を首の後ろで組んでいただけますかな」

田辺は言った。舟橋は意外におとなしく命令を聞いた。

田辺は左の拳を固めた。充分に体重の乗った左のフックが、小田の耳に炸裂した。

小田は悲鳴をあげてブッ倒れた。田辺は、床に落ちる寸前の小田の太い首筋を、憎悪のありったけをこめて右の靴先で蹴りつけた。

小田は全身を痙攣させて気絶した。

「みんな、壁ぎわに並んでもらおう。武器を持ってないか確かめる」

田辺は傲然と言いはなった。

高橋が口の中で罵ったが、耳をつまみあげられて黙りこんだ。

気絶した小田をのぞく四人の男は、本棚の間の壁に向かって立った。

「壁に手をついて体を支えろ」

田辺は命令した。

男たちは諦めて命令を実行した。

田辺は左の端の舟橋から、身体検査を始めていった。

高橋の内ポケットから、ハイ・スタンダード十連発の〇・二二口径自動拳銃が出てきた。

大村の尻ポケットには、〇・二五口径のコルト自動拳銃が隠されてあった。

田辺は、それを自分のポケットにしまいこんだ。

「よし、もとの所にもどれ」

田辺は拳銃で、部屋の真ん中の円卓の方を示した。

そのとき――気絶していたはずの小田の右手から、緑色の光線と化した細身のナイフが田辺の胸をめがけてシューッと飛んでいった。

田辺は身をひねりながら、小田をめがけて、一発ブッぱなした。引金をひいた途端、よけそこなったナイフが田辺の右肩を貫いた。

銃弾はわずかに小田の体をそれ、絨毯の埃をまきあげた。

田辺の右肩を貫いたナイフの切っ先は、背を破って突き出ていた。田辺は再び引金をひこうとした。

高橋がとびかかって、田辺の右手を押さえこんだ。暴発した拳銃の火箭が絨毯を焦がした。

リンチ

1

田辺は渾身の力をふるって、拳銃を握る右手を押さえた高橋を振りほどこうとした。しかし、右肩を小田の投げたナイフで貫かれているため、思うように力が出なかった。

咄嗟に判断して、左手をポケットに突っ込み、高橋から奪ったハイ・スタンダード十連のオートマチックを抜き出そうとした。

本棚に飾ってあったブロンズの天使像を握った大村が年に似合わぬ敏捷さで、駆けよった高橋と揉みあっている田辺の頭にブロンズの像を振りおろした。

グシャッと、いやな音がした。

田辺は前向きに絨毯の上に叩きつけられた。その手から離れた〇・三八〇ベアードが、高橋の手に移っていた。

倒れた田辺は身動きしなかった。右肩から突き出したナイフの切っ先に、血の玉がルビーのように光っていた。

肩で大きな溜め息をついた大村が、血のりと四、五本の毛がへばりついたブロンズの像を投げ捨てた。

「死んだかね？」

ネクタイを直しながら、舟橋が穏やかな口調で尋ねた。

「死んでしまっては面白くない。死なないように手かげんしたつもりですがね」

キャバレー店主の大村が、田辺のそばにかがみこんで手首の脈をさぐった。

さきほど田辺に痛めつけられた小田が、蹴っとばされて腫れあがった首を揉みながら立ちあがった。左の耳から血がしたたり落ちていた。舟橋が近よってその体を支えた。

廊下に数人の足音が起こり、ドアが激しくノックされた。

「社長！」

「心配するな。医者を呼んできてくれ。ああ、ちょっと待った。その前に血止めの薬を頼むよ」

舟橋がドアに向かって言った。

「死んではいない。もっとも叩き殺そうったって、なかなか死ぬような男ではないからな。気絶しているだけさ」

田辺から手を離した大村が言った。田辺の背には、赤黒い血の波紋が拡がっていた。

「裏切り者！」

肥満した小田は、田辺の頭を踏んづけようとした。

舟橋が小田をおしとどめた。

「あんたはこいつが癪にさわらんのか？」

小田は冷たい瞳を据えて、舟橋にくってかかった。

「まあ、そう急くもんじゃないよ。奴が息を吹きかえして、ちょっと元気になったら皆で思うぞんぶん可愛がってやろうじゃないかね」

舟橋は喉の奥でクックックッと低く笑った。

高橋が、倒れた田辺の左ポケットから、奪われた自分のハイ・スタンダード小口径十連発の自動拳銃を取り返し、大村にも〇・二五小型コルト・オートマチックを返してやった。

医療箱を持った若者が二人、ドアをノックして入ってきた。二人とも、まともなサラリーマンとは思えぬ、鈍く虚ろな瞳を持っていた。ヤクザ特有の馬鹿ていねいな物腰だった。

隅のソファで小田が傷の応急手当てを受けているとき、黒革のカバンを持ったもぐりの医者、浜村が姿を現わした。赤銅色に酒焼けした背の低い男だ。

「また何かやりましたな？」

と言って、気絶している田辺に近づいた。

「この男を今は死なせたくないんです。口を割らしたいんでね。よろしくお願いします、先生」

舟橋は複雑な笑顔を見せた。

「ナイフを抜くと、出血が激しくなる。ことによったら輸血しなければならん。ここでは無理だね」

浜村は首を振った。

「地下室でやってみてくださいよ。どうしてもだめなら、先生のところに運ばせますから」

舟橋は言った。

「仕方がない。腕の見せどころというわけだな」

浜村は肩をすくめた。首が短いので、板についてないようにみえた。

田辺の体は、舟橋の社員たちの手で地下室に運び去られた。

浜村は腫れあがった小田の首の骨に沿って、圧しながら指を滑らせた。

小田は痛がって悲鳴を洩らした。頸骨にヒビが入っているらしいから、あとでレントゲンをかけることにする、とこともなげに浜村は宣告した。

浜村が地下室に消えると——舟橋…小田…大村…高橋…坪田の五人は、再び円卓を囲んで会談をはじめた。

今度はウイスキーやコニャックで景気をつけようとした。

しかし、誰も口数は少なかった。小田は痛む首を両手で支えて浮かぬ顔をしていた。

「三国の容態はどうなのかね？」

舟橋が尋ねた。アルコールがだいぶまわってきていた。

「意識は回復してますよ。運よく弾は心臓まで入らなかったんですね。被甲弾で高速すぎたものだから、肩胛骨に沿って突きあがって、首筋の近くから抜けたんですよ……三週間もすれば、起きあがれるんじゃないですかね。もっとも一生後遺症に悩まされるかもしらないが……」

今朝ほど三国を見舞ってきた高橋が、悪夢を振り払うかのように、ストレートのウイスキーを喉に放り込んだ。

2

五人の男たちは酔いがまわってくるにしたがって、ますます陰惨に黙りこんだ。

「田辺の野郎！……」

小田が罵った。

「もう、痛めつけてもいいぐらいに奴の体力は回復しているんじゃないかな」

三白眼を血走らせたサルヴェージ屋の坪田が、冷酷な笑いに唇を歪めた。

舟橋が大儀そうに立ちあがり、部屋の隅に置いたステレオのキャビネに近よった。蓋を開くと、インターホーンの装置が現われた。

舟橋はインターホーンのスイッチを入れた。

「田辺の様子はどうだ?……なに、元気になったと?……よし、降りていくから、しっかり見張りしててくれ」

スイッチを切り、注目した皆の視線に上品な笑顔を向けた。

「どうです諸君? 地下室までおつきあい願えますかな?」

「願ってもないことだ。奴をいたぶってやらないと、腹の虫がおさまらん」

小田が熱心に言った。残りの者も賛意を表した。

地下室に降りるには、長い廊下を伝って、台所に近い空き部屋に出なければならなかった。

六畳ほどの空き部屋の真ん中から、急角度の石造りの階段が下にのびていた。

見張りの男の丁重な礼を受けて、舟橋たちは蛍光灯に照らされた石段を降りていった。湿った冷たい空気が重くよどんでいた。

石段を降りきったところに狭い空間があり、その先に金属の扉が立ちふさがっていた。扉には防弾ガラスの覗き窓がついていた。

さきほど医療箱を持ってきた社員の一人が覗き窓から顔を見せた。一礼して重い金属の扉を開いた。

奥は長い三十畳敷きほどの地下室だった。

左側の壁に、湿気よけの銃器ロッカーが並んでいた。ロッカーの茶色いガラス越しに、四十丁を越す散弾銃(ショット・ガン)と小銃(ライフル)が立てかけてあるのが見えた。

散弾銃は十二番口径、小銃はすべて口径〇・三〇－〇六に統一されていた。乱闘のさいに、弾種のこんがらがるのを防ぐためだ。

突当たりにドアが見えた。その奥は食糧庫になっている。籠城用に井戸まで掘ってあるという噂だ。

突当たりのドアの左右には、マットレスと椅子が高い天井近くまで積み重ねてあった。

そのマットレスの一枚がおろされ、部屋の右隅に敷かれていた。ビニールを張ったマットレスの上にパンツ一枚の田辺がのびていた。

右肩から左の腋の下にかけて、袈裟(けさ)がけに包帯でぐるぐる巻きにされていた。椅子に腰を降ろして拳銃を構えた社員に見張られていた。

五人の男は、舟橋を先頭に立てて地下室に踏み込んだ。

もぐりの医者の浜村は、黒革のカバンを閉じて立ちあがった。

田辺は顔色を変えて、跳ね起きようとした。見張りの社員にルーガー拳銃で威嚇されて、ガックリ体の力を抜いた。勝手にしやがれ、と言いたげに、ふてくされた態度でそっぽを向いた。

「上にあがって飲んでくれ」

舟橋は浜村に向かって言った。

浜村は無言でうなずき、黒革のカバンを提げて出ていった。

椅子から立ちあがった社員の長谷川がしゃれた身振りでルーガー・九ミリ自動拳銃を腋の下におさめた。

「ドアのところに退がってなさい」

舟橋は命じた。長谷川は入口の金庫扉の前に立った。

首の痛みと重さに耐えかねた小田が、長谷川の腰かけていた椅子に、崩れるように腰を降ろした。苦痛と憤怒とアルコールで血走った目が、ギラギラ光っていた。

舟橋は銃器ロッカーの下段の抽出しを開き、長さ五十センチほどの硬いゴム・ホースを持ってきた。

「田辺君」

舟橋はゴム・ホースを自分の左の掌にバシッと叩きつけた。

「…………」

田辺はそっぽを向いたきりだった。しかし、瞼が小刻みに痙攣していた。

「こっちを向くんだ！」

舟橋は腸にビリビリ響くような鋭い声を出した。

「うるせえ、殺すんならさっさとやりゃいいじゃねえか」

度胸を決めたと見え、田辺はギョロッと目を剝いてふてくされた。

「君のお望みのように、そう簡単には死なさないよ。あっさり死なれては楽しみがなくなるからな」

舟橋は、普段の無気味なほど穏やかな口調に戻っていた。

マットレスの上に横たわった田辺を見下ろす男たちは、歯をむきだして笑った。

「なぶり殺しにしてもあきたらん奴だ。おい長谷川、ナイフがあったら貸してくれ」

小田が頭をあげ、戸口に立った見張りの社員に声をかけた。

長谷川は無表情な顔つきでかがみこんだ。漆黒のドスキンのズボンの裾をまくり、毛ずねの上にゴムのバンドでとめたナイフを外した。

象牙の柄に銀の透し彫りを入れた、長いハンティング・ナイフだった。革の鞘におさまった刃は、硬貨を軽く断ち切るゾリンゲンの特殊鋼であった。

一礼した長谷川は、鞘におさめたハンティング・ナイフを小田に投げた。

小田は器用にそれを空中で受けとめ、酷薄無残な笑いに唇を歪めて刃を抜き取った。青紫の陰影を帯びた白刃は、蛍光灯の灯を冷たく撥ねかえした。

小田は抜き放ったナイフの鋭さを、親指の腹で試してみた。素晴らしかった。

「君は三国君をどうして殺させようとしたんだね？」

舟橋は尋ねた。

3

田辺は答えなかった。答えるかわりに口に溜った唾を舟橋の足許に吐いた。

舟橋は穏やかな顔つきを変えずに、右手で握ったゴム・ホースを一振りした。田辺の左腕に当たったホースは、鋭い音をたてて跳ねた。

田辺は歯をくいしばって、痛みに耐えようとした。

「あやまれ！　すみませんでしたとあやまるんだ！」

坪田が田辺の髪をつかんだ。逃れようとするのを、無理やりに上半身を起こさせた。

「さあ、あやまれ！　唾を吐きつけたりして悪うございましたと、犬のように四つん這いになってあやまるんだ」

坪田は、田辺の前額をマットレスにおしつけようと体重をかけた。

田辺は力いっぱいに左の肘で坪田の胃を一撃した。肘鉄(ひじてつ)だ。不意をくらった坪田はナイフのように体を折って尻餅をついた。目をひきつらせ、背を丸めて咳こみながら、ウイスキーとつまみと胃液を吐きちらした。

田辺が行動に移った瞬間、見張りの長谷川はルーガー拳銃を抜き出していた。

高橋が機敏に跳躍して、ハイ・スタンダード・スーパーマチックの銃身で田辺の耳を殴った。

田辺の頭は傾いた。照星に切られた耳からバラ色の血が露出し、幾条もの血が垂れ落ちた。

田辺はわめいた。

「殺すんなら、殺せ！」

よろめきながら立ちあがった坪田が、汚物でぬるぬるする拳を固めた。

「そう急かさなくてもいいだろう？　殺す殺さぬはこっちの決めることだ」

舟橋が冷笑した。意味ありげにホースを軽く自分の左掌に叩きつけていた。

「ふん、もったいぶるなってんだ――」

田辺は圧し殺したような声で続けた。

「俺が死んだら、どうなると思う？　俺は貴様たちがやってきたことをみんな知っている」

「だから、どうした、と言うんだね？」

「貴様らのやってきたことを記録したものを、証拠資料をつけて警視庁に送りつけてあるんだ。

俺が三日以上行方不明になるとか、死体が発見されたりしたときには、そいつを開封してもらうことになってるんだぜ」

田辺は切れた唇を舐めた。

男たちは、不安と猜疑の視線を交わした。背後から田辺を殴ろうとした坪田の手が止まった。

「どこかで聞いたようなことを言うじゃないか、ええ？　お前のようなゴリラに、そんなしゃれた真似ができると思えないよ。ハッタリもいいかげんにしておかないと、ペンキが剝げますよ」

舟橋が一語一語くぎるように言った。セイラムのタバコに火をつけようとしたが、何本かマッチをむだにした。

「ハッタリと思うならそれもいいさ。さあ、それでも殺せるなら殺してみな。貴様らのサディズムが満足いくだろうぜ」

武器を持った敵にとりかこまれながら、田辺は図太かった。数時間前まで、舟橋たちのご機嫌伺いに汲々としていた腰の低さはどこにも見当たらなかった。

「いい度胸だ。さすがに私たちを裏切っただけのことはある」

言いながら、舟橋は体を低くしてゴム・ホースを横に払った。

田辺は腰を使ってダッキングした。すっと上体を沈めた。

打撃をかわされた舟橋は、腰くだけになった。

上体が泳ぎ、足がダダッとたたらを踏んだ。

田辺は左腕を後ろに引いた。弧を描いた左の拳が、唸りを発して、舟橋の首のつけ根に叩きこまれた。

肺中の空気を絞り出された舟橋は、田辺の膝の上に顔を突っ込んできた。

田辺は膝で跳ねあげた。

前歯を砕かれた舟橋は、パンチング・ボールのように頭を反らせて呻いた。手からホースが離れた。

跳び起きた田辺は、戸口に目を走らせた。戸口に頑張る長谷川が、ルーガーの遊底被(スライド)をひいて撃発装置にした。

坪田が田辺の背後から羽がいじめにした。

田辺はその小柄な体を投げとばそうとした。右肩に力が入った。途端に、気が遠くなるほど傷口が痛んだ。激痛に耐えかねて棒立ちになった。

左手にハイ・スタンダード自動拳銃を持ち替えた高橋が、身をかがめて素早くゴム・ホースをすくいあげた。

高橋はシュッ、シュッ、と歯の間から空気を吐き出しながら、めったやたらに田辺を乱打した。

坪田は田辺から手を離し、二、三歩後ろに退がっていた。

棒立ちになった田辺は、ゴム・ホースの乱打の雨を避けることもできずに、もつれる足を踏みしめていた。目の先が朦朧と霞んでいた。

顔は変形してしまっていた。

鼻や唇から飛び散った血が、執拗に打撃を繰り返すゴム・ホースを濡らしていた。

「今度は俺にやらせてくれ」

舌なめずりした大村が、グロッキーの田辺の胃を、サンド・バッグでも叩く調子で殴りつけた。

田辺は朽木(くちき)のように倒れた。暗黒がのしかかり、ほんの少しの間だが気絶した。

「大丈夫ですか？」

ゴム・ホースを投げ捨てた高橋が、真っ白なハンカチで唇をぬぐっている舟橋を助け起こした。

ハンカチは血に染まっていた。折れた義歯が、一本その中に吐き出されていた。

「心配ないよ」

舟橋は無理に笑おうとした。頬の筋肉がひきつっただけだった。

「さっき、奴の言ったことは本当だろうか？　もしそうだとすると、俺たちはひどい目にあうぜ。コロシの一課だけでない。経済の二課や暴力団関係の四課の刑事(デカ)がすっとんでくる」

まだ椅子から動かなかった小田が、不安げに言った。

「確かめてみることだな。警視庁といっても広い。まず、本庁のどこに送りつけたのか、それから口を割らすんだ」

　ハンカチで口を隠した舟橋は言った。

「まかしとけ。俺のやり方で、これまで口を割らなかった者はなかった」

　椅子から離れた小田は、右手にゾリンゲンのハンティング・ナイフを持って、つかの間失神から覚めた田辺のそばに蹲った。

　剃刀(かみそり)よりも鋭く硬い刃が閃き、田辺のパンツは切断された。小田は露出した田辺の下腹部に冷たい刃を滑りこませた。

　田辺は途端に果てしらぬ恐怖に襲われた。

　凄まじい悲鳴が口をついて出た。

逆転

1

凄まじい悲鳴をあげた田辺を見下ろして、小田はその下腹部に押し当てていたゾリンゲンのハンティング・ナイフの刃を引っこめた。脂肪ぶとりが殴られたためになおふくれあがった頬に満足げな薄ら笑いを漂わせた。

「やっと、しゃべる決心がついたか？　強情な奴だ」

舟橋が折れた義歯の間から、いまいましげに吐き出した。空気が漏れて発音がはっきりしなかった。

「しゃべる。あっさり死ぬんならいいが、のた打ち回って苦しみたくないんだ！」

田辺は喘いだ。ひきつった瞳が、恐怖で気狂いじみた光を放っていた。

「俺たちのやってきたことを記録した証拠物は、警視庁のどこに送りつけたんだ？　一課か？　四課か？」

　小田は青紫の陰影を帯びた刃を、親指の腹で軽く愛撫した。

　田辺のひきつった瞳は、白刃の非情な冷たさから離れなかった。大きく息を吸いこんでから、

「警視庁（ほんちょう）ではない」

　と、前に言ったことを否定した。

「何いっ、じゃあ、ありもしないことを言って時をかせごうとしたのかね？」

　舟橋が唸った。

「違う」

「でたらめ言うな！」

　舟橋はゴム・ホースを拾ってそのしなやかさを試すように軽く振ってみた。

「違うとは、どういう意味だ？」

　風采のいい高橋が、圧し殺したような声で尋ねた。

「証拠書類は……東洋（とうよう）相互銀行の貸し金庫のロッカーにあるんだ」

　田辺はせっぱつまった声で言った。

「何番の貸し金庫だ？」

　舟橋が間髪を入れず尋ねた。

「五十二号」

「鍵は？」

「鍵束の中にある」

田辺は弱々しく言った。

高橋が地下室の隅に積んである田辺の服の中から、鍵束と財布を引っぱり出して戻ってきた。

「東洋相互の貸し金庫か！」

三白眼を血走らせたサルヴェージ屋の坪田が、思い出したように言った。

「俺も少し前まで、あれを使っていたことがある。貸し金庫のロッカーを開けるには、まず受付に行って、用紙に日付と金庫番号、それに名前を書きこんだ。むろん、印鑑も押さなければならない」

「受付の奴がそれを点検して間違いないとわかると、銀行側の鍵をこっちに渡してくれる。貸し金庫の戸は、本人が持っている鍵と銀行側の鍵と二つを使わなければ開かないんだ」

「じゃあ、鍵穴は二つあるわけだな」

舟橋が言った。

「そう。そうして戸を開けると、中の抽出しは金庫のロッカーの列と向かいあった仕切りの中に持ち込める。そこで貴重品が無事かどうか調べたり、新しい品を入れたり、用のある物を取り出したりできるんだ」

「金庫の戸を閉じるときは？」

「抽出しを金庫に戻して、戸を閉じると、自動的に鍵がかかるようになっている」

坪田は説明した。

「金庫の抽出しの中味を調べているとき、銀行側は見張ってるのかね？」

舟橋は眉をひそめた。

「守衛が貸し金庫の並べてある地下室の入口に頑張っているが、客は抽出しを衝立の仕切りの中に持ちこめるから、守衛から何をしてるかは見えないんだ。そうだろう？」

坪田はマットレスの上に仰向けに倒れたままの、全裸の田辺に声をかけた。

田辺は慌ててうなずいた。さきほどまでの強がりは跡かたもなくその表情から消え、卑屈な趣が強かった。

「このうちのどれなんだ？」

高橋は田辺の鍵束をガチャガチャ鳴らした。

「い、いちばん長いやつです」

田辺は目を閉じた。瞼がひきつっていた。

高橋はそれが癖の上品な微笑をとりもどしていた。二十個近い鍵の中から細長い鍵を外し、空中に放りなげては受けとめた。

「ついでに、あんたがどの名前で貸し金庫を登録してあるかも教えてほしいね。この財布の中には、あんたの名前のほかの印鑑がゴロゴロ入ってるからね」

高橋が言うように、田辺のふくれあがった財布のポケットには、さまざまの偽名の印鑑が五個ほど詰まっていた。

「木村(きむら)という印鑑で登録した」

田辺は苦しげに言った。

「木村？　ありふれた名前にしたとは気が利いている。名前は？　まさか重政(しげまさ)じゃないだろな？」

舟橋が言った。

「木村正夫(まさお)……。正しいの正に、夫(おっと)の夫だ」

「教えてくれるついでに、ここに書いてみてくれないかね？　筆跡照合でもやられたときに役立つだろうから」

舟橋はポケット・メモと、パーカーの万年筆をマットレスの上に投げ出した。威嚇的に、ゴム・ホースで掌を鳴らした。田辺は霞む目を据えて、偽名をサインした。

地下室の男たちは、それを見とどけてそっと溜め息をついた。

舟橋をはじめとする男たちは、マットの上に倒れたままの田辺を残して、上の書斎に登っていった。

2

書斎では家政婦の運んだ酒肴を小卓の上に並べたもぐりの医者浜村が、ただでさえ赤い顔をますますアルコールで染めていた。

「どうしましたかね？」

浜村はアブサンのグラスを持ちあげて挨拶した。

「なんでもない。また呼んだら至急来ていただきたい」

舟橋は田辺に折られた義歯を隠すようにして、小切手帳に六ケタの数字を書きこんだ。

「どうも。うちでは入れ歯を作ることまではやってませんので、どうもお気の毒……ああ、それから、小田さん。今日中にでも、うちのレントゲンで診てあげるから、ぜひいらっしゃい。ほっとくと悪くなるかもしれませんよ」

小切手を受け取った浜村は、意地の悪い笑いを唇に漂わせた。

「余計なお世話だよ。レントゲンをとってもらうときには、大学病院で診てもらいますからね」

小田は不機嫌に言って、腫(は)れあがった首筋を押さえた。

「これは失礼。じゃあ皆々さま、どうぞごゆるりと……」

アルコールで上機嫌の浜村は黒い革カバンを提げて出ていったが、その前に飲残(のみのこ)しのアブサンとブランデーの壜をポケットにねじこむのを忘れてはいなかった。

「田辺の言うことは、信用できると思うかね？」

円卓の席についた舟橋は、皆の顔を見回した。

「今度のは信用できそうですな」

「そう思うね」

男たちは言った。

「じゃあ、ご苦労だが、誰か銀行まで行って田辺の預けているものを取り戻してもらわなければならんね」

舟橋は言った。

「誰がいいかな。儂(わし)はこんな体だからまずいし……」

小田が呟いた。

「私が行ってまいりましょう。銀行のことなら手慣れてますからね」

田辺から取りあげた肝心の貸し金庫の鍵を操りながら、高橋は苦笑した。

「なるほど、高橋君なら傷を受けてないし、押し出しも申し分ない。では、すまないがよろしくお願いするよ。諸君はどう思う？」

舟橋がうなずいた。

「異議なし」

男たちは言った。

「では、なるべく早く帰ってきます」

高橋は優雅な身のこなしで立ちあがった。

地下室には、傷の痛みと不安に脂汗を流して耐える田辺と、見張りの社員の長谷川だけが残った。

長谷川は運び込んだソファにゆったりと腰を埋めていた。ネクタイをゆるめ、膝を高々と組んでいた。

その膝の上に、安全装置を掛けたルーガー・九ミリ自動拳銃が載っていた。細長い銃身の先に、照星を削り落とした跡が銀色に光り、捩(ね)じこみの溝が彫ってあった。反動制御装置(マズル・ブレーキ)か消音器をとりつけるときのためだろう。

「ねえ、君！」

田辺はさきほどから、しきりに長谷川を小声で呼んでいた。

「何だ、うるさい」

長谷川はけだるげな口ぶりで初めて応えた。

「トイレに行きたくてたまらないんだが」

田辺は訴えた。

「我慢するんだ」

「我慢できそうにない」

「うるさいな。俺の受けた命令は、お前さんをここから動かさねえようにってことだ。俺に何を言っても聞こえねえよ」

「君は現金で五百万円欲しくないか?」

「誰だってゼニは欲しいがね、ヤバい話に貸す耳は持たねえよ」

「ヤバい話でない。ちょっとそのハジキを貸してくれたら、五百万円出す。いや一千万円でもいい」

田辺は熱っぽくしゃべった。

「笑わすなよ。こいつがお前さんの手に渡ったりしたら、聖徳太子の顔を一回も拝む間もなしに、俺は天国行きの特急に乗りこむハメになるさ」

長谷川は嘲笑って、ルーガーの銃把を掌でゆっくり愛撫した。

「違うんだ。信用しないのなら、実弾は抜いてあんたが持っててもいい」

「黙れ。俺は何も聞こえねえよ」

長谷川はとりつくしまのないような声で、そっけなく言った。

田辺は黙りこんだ。長い間、苦しげな唸り声をあげていた。

「し、小便が漏れそうだ。我慢できない。この上でやってもいいか？」

田辺は呻いた。

「仕方がねえ、連れて行ってやる。そこを動くな、俺が命令するまで」

長谷川は大儀そうに立ちあがった。右手にルーガー軍用を構え、親指を安全装置のところにかけて、いつでも撃発できるようにしていた。

長谷川の足の動きを、田辺はじっと窺（うかが）っていた。顔を歪め、苦しげに呻きながら、瞳の奥は冷静だった。手足の筋肉は爆発を待って収縮した。

長谷川はきどった足どりで近づいてきた。

その足が田辺の転がったマットから三メーターほどの位置で止まった瞬間、田辺は豹（ひょう）のように跳ね起きてタックルした。右肩の傷から激痛が頭の芯に突きぬけるのも気づかなかった。田辺は勢いよく長谷川の両脚をすくいあげようとした。

だが――傷の激痛に無意識にひるんで跳躍の距離が不足した。

長谷川は罵声をあげて横に跳ぶと、右足で鋭くキックした。

田辺は右胸を蹴られて横倒しになった。醜く歪んだ頬をくやし涙で濡らした。

3

「遅いな、高橋君の帰りは」

書斎の円卓で、舟橋は柱時計を仰ぎ見た。二時半を過ぎていた。

「何かあったんでしょうかな」

坪田がイライラした声で言った。

「車が込んでるんでしょうぜ」

大村が、わざと気軽に言った。

その待望の高橋は、それから十分ほど後、蒼ざめた頰に苦い微笑を刻んで銀行から戻ってきた。

「あったか？」

「どうだった？」

書斎で待っていた男たちは口々に尋ねた。

高橋は肩をすぼめて両手をひろげた。

「何っ！」

男たちは腰を浮かせた。

「確かに貸し金庫は奴の借りたものでしたがね。入っているのは不渡り手形や保険の証書ばかり」

「本当かね？」

舟橋の瞳は、疑惑の色を浮かべて、スッと細められた。ほかの男たちの瞳も険悪な光を帯びた。

「馬鹿な！　私が証拠書類を猫ババしたとでもお考えですか？　冗談じゃない！」

「本当になかったんだね？」

舟橋はゆっくり言った。

「田辺に一杯くわされたわけですよ。奴はやっぱり時を稼いで、ここから逃げ出すチャンスを探したんだ」

高橋はめずらしく激した口調で言った。

「よし、下に降りて、もう一度絞めあげるんだ」

舟橋の顔に血がのぼってきた。

田辺を閉じこめておいた地下室に降りてみて、彼らは一杯くわされたことを直感した。

田辺が絶望的な逃亡を企てたことを、長谷川が得々と述べた。

その田辺は、濃い血のまじった小水を流して、死人のようにコンクリートの床に横たわっていた。

薄く目を開いて、まわりに群がった舟橋たちを認めた田辺は、すぐに目を閉じてから身じろぎもしなかった。

「今度は本当のことを言ってくれるだろうな。え、田辺君？　私たちの忍耐力にも限度というものがあるからね」

舟橋の声は奇妙なほど静かで圧力がこもっていた。

「証拠物件は、増村先生のところにある」

田辺はポツンと漏らした。

「増村！」

ざわめきが、波紋のように男たちの間に伝わっていった。

「四谷の増村か？」

舟橋が確かめた。

「今は弁護士をしている」

田辺は言った。

増村は国務大臣を長年務めたことがある。その後も、政界や経済界の黒幕として、煮ても焼いても食えぬしたたか者ぶりは定評があった。

「またハッタリを利かす気だな？　増村のような大物が、お前なんかを相手にするものか」

坪田が嘲った。

「フン、誰でも金次第さ。高いゼニを払って、内密で顧問弁護士をお願いしてるんだ……」

田辺は少し元気づいてきた。

「俺が死んだら、先生がお前さんらの秘密を知ることになるんだ。骨の髄までしゃぶられるぜ。

俺は先生の名前をだしたくはなかった。先生が乗り出してきたら、俺が先生に預けてある物(ブツ)の値打ちを知られてしまう。俺があんたらからこれから先に恐喝(カツ)あげたとしても、先生に吸いとられてしまうからな」

「………」

舟橋たちは顔を見あわせた。

「本当にこの野郎が増村と密接な関係にあるものか、それを確かめないと。この野郎なかなか口がうまいからな」

坪田が口を開いた。

「そうだ。またこいつのハッタリに引っかかったんじゃ芸がなさすぎる」

小田が言った。

「よし、長谷川。連れを呼んできて、この男を上の電話口まで運びあげろ」

舟橋は田辺に顎をしゃくった。

長谷川はドアの外側の相棒を呼んできた。汚らしいものを扱うときのように顔をしかめて、二人の男は田辺の手足をとった。

大男の田辺を地下室から運び出すのに二人の社員は汗をかき、息をきらした。そのあとから憂い顔の舟橋たちが階段を登った。

田辺は書斎に運びこまれた。体の下にビニールが敷かれた。

舟橋は受話器を田辺のそばの絨毯の上に置いた。

「君の言うことが本当なら、増村を呼び出して話をすることができるはずだ。やってみな。そのかわり、一言でもいま身の危険を感じていることを漏らしたら、即座に一発お見舞いするからな」

舟橋は言った。高橋からハイ・スタンダード〇・二二口径の自動拳銃を借りて遊底をひき、弾倉の弾を薬室に送りこんだ。安全装置を外したままの拳銃の銃口を、田辺の頭におしつけた。

「受話器は少し耳から離してしゃべれ。向こうの言うことが私たちにも聞きとれるように」

舟橋は付け加えた。

田辺は努力して上半身を起こした。考え考えダイヤルを回した。

男たちは息をひそめ、田辺が耳から少し離した受話器に耳を寄せた。

多忙な増村に、なかなか電話はつながらなかった。田辺は額から汗の湯気をたてて、次々にダイヤルを回した。

五分ほどして、やっと増村をつかまえることができた。緊張した空気が書斎に張りつめた。田辺はしゃがれた声で、増村と会社運営に関する話を交わした。増村の声は太く落ち着いていた。

舟橋が電話を切るように合図した。

田辺は増村に礼を言って電話を切った。舟橋を見返した瞳に、勝ち誇ったような色があった。

舟橋はその顔を銃身で殴り倒した。

「こいつをもとの所に放り込んでおけ。見張りを厳重にするんだ」

と、ドアに背をもたせた長谷川たちに命令した。

「田辺を生かしておいても恐喝あげられるし、殺してしまうと、今度は増村を敵に回す……」

男たちは頭を抱えて考えこんだ。

再会

1

夢を見ていた。

追われる夢だった。断崖のふちに追いつめられた衣川に、火焰放射器をかざした舟橋がじりじりと迫ってきた。

炎が衣川の顔を舐めた。衣川は横に逃れようとした。

小田がその途をふさいだ。手に持ったバーナーから青紫の炎がはためいた。

左側に逃れようとすると、坪田が通せんぼをした。大村も高橋も威嚇していた。みな、無言のまま迫ってきた。

衣川は悲鳴をあげようとした。胸を圧迫されているようで、喉から声は出なかった。

後ろを振り返ると、無限とも思われる深さの断崖の底に、由紀子の顔がほの白く浮かんでいた。

由紀子は笑いながら手招きしていた。その笑顔がぼやけると、いつのまにか真美子の顔にかわっていた。

真美子も、母性の優しさをたたえて微笑していた。

衣川は、引きずりこまれるように断崖のふちから身を乗り出した。足もとの岩が崩れ、衣川は声にならぬ絶叫をあげて、くるくる舞いながら落ちていった。

衣川はハッと目を覚ました。あわてて跳び起きようとした。

ソファから、危うくずり落ちそうになっていた。締めつけられるような胸の苦しさは、真美子がかけてくれた毛布が固くまきついているのと、ホルスターに差したままのワルサーの銃把が胸を圧迫しているためだった。

部屋は薄暗かった。背中や股のあたりまで冷汗にまみれていて、じっとしていると寒気がして小刻みな震えがきた。

口はからからに渇き、まるで雑巾でもくわえていたように嫌な感触だった。手さぐりで抜いたタバコをくわえると、ザラザラにささくれだった舌が痛んだ。腕時計を見ると、すでに午後の五時を過ぎていた。

衣川はソファの近くのスタンドの灯をつけ、虚脱したようにタバコの煙の行くえを眺めていた。煙は渦まき、たがいにぶつかりながら天井に消えていった。

立ちあがってカーテンを開くと、またたきはじめた家々の灯火が下に広がっていた。遠く新宿の夕空にあがったアドバルーンに、ネオンが幻想的に照り返していた。

衣川は服を脱いだ。寒気に肌は鳥はだ立ったが、まだ頭の芯は重く痺れていた。体もだるく、腕を動かすのも億劫だった。

シャワーのガスに火をつけた。水が温まってくるまでの間に、柔軟体操を続けた。腕も脚も重く強ばっていた。

シャワーの栓をひねって熱い湯を頭から浴びた。皮膚がひりひりするほど熱い湯の下に長い間立っていると、だいぶ体が楽になってきた。頭も爽快とまではいかなくとも、鈍痛はとれた。

髭を当たり、最後に冷たい水を浴びると、体中の筋肉がひきしまってきた。

衣川はたくましい上体に、スーツ・ケースから出したスポーツ・シャツをじかにつけた。冬でもアンダー・シャツを着ない主義なのだ。

黒いスポーツ・シャツは分厚いウールだった。プレスのきいた新しいズボンをはくと、体中がしゃんとした。

真美子は、前日と同じように、夕食の用意をととのえて店に出ていた。店を休むとあやしまれるからだろう。食卓には朝刊が載せてあった。

衣川は玄関口に出て、郵便受けから夕刊を引っぱり出した。ダイニング・キッチンに戻りながら夕刊をひろげて見ると、社会面のトップに写っている自分の顔写真が睨み返した。大学の卒業アルバムから写したらしい。現在より大分若かった。衣川は低く口笛を吹いて食卓に戻った。朝刊からゆっくり読んでいった。

予想したとおりだった。乗り捨てたヒルマンから足がつき、もと衣川がやっていた新宿のバーにも刑事が飛んでいた。

三国の傷は全治三週間と伝えられていた。衣川と鉢合わせした殺し屋の身許はまだ判明してなかった。

犯人衣川は、射殺した桑野巡査の警察手帳を所有し、警官をよそおっているから気をつけるように、と新聞は警告していた。

夕刊には、意識を回復した三国の談話が載っていた。

衣川などという男は知らない。名前も聞いたことがない。自分は人から恨みを受けるようなことはやった覚えがない。襲われたのは何かの間違いだろう。人違いかもしれない……と、三国は白ばっくれていた。

当局は衣川が犯人であることは知った。しかしその動機はまだつかんでいなかった。ましてや、非情な過去を秘めた凶銃の来歴は……。

衣川は眉をしかめて丹念に新聞を読み終えると、真美子の用意してくれたオムライスとビフテキにかぶりついた。

食事を終え、魔法瓶から注いだコーヒーとタバコを交互に口に運んでいた。三本のタバコを灰にして、衣川は立ちあがった。

銃弾を補充するために、真美子の寝室のドアを試してみた。鍵がかかっていた。衣川はキッチンに戻って爪楊枝（つまようじ）を持ってきた。

鍵穴に差し込んで器用に鍵を開いた。衣川は学生時代からキーなしで錠を開ける特技に熟練していた。そして……合鍵を巧みに作る方法にも。

2

寝室には柔らかい香水と、甘酸っぱい女の匂いが漂っていた。

女性の部屋につきものの、ごてごてした飾りはあまりなかった。ベッドはふかふかしたダブル・ベッドだった。

あの上で兄貴は休んだことがあるのだろう。だけど、その兄貴は今はない。永遠に長い眠りをむさぼっているのだ。衣川もその枕に顔を埋めて、泥の眠りをむさぼりたかった。

枕許の小卓に、黒いリボンで飾られた兄の写真が載っていた。ちょっとまぶしそうな目つきをして、照れたように笑っていた。

衣川はベッドのへりに腰をおろし、手にとった額縁入りの写真を長いあいだ凝視していた。

奴らは、笑いころげながら、兄貴をなぐさみに射ち殺した。それも、一寸刻みになぶり殺しにしたのだ……衣川は再び怒りに胸が熱くなってくるのを覚えた。

気を取り直して、部屋の隅の大きな洋服ダンスを開けた。

華やかな衣裳の洪水とちぐはぐに、硬い革のライフル・ケースと、実包やドライヴァーやスパナーを入れたキャンヴァスのバッグが横たわっていた。

衣川はバッグから刻み目の細かな小さな鑢と、レミントン社製の九ミリ・ルーガー弾を一箱取り出してポケットに入れた。五十発入りの緑色の平べったい箱だ。

寝室から出て、ダイニング・キッチンで蠟燭を探した。食器棚から太いやつが見つかった。

衣川は芯を抜いた蠟燭を、ガスの遠火で炙って薄板のように延ばした。幅を狭くして、何本にも切りわけた。それを新聞紙で厚く包んでポケットに入れても体温で融けぬようにした。

居間に戻ってワルサー拳銃の弾倉を点検した。拳銃を差した革ケースを左肩から腋の下に吊るした。

背広を着け、トレンチ・コートを羽織って、ソフトをかむった。コートとソフトの色を変えないとまずいな、と思った。新聞に昨夜の服装の特徴が書きたてられている。

もう七時半に近かった。カーテンをはぐった窓の外を、夜の黒いとばりが深く垂れこめ、遠く新宿の夜空はネオンの照返しを映して、五彩の色に染まっていた。

玄関口で耳を澄まし、廊下を誰も通っていないのを確かめた。階段を静かに降りていった。

出口近くの管理人の部屋をすりぬけた。禿頭の管理人はテレビのクイズ番組に夢中になっていた。

コートの襟を立て、ソフトを目深にかむった衣川は、物悲しげな調べを口笛に乗せて、闇の中に歩み出した。コートの第一ボタンは外して、咄嗟に抜射ちできる体勢にある。

衣川が立ちどまったのは、アパートよりもずっと新宿寄りの金具店であった。

薄暗い店には去勢されたような顔つきの主人が、赤ん坊を背負って突っ立っていた。

「いらっしゃい。何をさしあげましょう？」

店主は衣川が誰であるか気づかないようだった。

「鉛板（えんばん）はあるかい？」

「はあ、いかほど……？」

「ちょっとでいい。そうだな、幅三センチ、長さ十センチほど……」

「…………」

店主は馬鹿にするなと言いたげな顔つきをしたが、断わるわけにもいかず鉛板を切って渡した。

衣川は釣銭を受け取らなかった。途端に店主は愛想よくなって、米つきバッタのように頭をさげた。揺られた赤ん坊が手足をバタバタさせて泣きはじめた。

タクシーを拾おうかな、と思ったが、運転手に顔を覚えられる恐れがあるのでよした。

ぶらぶら雑踏にまじって歩きながら、衣川は成子坂下を過ぎて新宿中央公園の近くまで来た。

家屋や店舗に囲まれた空地が目立った。土地の値上がりを見越して遊ばせているのだ。そして柵で囲っていない空地はたいていが無料駐車場と化していた。

衣川は薄い手袋をはめた。熊野神社のそばの空地に群がった車に近づいていった。隅に駐車してある目だたぬ格好のオースチンに狙いをつけた。

まるでその車の持ち主のような顔をして、前部座席のドアのところに立った。ポケットから新聞紙でくるんだ蠟を出した。

蠟板は冷えて硬くなっていた。その蠟をドアの鍵穴にねじこんだ。そっと引き抜くと、鍵の輪郭をかすかに現わして蠟の表面が砕けていた。

衣川はナイフを出して蠟を削り、輪郭にそって鍵型を作った。何度か修正しているうちに、蠟の鍵型はスムーズに鍵穴に滑りこむようになった。

その鍵型に合わせ、柔らかい鉛板を鑢で削って合鍵を作った。五分とたたぬ間にできあがった合鍵は、車のドアの鍵穴に滑りこみ、パチーンと小気味のいい音をたてて錠を解いていた。

衣川はハンドルの後ろに乗りこみ、合鍵をイグニッション・スイッチに差しこんで回し、点火させた。

計器を見ると燃料は充分だった。ギアを切り替えた衣川は、不敵に笑って発車させた。エンジンの調子はよかった。

3

盗んだオースチンは、小滝橋を通り、エンジンを快調に唸らせて池袋に向かった。目白通りはひどく車が込んでいたが、千歳橋を降りて明治通りに出ると、ほとんどノン・ストップで西武デパートの近くまで飛ばせた。

西武の向かいの都民銀行のそばで車を停めた。車から降り立って、公衆電話のボックスに入った。

ボックスの窓ごしに、絶え間なく流れていく人波が見えた。レコードが鳴り響き、客寄せのサンドウィッチ・マンが声をからし、車の音と人声が一体となって、夜の街に相も変わらず活況を呈していた。

九七一……薄い手袋をはめた衣川の指はダイヤルを回して、由紀子の住居を呼んでいた。衣川の心臓は少しばかり荒く打っていた。

向こうで、受話器を取りあげる音がした。

「もし、もし。中村さんですね」

「はい？」

泣きからしたような由紀子の声が聞こえてきた。

「俺だ。衣川だ。約束どおり電話した」

「……！」

由紀子は声を呑んだようだった。

「刑事がいるのか？　イエスかノーでだけ答えたまえ」

衣川は命じた。

「はい」

由紀子は弱々しく答えた。

「電話を盗聴してるのか？」

「いいえ」

「でも、刑事はそばにいるんだろう」

「はい」

「奴らはずっと君の身辺から離れないのか？」

衣川は囁いた。

「はい」

「会いたいんだ。君は？」

「はい」

由紀子の声は強かった。

「そこを抜けられるかい？　ほんの二、三時間でもいいから」

衣川は尋ねた。

由紀子は、しばらく言葉を探しているようだったが、

「わかりました」

と、泣きそうな声で答えた。

「刑事は何人張り込んでいる？　三人以下か？」

「いいえ」

「五人以下？」

「はい」

「よし、じゃあこうしよう。君は用事ができたと言って上野に出る。いずれ、刑事が君のあとを尾行するだろう」

「…………」

「つけられても知らん顔をするんだ。気づかないふりをして、広小路にある婦人専用の喫茶バー〝ゾレイユ〟に入るんだ。松坂屋の近くにあるんだが知っている？」

「はい」

しばらくためらった後、由紀子はうなずいた。

「そこに入ったら、マネージャーにチップでも渡して、変な男につけられているから、裏から逃がしてくれと頼むんだ。あの店はそういうことに慣れているから、快く頼みを聞いてくれると思う」

「………」

「裏から脱け出したら、池袋まで来てほしいんだ。むろん、ストレートで来ては危ない。何回かタクシーを乗り換えて回り道をするんだよ。わかったね？」

「は、はい」

由紀子の喘ぎ声が衣川の耳を刺激した。

「俺は西武デパートの近くにいる。君は西武と通りをへだてたバス停の所に来てくれ。君のまわりに刑事（デカ）がいないのを確かめてから俺は近づく」

「はい」

「待ってるよ」

衣川は受話器を掛け金に戻し、肩で長い息をついた。

電話ボックスを出て、近くの喫茶店に入った。チンピラ・ヤクザやズベ公の客が多かった。大声を張りあげて喧嘩の自慢話に熱中し、ウエイトレスのスカートをまくりあげては騒々しく笑っていた。衣川は棕櫚（しゅろ）の植込みになったいちばん奥のボックスに坐った。

紫色に近い頰にニキビを散らしたウエイトレスが無愛想に衣川の注文を聞いた。

「ウイスキー・コーク、ダブルで」

ソフトを目深にかむった衣川は顔をあげずに答えた。

「ウイスキー・ココアを二つですか？」

「いや、ダブルのウイスキー・コークだ」

「うちにはそんなものありません」

ウエイトレスはプッとふくれた。

「じゃあ、コーヒーでいい。ブルー・マウンテンだ」

衣川は下を向いたまま答えた。

ウエイトレスは鼻を鳴らしてカウンターに戻っていったが、コーヒーのできるのを待つ間に、チンピラたちの一団のところに行って何かしゃべった。チンピラたちは、一斉に敵意のこもった視線を衣川に振り向けた。なかにはわざわざ指さして、

「気どってやがる」

と、罵る者もいた。

コーヒーを運んできたウエイトレスは乱暴にカップを卓子に置いたので、泥絵具のような液体が受け皿の中に飛び散った。時間を殺さねばならない。由紀子が来るまでに一時間はかかるだろう。

チンピラたちは、衣川を見てニタニタ笑いながらしきりにジャンケンを交わしていた。代表者が決まったらしい。衣川のテーブルに近づいてきた。革ジャンパーにジーン・パンツのおきまりのスタイルだ。背を丸め、肩で拍子をとるようにして衣川の方に向かってきた。

こんなところで面倒を起こしてはまずい。衣川は伝票をつかんで通路に出た。

「おう、待ちねえ。ソフトなんかかぶりやがって、強そうな格好じゃねえかよ」

チンピラは衣川の前に立ちふさがり、歯をむき出して冷笑を向けた。

「通してくれ」衣川は下手に出た。

「てめえが本当に強いかどうか試してやる」

チンピラは右腕を振り回して殴りかかってきた。

衣川は無意識にバック・ステップすると、確かに胃が裂けたほどの鋭い右フックをチンピラの腹に放っていた。グウッと呻いて半身を折るのを、首筋に右拳を振りおろした。チンピラは部屋を揺るがせて床に叩きつけられ、血と汚物を吐きちらしながら、

「死んだ！　死ぬよ」

と悲鳴をあげて泣き叫んだ。

「騒がせてすまなかったな」

千円札をカウンターに放り出した衣川は、度胆を抜かれて茫然としたチンピラどもを尻目に足早に店から出ていった。

鎧戸を降ろした西武デパートの前で、由紀子を待った。

デートの相手を待ってたたずむ男たちも、街灯の光に髭づらを浮かせた手相見も、すべて張り込んでいる刑事(デカ)のように衣川には思えた。

午後九時——タクシーから転がるように降りたった由紀子がバス停の所に立った。スラックス姿だった。泣きはらしたような瞼も美貌をそこねてはいなかった。

衣川の心臓は躍った。十分ほど待って刑事らしい男が由紀子のそばに近よらぬのを確かめ、通りを横切った。

二人の瞳は会って火花を散らした。衣川は左手で由紀子の腕をとり、無言のままオースチンのそばまで引っぱっていった。

車のドアを開けようとしたとき、電柱の蔭から制服の警官が足を踏み出した。衣川の心臓は凍りつき、右手は胸もとに向かって閃いた。

疾　走

1

電柱の蔭から歩み出た警官は、右手に懐中電灯を持っていた。背の低い三十男だ。くたびれたような顔に、意地悪い表情を浮かべていた。

「待ちたまえ」

警官は言って、左手で警察手帳を引っぱり出した。

「僕ですか？」

衣川は腋の下で握ったワルサーの銃把からそっと右手を離した。左腕には、蒼ざめた由紀子がすがりついていた。

「僕ですか？」

「これは君の車かね？　免許証と車検証を見せてくれないか？」

警官は懐中電灯の光をオースチンのナンバー・プレートに当てた。パチッとスイッチを切ってベルトに吊るすと衣川に近づいてきた。

衣川はジレンマにおちいった。

警官は手帳を開き、万年筆のキャップを外した。

「どうしたんだ？　これは君の車じゃないのかね？」

「まあ、そうです」

衣川は言った。盗品の車だから、うかつなことは言えない。

「まあ、とは何だ？　はっきりしたまえ」

警官は目を据えて、高びしゃに出た。そばを通り過ぎるアヴェックたちは、こうした光景に慣れっこになってるので、足も止めずに過ぎさった。

「確かに僕の車ではありません」

衣川は言った。

「じゃあ、借りた車かね？」

「いや」

「君はこの車と無関係なのか？」

「そうです」

衣川はそれ以外に答える途を知らなかった。

「では質問するがね、なぜ他人の車に乗りこもうとした？」

警官は冷笑した。

「乗ろうとしたのではない。ドアに手が触れただけですよ」

「白々しい嘘をつくと君のためにならんよ。私はずっとこの車を見張ってたんだ」

警官は手帳でオースチンのボディを軽く叩いた。

「通りすがりに、駐車している車のドアをいじってはいけないという法律でもあるんですか？」

衣川は言い返しながら、左腕にまつわりついた由紀子をそっと離した。

「警察を馬鹿にしたいのなら、ゆっくりブタ箱でやってくれ。この車は盗難届けが出ている。君は明らかな意志をもってこの車に乗りこもうとした」

警官は鼻で笑った。

「………」

衣川は唇を嚙んだ。

「なんとか答えられないのか？　え、答えられんだろう。女にいいところを見せようとして、この車を盗んだのか？」

警官は舌なめずりをした。

「通りすがりにこの車に触れただけです。勘弁してください。お願いします」

衣川は頭をさげた。

「言いわけは署で聞こう。ちょっと交番まで来てくれ。二人とも」

警官は衣川の一歩手前まで接近して、左手で衣川の腕をとろうとした。背の高さが違うので、自然に衣川の顔を仰ぎ見る格好になった。

警官の顔が、電流が触れたように歪んで痙攣した。驚愕に眼球が飛び出るほど見開かれた。

「き、貴様は指名手配の衣川！」

喘ぎとともに声をふりしぼると、警官は無我夢中で腰の拳銃ケースの安全止め革を外そうとした。万年筆が地面に落ちた。

衣川の動きは、目にもとまらぬほど早かった。

ソッと左足を踏み出すと警官の鳩尾(みぞおち)を鋭く右拳で突きあげていた。腕はわずかに動いただけだった。

ウッ……と肺中の空気を吐き出して、警官は目を閉じた。瞬時にして気絶していた。拳銃ケースにかかった右手がダランと垂れた。

気絶した警官は、クタクタッと膝をつこうとした。

衣川は強い力で警官の体を支え、転倒するのを防いだ。

2

「俺の右ポケットにある合鍵で車のドアを開けてくれ」

衣川は茫然と立ちすくんでいる由紀子に言った。

由紀子は、はじかれたように衣川のそばに駆け寄った。鉛板を削って作った車の鍵を取り出して、車のドアに手をかけた。

人波は減っていた。まして、大通りを外れた薄暗い道なので、グレン隊を怖れて通行人は数えるほどだった。道行く酔っぱらいは、衣川が支えた警官が気絶しているのに気づかないらしい。

由紀子は震える手でオースチンのドアを開けた。衣川は後ろの座席に警官を坐らせ、制帽を脱がせた。由紀子は前の座席に乗りこんだ。

後部座席のドアを閉めた衣川は、運転台に移ろうとした。

そのとき——横の露地から喊声(かんせい)があがった。

衣川は素早く振り返った。

喫茶店で文句(イチャモン)をつけてきたチンピラ・ヤクザたちだった。仲間が軽くのばされたショックからたちなおって、復讐に移ったらしい。

「野郎、やっと見つけたぞ!」

「もう逃しはしねえ」

チンピラたちは数にして五人ほどだった。幾組にも分かれて衣川を捜してたのだ。

「逃げようたって、このブクロから出られるもんか!」

革ジャンパーにジーン・パンツのチンピラたちは、手に手に野球のバットや氷掻き(アイス・ピック)を振り回して露地からあふれ出た。罵りわめきながら殺到してきた。

衣川はハンドルの後ろに滑りこんでドアを閉めた。由紀子はエンジンを掛けていた。

衣川はギアを切り替えて発車させた。

それと同時に、チンピラたちは車を取りまいた。二人が車の前に回り、残りの者は野球のバットやアイス・ピックで窓ガラスを乱打した。

窓ガラスは悲鳴をあげて裂けた。由紀子は衣川にしがみついた。

チンピラたちは、後部座席で気絶している警官に気づいた。

「ヤバい。ポリが乗ってる!」

「気絶してるぜ。なんだかおかしいな。ともかくこの車を通すな!」

チンピラたちは、車の速度に負けずに走って、バンパーの前に立ちふさがろうとした。

衣川はアクセルを強く踏みこんだ。車はグウンとスピードを増した。

チンピラの一人が、転倒し、脚を車輪に砕かれて凄まじい悲鳴をあげた。

衣川は車のスピードをゆるめなかった。ガクンとチンピラの脚を乗りこえたオースチンは、悲鳴をあげて逃げまどうチンピラたちをはねとばして疾走した。

見物の男女は、無言で惨劇を見守っていた。ペーヴメントを血で濡らしたチンピラたちは芋虫のように這って体を引きずった。

二分ほど過ぎてから、警棒を抜き放った警官が四、五人駆けつけてきた。

チンピラたちは彼らの姿を認めると、口汚い罵声を浴びせた。

誰も、轢逃げの車のナンバーを覚えている者はいなかった。ただし、チンピラたちが車窓のガラスを破壊したのと、後部シートに気絶した警官が乗せられているので、轢逃げオースチンの発見は容易に思われた。

警官たちは、ただちに携帯無線で署と連絡をとった。パトカーのサイレンが唸りだした。

衣川が乗って逃げたオースチンは、現場から遠くない雑司ケ谷四丁目の裏通りに乗り捨ててあった。ハンドルから指紋はぬぐいとられ、拳銃の銃把で頭を割られた警官は、後ろのシートに横たわって昏々と眠り続けていた。

オースチンを捨てた衣川と由紀子は、練馬方面に向けて走るタクシーに揺られていた。

衣川は、由紀子の手を優しく両の掌であたためていた。接近した由紀子の全体から漂う淡い芳香を胸いっぱいに吸いこんだ。由紀子は緊張をゆるめ、弱々しい微笑を浮かべていた。

タクシーは江古田を過ぎた。衣川と由紀子は、桜台でタクシーを乗りかえた。尾行車は見当たらなかった。

二人は豊島園(としまえん)の近くのホテル〝太平(たいへい)〟の前でタクシーを捨てた。

〝太平〟は、雑木林の中にあった。洋風三階建ての落ち着いた雰囲気を持つ小さな建物だった。

衣川も由紀子も、フロントでは偽名を書きこんだ。

応対する中年のクラークは、どこかで見たことのあるような顔だな、といった表情で衣川を見つめた。

女中(メイド)に案内されて、三階の三〇一号室に着いた。バスつきのありふれた部屋だ。

衣川はメイドにしばらく部屋の中にとどまっているように命じ、エレヴェーターを使わずに模造大理石の階段を静かに踏んでロビーに降りていった。豹のように、ほとんど足音をたてなかった。

受付のフロントを覗くと、蝶ネクタイのクラークは腕組みしてしきりに考えこんでいた。首をかしげ、口の中で何か呟いていた。

眉をしかめたクラークの顔がハッとしたように動揺した。カウンターの裏棚をさぐって新聞を取り出した。

その新聞には指名犯人としての衣川の顔写真が写っていた。

クラークは唇を嚙んで思案していたが、深くうなずくと、そっと電話の受話器を取りあげた。

クラークの指が、一一〇番の一一まで回したとき、音もなく忍び寄った衣川が、フロントを跳びこえて襲いかかった。

3

クラークも、年に似合わず行動は敏捷だった。

右手に持った受話器を握りかえると、フロントを跳びこえてバランスの崩れた衣川に、力いっぱい振りおろした。

衣川は咄嗟に左腕をあげてそれを防ごうとしたが、受話器の先端がガーンと音をたてて衣川の頭部に命中した。受話器が欠(か)けたほどの勢いだった。

背骨を通って足先にまで走った激痛に耐えかねて、衣川は叩きつけられたように尻餅をついた。一瞬、目の先が霞んだ。

クラークはその顔面を足蹴りにしようとした。

無意識に顔をそらした衣川は、蹴りつけてきたクラークの足首を両手でつかんでグウンと上に持ちあげた。

今度はクラークが尻餅をついた。背中と後頭部はカウンターの裏棚にぶつかった。

受話器は手から離れて床に転がった。

衣川は歯をくいしばって立ちあがると、床に落ちた受話器をすくいあげた。

「ま、待ってくれ！」

クラークは恐怖にすぼまった喉から声を絞り出した。肩が小刻みに震えていた。

衣川は受話器を振りあげた。髪の間からこぼれ落ちた血が一筋、頬に垂れさがって糸をひいた。

「やめてくれ！」

クラークは必死に愛想笑いまで浮かべようとした。

衣川は遠慮会釈なかった。

弧を描いた受話器が鋭い音をたててクラークの頭を砕き、クラークは目をつりあげて気絶した。

小さなホテルなので、ロビーに客も従業員も見当たらなかった。

顔の血と指紋をハンカチでぬぐい、受話器を掛け金に戻した衣川は、階段を登って三〇一号の部屋に戻った。

メイドはベッドを作っていた。由紀子はカーテンを開いた窓ぎわの椅子に坐り、膝の上にハンドバッグを置いて、遠くに輝く街の灯に視線を向けていた。

衣川は部屋に入った。

メイドはチラッと振り向いてから仕事を続けた。まだ二十歳（はたち）前の痩せた娘だった。牛乳石鹸の匂いがした。

衣川はさりげなくメイドの背後に近より、いきなり腕を伸ばしてその首を絞めつけた。メイドは二、三度足で虚（くう）を蹴ったが、すぐにぐったりした。

由紀子は窓ぎわに立ちあがり、泣き出しそうな顔つきをしていた。

「心配ない。ちょっと気絶しただけだ。しばらくしたら目を覚ます」

衣川はメイドの体を抱えてベッドの上に置いた。痩せているわりに重かった。

「どうして、どうしてそんなことをなさるの？」

由紀子の声は震えていた。胸のあたりで黒いハンドバッグを握りしめていた。

「クラークの奴が俺が誰だかを知って、警察に電話しようとしたんだ。仕方なくクラークもしばらくのあいだ眠っていただかないとならなかったよ」

「…………」

「騒ぎを起こしたんだから、このホテルはまずい。客か残りの従業員がロビーに出たらおしまいだ」

「じゃあ……」

「ここを出るんだ」

衣川は由紀子の腕をとった。

ロビーに降りたが、ロビーに人影はなかった。フロントのカウンターの中では、クラークがまだ気絶したままだった。

玄関を出た衣川は、由紀子を引きずるようにして、雑木林の間の道を足早に歩いた。

大通りに出て五分ぐらい待って、やっと流しのタクシーをつかまえることができた。空色のトヨペット・クラウンだった。

「どちらまで？」

運転手はメーターに手をかけた。不精髭（ぶしょうひげ）がまばらに生えた大男だった。

「北多摩（きたたま）の方へ行ってくれ」

衣川は命じた。

「冗談じゃない。ガソリンがありませんや」

運転手は口をとがらせた。

「俺に燃料計の読み方がわからんと思ってるのか？」

衣川は苦笑した。

「行くことは行けても帰りがだめですぜ。悪いけど、お客さん、ほかの車を捜してくださいよ」

「帰りに客が拾えないと言いたいんだろう？　チップははずむよ。それとも、乗車拒否の名目で近くの交番までおつきあい願うかな？」

衣川は前に奪った警察手帳をチラッとバック・ミラーに映させた。

「こりゃ、どうも。ヘッ、ヘッ、旦那もお人が悪い。警察(サツ)の旦那なら、初めっからそうおっしゃっていただいてたら、ゴタゴタせずにすんだんですよ。なにしろ、このごろは物騒ですからね。淋しい夜道を飛ばしていて、いつ後ろからガーンと一発くうかわかったもんじゃないんでね。警察の旦那なら安心だ。どうもすみませんでした。行きます、行きますよ」

運転手はしきりに愛想笑いしながらメーターを倒した。車を発車させてUターンさせた。

衣川は警察手帳をしまってニヤリと笑った。

トヨペットのタクシーは道楽橋(どうらくばし)に出て、坦々とした道を西に向かった。

運転手は、ご新婚ですか、とか、役目は大変でしょうね、とかお世辞を言った。面魂(つらだましい)に似ず、気の弱い男らしかった。衣川は適当に返事をしておいた。

大泉(おおいずみ)を過ぎると、夜景は田園の面影をますます強めてきた。

「小便がしたいから、ちょっと停めてくれないか?」

田無(たなし)の近くの雑木林のそばで、衣川はさりげなく運転手に声をかけた。

「どうぞ」

運転手は道の端によせて車を停めた。チェンジ・レヴァーをニュートラルにした途端、衣川が腋の下から抜き出したワルサーの銃身で後頭部をキューンと叩き砕かれ、ハンドルに顔を突っ込むように昏倒した。痛みは一瞬のことだったにちがいない。

衣川は青く冷たい光を放つワルサーを愛撫するように眺め、ホルスターに差しこんだ。

由紀子はシートの隅で体を硬くしていた。

衣川は運転手の体を雑木林の中に引きずりこんだ。イグニッション・スイッチから鍵束を抜き、車の後ろに回って荷入れ(トランク)を開いた。

オイルのしみこんだ掃除用の布や、ロープなどをトランクから取り出した。

「じっと、待ってるんだよ」

と、由紀子に声をかけ、ロープや油布などを持って運転手のところに戻った。

重い運転手の体を引きずって、雑木林の奥へ踏み込んだ。下生えの枝が音をたてて折れた。

五十メーターほど入ったところに、榊(さかき)の灌木が密生しているところがあった。その中に杉の幹がまじっていた。

衣川は油布を運転手の口に詰めて猿グツワを嚙ませ、手足を厳重にロープでしばった。ロープの端は杉の幹に巻きつけて結んだ。

由紀子は車の中で待ちわびていた。衣川は心配ない、と言いたげに笑ってタクシーのハンドルを握った。ソフトは脱いでおいた。

六十キロの速度を保って、衣川はタクシーを村山(むらやま)に向けた。山影が濃くなってきた。

タクシーが停まったのは、貯水池のほとりの人気のない道路だった。広い湖は、銀のさざ波を立ててかすかに歌っていた。

衣川は後ろの座席に移って由紀子の肩に手をかけた。二人はたがいの瞳を見つめあった。

「やっと二人きりになれたね」

衣川は由紀子を抱いて接吻した。由紀子は上気した瞼を閉じた。

「ピストルが胸に当たって痛いわ」

唇がわずかに離れたとき、由紀子は喘ぐように言った。

衣川は上着とともに拳銃の入ったホルスターを前の座席に投げ移した。

由紀子をかたく抱きしめ、唇を喉に移動させながら、背中のジッパーをはずしていった。

ブラジャーをずり動かし、むせるような芳香を放つ乳首を吸った。由紀子は喘ぎながら、自分から体を倒した。脚が痙攣するようにつっぱった。

衣川は由紀子の上にのしかかり、右の乳首に唇を移そうとした。顔が自然に斜めになった。

その瞳に由紀子の右手が映った。由紀子は、クッションとシートの背の間に隠した小さなナイフをさぐっていた。ハンドバッグの口金が開いていた。

湖の夜

1

衣川の瞳が内部の苦痛に翳(かげ)った。

由紀子の乳首を唇で愛撫しながらも、衣川の瞳は由紀子がさぐっている小さなナイフから離れなかった。

ナイフは、クッションとシートの背の間から抜き出された。真珠と象牙の柄が美しかった。

由紀子は、意思では制御できぬ官能の高波に耐えかね、左手で衣川の頭を抱いて喘いでいた。ナイフを握った右手はあきらかなためらいを見せていた。

衣川の右手は由紀子の内股にそっと柔らかく動いた。湿ったあたたかい部分に達した。由紀子はビクッと痙攣した。しかし、充血した眼を見開いて、ナイフを衣川の心臓に突きさそうとした。

無言のまま、衣川の左手はナイフを握りしめた由紀子の右手首を押さえた。柔らかく押さえてはいたが、鉄の重みと力がこもっていた。

沈痛な衣川の瞳は、血走った由紀子の瞳を覗きこんだ。長い時間がダッシュ・ボードの時計のセコンドを刻んで過ぎ去った。

瞳をそらしたのは由紀子のほうだった。かすかな音をたてて、ナイフがシートのクッションに落ちた。

衣川はそのナイフをたたんで、上着と拳銃入りの革ケース(ホルスター)を置いた前部座席に放り込んだ。ベルトを解いて、ズボンを脱いだ。

「好きだ」

衣川は襲いかかった。

由紀子は山猫のように暴れた。

二人は上になり下になって転げまわりのたうった。膝がぶつかりあい、足はドアやシートの背を蹴った。由紀子は濡れた口を開いて呻いた。

肩で喘ぐ由紀子を、衣川は全身で愛撫していった。由紀子は衣川の肩を噛んで、津波のような快感の呻き声を漏らすまいとし、ついに耐えかねて啜り泣きはじめた。

車窓の外では、貯水池の広がりが暗い水面に銀の波のさざめきをたてていた。風が出てきて、漂う枯葉が吹きよせられた。

車内には若葉のいきれのような匂いがこもっていた。快楽のあとに忍び寄る懈怠に、二人は抱きあったまま身じろぎもせずに横たわっていた。汗が急速に体温を奪っていった。

「本当はあなたを殺したかったの……でも、できなかった」

由紀子は涙の滲んだ瞼を閉じたまま呟いた。

衣川はその睫毛に優しく唇を寄せて涙を吸った。

「本当にあたしが好き？」

「今さら何を言うんだ」

衣川はかすれた声で言った。

由紀子は長い溜め息をつき、狂ったように衣川の頬に接吻を浴びせた。

衣川はそっと由紀子から体を抜き、手早く服を着けはじめた。ワルサー拳銃をおさめたホルスターも左肩から腋の下に吊った。

「見ないでね」

由紀子は衣川に背を向けて身づくろいにかかった。鳶色の髪がもつれ、ダッシュ・ボードのかすかな灯を受けて、ところどころ暗い金色に輝いた。

二人の前方から、豹の目のような黄白色のヘッド・ライトが近づいてきた。

「怖い」

由紀子はしがみついてきた。

衣川はワルサー拳銃の銃把に手をかけ、由紀子の髪に顔を埋めた。横目で、近づいてくるヘッド・ライトをうかがっていた。

車はパトカーだった。ゆっくりとしたスピードで接近してきた。ヘッド・ライトがタクシーの中に光芒を射しこみ、抱擁しあった由紀子と衣川の姿を浮かびあがらせた。衣川の額には薄く脂汗が浮いていた。

パトカーはタクシーの横に停車した。助手席に坐っていた警官が静かにドアを開け、パトカーの前面を回ってタクシーの横に立った。

警官はコツコツと車窓のガラスをノックした。大学生のような若い顔つきだった。鋭角的な整った顔をしていた。

「もしもし」

衣川は夢中で由紀子を抱擁しているふりをした。腋の下が熱くなってきた。

「ちょっと……」

警官は照れくさそうに笑いながら、ドアの把っ手を押しさげた。

衣川は仕方なく顔を振り向けた。

若い警官は車のドアを開いた。

「当てつけるね、軽犯罪法違反だよ――」

と、冗談めかして言い、声を訊問調に変えて、

「運転手は？　車をほっといてどこへ行ったんだね？」

「散歩してるんでしょう。いや運チャンが悪いんでない。僕たちが悪いんです」

「……？」

「その……ちょっとの間この車を使わしてもらおうと思いまして、こちらからお願いしたんですから」

衣川はどもった。

「ホテルに着くまで待ちきれなかったのかねえ。ともかく体を離したまえ。目の毒だ」

若い警官は慨嘆した。

「景色がよかったもので」

衣川は弁解して由紀子から離れた。右手は左の腋の下のワルサー拳銃からおろさなければならなかった。

「灯をつけたまえ」

警官は命令した。

「……？」

「ルーム・ライトをつけたまえ」

警官は強く繰り返した。

衣川は唇を嚙んで、車内灯のスイッチに手を伸ばした。

2

淡い車内灯の光が、衣川の眼窠(がんか)に深い影を落とした。

若い警官の瞳がスッと細まって、衣川の顔を凝視した。その瞳には隠しきれぬ疑惑の光が底光りしていた。

「降りてくれませんか？」

若い警官は、猫撫で声で言った。右手は腰のホルスターに差したスミス・アンド・ウエッスンの輪胴式拳銃(リヴォルヴァー)に向かって近づけていた。

「あんたから命令を受けることはない」

衣川は、弱気な仮面をかなぐり捨てて鼻の先であしらった。

「何いっ！」

若い警官は、拳銃ケース(ホルスター)の安全止め革をまさぐりながら、パトカーのほうに後じさりしていった。指先はこわばって震え、唇がひきつりだした。衣川を指名手配の男と感づいたらしい。

パトカーのハンドルの後ろには、平べったい顔をした中年の警官が坐っていた。部下が制式拳銃に手をかけながら後じさりしてくるのを、不審げな目つきで見つめていた。

「動くなっ！」

若い警官は、衣川に向かって、悲痛な声で叫び、スミス・アンド・ウエッスン輪胴式拳銃を抜き出そうとした。抜きながら、親指で撃鉄を押して起こそうとした。

警官が普通使用している〇・四五口径S＆Wは、ダブル・アクションであり、暴発を避けるために普段は撃針面の薬室に弾を詰めてない。親指で撃鉄を起こすと、連結器の作用でシリンダー状の弾倉が回り、左横にあった薬室の薬莢の尻が撃針面にかぶさるのだ。

若い警官のS＆W(スミス・アンド・ウエッスン)が腰の拳銃入れから抜き出されたとき——衣川の右手が目に見えぬほどのスピードで閃いていた。

衣川はワルサーP38自動拳銃を抜き出し、同時に安全装置を外していた。目にもとまらぬ早業(はやわざ)であった。

若い警官は後じさりした。ハンドルの後ろにどっしり坐っていた中年の警官が顔色をかえて拳銃ケースに手を走らせた。

衣川のワルサー自動拳銃と若い警官の大きなリヴォルヴァーは、ほとんど同時に銃火を閃かせた。

若い警官は、肋骨の隙間をくぐり、肺を引き裂いて上に突きあがり、心臓を貫いた弾に、パトカーのボディに叩きつけられて即死した。

二つの銃声は交錯して貯水池を渡っていった。ワルサー拳銃の鋭く突きぬけるような発射音と、四十五口径リヴォルヴァーの、耳をつんざくような轟音とが。

若い警官の放った四十五口径弾は、タクシーの上をはるか高くそれて、闇の中に消え去っていた。

由紀子は顔をおおってシートに身を伏せた。ワルサー拳銃の遊底からエジェクターではじき出され、タクシーの天井に当たってはねかえった空薬莢が、由紀子の背の上に落ちてきた。

パトカーの中の中年の警官は、目前で同僚が射殺されたのを見て、必殺の形相とともに両手で握った拳銃を発射しようとした。

衣川のワルサーが再び閃光をひらめかせた。発射された九ミリ・ルーガー弾は、パトカーの車窓に小さな穴を残して、中年の警官の額を貫いた。

木霊した銃声のあとに、静寂が重くのしかかってきた。

衣川は再び人の血を吸った凶銃に安全装置を掛け、愛おしむようにそっと腋の下のホルスターに突っ込んだ。瞳が妖しい光を帯びてきた。

「これに乗っていると包囲される。パトカーに乗り移るんだ」

衣川は由紀子の腕をつかんで立たせた。

由紀子を後部座席に横にならせ、自分は前のシートに乗りこんだ。

額を貫かれた中年の警官は、鼻と耳から血を流して車床に身を折っていた。発射のチャンスを失った大型のリヴォルヴァーを未練げに握りしめて息絶えていた。

ようにした。

衣川は重い死体の両脇を抱えて引きずり、タクシーの中に移した。若い警官の死体も同じようにした。

タクシーの運転台に乗りこみ、イグニッション・キーを回して点火させた。発車させ、タクシーにスピードがつくと、アクセルに死体の足を乗せ、左にハンドルを切って跳びおりた。

衣川は危うく転倒しそうになったが、タクシーは柵に激突して空中に一回転し、物凄い水しぶきを残して湖の底に消えた。

衣川はそれを見とどけ、パトカーに駆け戻った。パトカーを発車させ、何度かハンドルを切ってUターンさせた。

3

いっぽう——中野哲学堂近くの舟橋の邸宅の書斎では、地下室に放り込んである田辺をどう処分するかで揉(も)めていた。

「かまわない。殺っちまったらいいんだ」

小田は腫れあがった首筋をさすりながら、強硬に主張した。田辺に頸骨を強打されたので、頭にきているらしい。

「しかし、田辺は私たちのやったことの証拠資料を、四谷の増村に預けている。増村を相手にしたら相当に手こずるよ。下手をしたら、せっかく築きあげた私たちの地位が元も子もなくなるからね」

舟橋が反対した。

「地位？　なるほどな。そりゃ、あんたはご立派な地位をお持ちだよ。世間さまには信用厚いしな。しかし、俺にはそんな余計なものはない。俺は実力だけの世界に生きているんだ」

小田は、一語一語ゆっくり噛んで吐き出すように言った。小田は殺し屋斡旋業者なのだ。

「まあ、まあ、内輪揉めはよしましょうよ」

上品な顔だちをした手形パクリ屋の高橋が仲裁に入った。

「まったくだ。内輪揉めしてもはじまらない。小田君、私の言いかたがまずかった。あやまります」

舟橋は鷹揚なところをみせた。

「いや、なあにね……」

小田は口ごもった。

「どうです？　イチかバチかやってみますかな？」

高橋が口をはさんだ。

「田辺を殺るのか？」

サルヴェージ屋の坪田が尋ねた。

「いや、そうじゃないですよ。それはあとのことですよ。田辺に電話でもかけさせて、増村に例の物をとどけてもらうわけにはいきませんか？」

「むずかしいだろうな。増村ほどの大物がここまでやって来るわけはないだろう」

舟橋が言った。

「何も、増村本人がここに持ってこなくても、代理の者をよこさせたら？」高橋は主張した。

「さあね……田辺は大事なものだと言ってあるだろうから、増村は田辺に直接でないと手渡さないのではないかね？」

小柄な大村が口をはさんだ。

「と、言うと、増村が万が一ここにやってきても、証拠物件は田辺本人にしか渡さないということだね？」

舟橋がポーズをとって腕ぐみした。

「田辺には顔に包帯でも巻いて、うまく増村に言いつくろったらいいでしょう。しゃべるのなら、私にまかしといてください」

高橋はニッコリ笑った。

「君が金づまりの会社の手形を捲きあげるときの調子でか？」

坪田がからかったが、悪意とは受け取れなかった。

「そうだね——」

舟橋は虚に瞳を据えた。唇のまわりが白っぽく血の気を失うほど緊張してきた。

「高橋君の言うように、イチかバチかでやってみるか？　表と出るか裏目になるかそれは分からないが、いつまでもクヨクヨ考えこんでいたところで埒があかないからね。増村から田辺が預けたものを取り返してから田辺を消す」

小田が言った。

「俺は賛成だ」

「君は？」

舟橋は大村に尋ねた。

大村はしばらく考えこんでから言った。

「いいでしょう」

「俺も賛成だな。増村、増村といったって、そう怖れることもないだろうよ」

坪田が薄ら笑いした。

「しかしですね、私が言い出したからといって、もし失敗したときには全責任をとれとおっしゃっても困りますすよ」

高橋は不安を品のいい微笑で隠しながら、先手を打って弁解した。

「それは分かってる」

舟橋は短く言って、部屋の隅のステレオの蓋を開けた。中に隠したインターホーンのスイッチを入れ、地下室で見張っている長谷川に連絡した。

やがて、担架に乗せられた田辺が運びこまれてきた。田辺と体格の似た舟橋の部下の服を着せられているので、体の傷は外から見えなかったが、散々に殴られた顔は無残に腫れあがって、ちょっとやそっとでごまかせそうになかった。

ソファの上に横たえられた田辺は、救いを求めるような視線を走らせた。瞼も腫れあがって、二つの瞳はまるで皮膚の裂け目から覗いているようだった。

「いいか、よく聞け――」

田辺の髪をつかんだ舟橋の声は、仮面をかなぐりすてて、冷酷無情だった。

「お前さんは、いま命の瀬戸ぎわにあるんだ。命令に従わなければ、死の宣告をくださなければならない」

田辺は生つばを呑みこんだ。

「もう一度、増村に電話しろ。預けてある書類や物件を、おそれいりますが、ここまで持ってきてくださいと言うんだ。お前さんは急に発病して動くことができなくなった、ということにして……」

「わかった。もう痛めつけられるのはこりた。そのかわり、証拠書類や物件をあんたたちに渡したら、俺を帰らせてくれるか？」

田辺は必死に尋ねた。

「帰らせてやるよ。いらぬ心配をすると傷に悪い」

舟橋は笑って、受話器を田辺の枕許に置いた。

今度は、すぐに増村と電話が通じた。

皆は受話器に耳を寄せて、増村の声を聞きのがすまいとした。

田辺は、言われたとおりのことを増村に伝えた。お礼はいくらでもするから、と付け加えた。

増村は、意外なほどあっさりと承諾した。一時間後には舟橋の邸宅に着くだろう、と言った。今は夜の九時半だった。

舟橋が受話器を掛け金に戻した。長い溜め息をついた。男たちは散らかった書斎を離れ、広い応接間に移った。田辺も運ばれてきた。

応接間の奥に、緞帳の仕切りがついていた。その後ろに用心棒が隠れることができるようになっていた。

「いいかね、増村がその顔はどうした、と聞いたら、脳貧血を起こして階段から転げ落ちたんだと言うんだよ」

長い沈黙の重みをはねのけるように、高橋が田辺に向かってほがらかな口調で言った。田辺は形の変わってしまった顔でうなずいた。

「こうみんなが集まったら、増村にあやしまれるんじゃないか?」

舟橋が仲間を見回した。

「俺たちはあの後ろに隠れよう」

坪田が仕切りを指さして言った。

「ここには私と高橋君だけが残る。田辺を看病しているということにするんだ。君たちは緞帳の蔭に隠れていてくれ」

舟橋は言った。

「隠れっぱなしか？」小田がむくれた。

「そうじゃない。増村が様子がおかしいことを感づいて、証拠物件を渡すのを断わったりしたら、君たちも出てきてくれ。増村がどんなに偉者（えらもの）であろうと、それだけは私らの手に渡らないと大変なことになるからな」

舟橋が答えた。

隅のテーブルのインターホーンのブザーが鳴った。舟橋がスイッチを入れた。

「うん、私だ……そうか。丁重（ていちょう）にお通ししなさい」

舟橋の声はかすれていた。

「来たか！」坪田が低く叫んだ。

「わりに早かった」

男たちは緞帳の蔭に走りこんだ。用心棒の長谷川も一緒だった。

高橋はソファに横たえた田辺のそばに坐り、舟橋はテーブルの後ろに腰を降ろした。息を鎮めて増村を待った。

入ってきた増村は手足の長い猫背の男だった。白い眉の下の目が鋭かった。手には何も持ってなかった。

「その男を貰い受けに来た」

増村は田辺に顎をしゃくって、傲然と言いはなった。

自縛（じばく）

1

「田辺君を引き取りに来たんだ」

銀髪の増村は、射すくめるように強い視線で、舟橋と高橋を見回した。

「何をおっしゃいます！」

舟橋は叫んだ。揉み手をして、内心の動揺を隠そうとした。

腫れあがった傷だらけの田辺の顔に、薄笑いが浮かんできた。

「相当に痛めつけたもんだな」

増村は剃刀のような冷笑を唇に走らせた。

「いえ、あれは、過（あやま）って階段から転げ落ちたもんでして、そうだね、田辺君？」

高橋はそばのソファに横たわった田辺の腕に手をかけ、愛想笑いを浮かべ同意を求めた。

「うるせえ！」

田辺は腕をふるって、高橋の手をはらいのけた。

「ど、どうしたんだよ。田辺君……増村さん、田辺君は脳を打って一時的に錯乱してますから、お気にとめないでください」

高橋は愛想笑いを増村に向けた。

「下手な芝居を見物している暇はないね。さあ、田辺君、行きましょう」

増村は太い声で言った。

「なぜ……なぜです？」

舟橋は増村と田辺の間に立ちふさがった。頬がひきつっていた。

「馬鹿野郎――」

田辺が罵って、ソファの上に半身を起こした。

「あんたたちのカンの鈍いのには呆れはてたぜ。俺と増村先生はな、ちゃんと前から今度のようなときの用意に示しあわせておいたんだ。例の物を先生に持ってきていただくようにと電話するときは、俺が生きるか死ぬかの危ない目にあっているとき以外にないってことをな」

「だから、儂はこうして田辺君を救けに来たんだよ」

増村は唇を歪めた。

「どうしてでも連れて行かれるおつもりですか?」

舟橋がポツンと尋ねた。

「そう……狼の群れの中に羊を置いておくわけにはいかんのでな」

「力ずくで止めたとしたら?」

舟橋の声が凄味を帯びてきた。

「やってみたまえ」

増村は冷笑した。

舟橋はその瞳を睨みつけていたが、射すくめるような眼光に負けて視線をそらせた。

「どうした、舟橋? さっきまであんだけ威張ってたのに、先生の前に出ると塩をブッかけられたなめくじみたいになったぜ」

罵った田辺は立ちあがろうと腰に力をこめた。その肩を高橋に突かれてひっくりかえった。

「貴様、俺に手向かう気だな? 俺に手向かう奴は先生に楯つくことと同じだぞ!」

田辺は怒鳴った。

部屋の奥の緞帳の仕切りが開かれ、首の腫れあがった小田が小型の拳銃を構えて現われた。

そのあとから、舟橋の用心棒の長谷川が続いた。ルーガー自動拳銃を腰のあたりに構え、虚ろで無表情な目をしていた。

「増村さん。さっきから黙って聞いてると、だいぶご機嫌のようですな? 自信たっぷりで鼻もちならないとはあんたのような老人のことをいう……」

小田はねちっこい口調で言った。

「小田君！」

舟橋がたしなめた。小田はそれに耳を貸さなかった。

「力ずくでも引きとめられるならやってみろ、とおっしゃいましたね。増村さん？　面白い。やってみましょうか？」

「どういうふうに？」

増村は平然としていた。

「簡単なことですよ。俺がこの引金にちょっと力をこめればそれで済む」

小田は黄色い前歯をむきだした。

「君はとんでもない大馬鹿だ――」

増村は、二つの銃口が見守るなかで、胸のポケットに差した葉巻のセロファンを破り、火をつけて紫煙を吐き出した。

「それとも気狂いと言った方がいいかな？　儂を消したとすれば、どうなるかということまで考えつかないのか？」

「それを考えるからこそ、あんたに消えてもらうんだ」

ギラギラ光る小田の瞳は細まった。

舟橋は、もうこうなったらどうにでもなれ、といった態度で、肘掛椅子に戻って深く腰を降ろした。

「儂を消せば、君たちは警察と同時に右翼の全志士を敵に回すことになる。法務大臣は儂の友人だし、儂は義士党の最高顧問だということを忘れてもらっては困るね」

増村は落ち着きはらっていた。

「そんなことが怖いようでは、こっちは飯の食いあげになるさ。まあ、あんたも、生きてるうちには友達づらしてた大臣や、先生と崇(あが)めたてまつってくれた右翼の気狂いどもが、どれだけあんたのために働いてくれるかを墓の中からでもよく見てたらいいんだ」

小田は嘲笑し、〇・三八〇ベアード自動拳銃の遊底被(スライド)を引いた。内蔵された撃鉄は撃発装置となり、スライドはバネの力でもとに戻るとき、弾倉の上端の実包を遊底底部でひっかけて銃身後部の薬室(チェンバー)に送りこんだ。

増村の顔に初めて恐怖の影がかすめたが、剃刀のような冷笑は崩れなかった。

2

増村は、年に似合わぬ敏捷さでスッと身を沈めた。

同時に――素早く入口のドアが開いて、灰色の服に身を固めた男が応接間に足を踏み入れた。増村の秘書兼用心棒だ。ドアが開いた拍子に、廊下に気絶している舟橋の部下の姿が見えた。

小田と長谷川は、ハッと拳銃を増村の秘書に振り向けた。

しかし——秘書の手に大きな自動拳銃が握られているのを認めて、二人の男は発砲を思いとどまらなければならなかった。

秘書が構えているのは、軍用モーゼル口径七・六三ミリ、引金のついた長い弾倉には二十発詰まる。左銃把の上にあるスイッチ・レヴァーを回して上前方の位置にすると、引金を絞り続けたまま完全自動（フル・オートマチック）で弾倉の尽きるまで掃射できる。スイッチ・レヴァーを後ろに戻すと、普通の自動装塡式（セミ・オートマチック）自動拳銃と同じように一発ずつ引金をひいて狙い射ちできる。

秘書はその長いモーゼルをフル・オートマチックの装置にして、いつでも掃射できる構えを見せていた。

「糞っ、ハジキを捨てろ！」

小田は自分の構えた小さなベルギー製ベアードを動かした。

「嫌だね。お宅さんのほうが捨てたらどうだ？」

白晳（はくせき）の秘書は、しゃべりながらも、長谷川のルーガーの方に注目していた。

増村は絨毯の上を四つん這いになって、秘書の後ろに回りこんだ。秘書は二つの銃口に目を配りながら、左手で腰のポケットから小さくて平べったい〇・二五ジュニア・コルトを引っぱり出した。

立ちあがった増村がそれを受け取り、スライドを引いた。○・二五口径弾は○・二二のロング・ライフル弾より実質上の威力が少ないが、至近距離では自衛用に役立つ。

「緞帳の蔭に、まだ三人隠れてるんだ！」

半身を起こし、田辺が思い出したように叫んだ。

「こんな所で射ちあいはやりたくない。銃声がすれば、外で待機している連中がとびこんできて乱戦になるからな」

増村が言った。

田辺はソファから転げ落ちた。必死に立ちあがり、よろめきながら増村たちの所に歩み寄った。

小田はその田辺にベアードの銃口を向けた。

緊張した空気が走った。秘書のモーゼルの銃口がピクッと動いた。

「よせ！」

舟橋が手を伸ばし、ベアードを握った小田の手首を押さえた。小田は強い抵抗は示さなかったが、血ののぼってきた頰を細かく震わせて怒りを殺そうとした。肩で喘いでいた。

「よろしい。田辺君はお返ししましょう。ただし条件がある」

舟橋は落ち着きはらったポーズをつくった。

「何だ、条件とは？」

増村は腸に響くような太い声を出した。

「今日のことを、なかったことだと思って、忘れていただきたいのですが……」

舟橋は言った。

「なんだ、そんなことか？　よし、忘れてやろう。この増村はいそがしい体なんだ。いつまでもお前たちの相手はしておれん」

増村は鼻で笑った。

「そのお言葉、よっく頭に入れといていいでしょうな。そのかわり、あなたの方が約束を守ってくだされば、無事にあなたたちをお帰しする」

舟橋の声は熱を帯びていた。

「当てになるもんか」

憤怒のおさまらぬ小田が小声で罵った。

「約束する」

密生した白い眉の奥で、増村の瞳がチラッと笑った。

「信用しますよ」

舟橋は念をおした。

「くどい……さあ、引きあげるとしよう。私たちも拳銃をしまうから、君たちも武器をしまったらどうだ？」

増村はみずからコルト・ジュニア〇・二五に安全止めを掛けて腰のポケットに突っ込んだ。

長谷川は舟橋に目で合図されて、ルーガーを腋の下のホルスターにしまった。小田もブツブツ口の中で汚らしい言葉を呟きながらベアードを片づけた。

「貴様は？」

と、モーゼルを構えたままの秘書に噛みつく。

「緞帳の蔭で、お前さんの仲間が狙いをつけるかもしれないからな」

秘書は薄ら笑って首を振った。

「引きあげよう」

増村は田辺の腕を抱え、舟橋たちに背を向けて歩きだした。秘書はモーゼルを構えて廊下を後じさりしていったが、室内の男たちが身動きもしないのを見てクルッと背を向けた。

緞帳の蔭から坪田が忍び出て、右手の拳銃を増村の背に向けたが、どうしても発砲の勇気をふるいたてることができず、口惜しげな溜め息をついてダランと拳銃を垂らした。

秘書が田辺の体を支えた。増村は傲然と肩をそびやかせて、車寄せに停めてあったキャディラックに乗りこんだ。その横に傷だらけの田辺が坐り、ハンドルは秘書が握った。用心深くモーゼル二十連の自動拳銃をシートの右側に置いていた。

キャディラックは音もなく舟橋の邸宅から滑り出た。義士党の青年部隊が待機していると言ったのは増村のハッタリだったのか、それらしい影は見えなかった。疾走する車内で増村は、しきりに感謝の言葉を述べる田辺を無視し、じっと瞼を閉じて黙りこんでいた。

クロームの城のようなキャディラックは、ネオンに烟った新宿、渋谷を通り、祐天寺の高級住宅街のなかにある増村の大邸宅に近づいた。

3

二人の逞しい門番の手で、スパイクのついた鉄柵の門が開かれ、キャディラックは庭内に吸いこまれた。高く長いコンクリート塀に囲まれた庭は広かった。築山や芝生の植込みの見事な配合で、実際の面積よりもはるかに奥深く見えた。

キャディラックは白亜の二階建ての正面に停車した。彫刻をほどこした玄関から、書生という名目の用心棒が三人ほど跳び出してきた。

「君もここで降りたまえ――」

田辺に向かって言った増村の口調は、命令に近かった。

「空いている部屋があるから、遠慮なく養生していったらいい。どうせ、君の家に帰っても奴らがまたおしかけてきたら困るだろうからな」

「では、お言葉に甘えまして」

田辺は無理に愛想笑いを浮かべた。まるで軟禁ではないか、と言いたかったのだが、口には出せるものではなかった。

田辺は屈強な用心棒たちの手で、二階の一室に運びあげられた。柔らかいベッドの上に寝かされた。増村の主治医が呼ばれ、田辺は懇ろな手当を受けた。モルヒネの痛み止めを射ってもらうと、熱っぽくズキズキ疼く痛みも楽になった。スープを啜って、やっと人心地がついた。いつのまにか眠りこんでいた。揺り起こされて渋い目を開いた。ベッドのそばの椅子に、繻子のローブをまとった増村が坐りこんでいるのが見えた。

「もう朝ですか？」

田辺は腫れあがった唇の間から、しゃがれた声を出した。

「今は午前一時。折角よく眠っているのに気の毒だが、話があるのでな」

増村は葉巻に火をつけ、田辺の口に差しこんでやった。

「分かってます。私が預けてあったものを見たんでしょう？」

田辺は葉巻を嚙んで、不機嫌な声を煙とともに吐き出した。

「君は物わかりがいいから、手間がはぶけて助かるよ」

「…………」

「なあにね。君たちの争いのネタになった物件だと見当をつけたから、つい開いてみたんだよ。好奇心でね」

「先生にはかないませんや」

田辺は天井を睨みつけた。

「あれは、舟橋たちに買いとらせれば一億にはなるね」

増村は低く喉を鳴らして笑った。

「私の生命と引きかえにね……」

田辺は苦い表情で言った。だから、土壇場まで増村を呼ぶのをためらったのだ。舟橋たちにあれだけ凄惨なリンチを受けても。

「いや、君の生命は私が保証する。どんな場合でも、舟橋たちの暴力から保護してあげるよ」

増村は、田辺の口から火の消えかかった葉巻を取りあげ、自分がくわえてパッパッと吸いこんだ。

「君と儂とは、友好条約を結ぼう。パイプを回しのみしたインディアンのように。ただ、パイプが葉巻にかわっているだけだが」

と言って、再びその葉巻を田辺の唇の間に差しこんだ。

「あれをネタに奴らから恐喝あげたとしたら、先生はいくら、欲しいんですか?」

田辺はあきらめたように言った。

「恐喝あげるとは、君はまた品のない言葉を使うね」

「…………」

田辺はムッとして黙りこみ、傷ついてない左手で葉巻の灰を落とした。

「君と儂とで五分五分ではどうかね？　フィフティ、フィフティだ。いいだろう。何事にも、むさぼらないのが主義でね」

「それでも、むさぼらないうちに入るのか！」

田辺は口の中で悪態をついた。

「何か言ったかね。儂はこのごろ、少し耳が遠くなってね。年はとりたくないもんだと痛感してるよ」

「いや、なんでもないです……しかしですね。奴らがそうやすやすと金を出すでしょうか？」

「儂が圧力をかけたらな」

増村は自信たっぷりだった。

「しかし、奴らは相当荒れてますよ。窮鼠猫を嚙むという譬(たとえ)がありますからね。奴らがそうでなくてもカッカしてるところに、金を出せと吹っかけてごらんなさい。どんなことになるか……」

「それはそうだ。急いては事をしそんじる。奴らの頭が冷えたころを見はからって、仕事にかかるとしようかな」

増村は笑った。

「しかし、こう言っては何ですが、先生のように平気で約束を破る人は見たことがないですな。さっき奴らにした約束どこにいきましたかね」

「忘れてしまったよ」

増村は声をたてて笑った。

「私に約束したことも、都合よくお忘れになるんでないですか？」

「君だけは別だよ」

「じゃあ、先生の言われる条件を呑むかわりに、こちらの条件も配慮に入れてください」

「と、言うと？」

増村はギラッと瞳を光らせた。

「衣川という男を消してもらいたいんです」

「衣川？　新聞で読んだことがある。指名犯人だろう」

「あの人殺しです。奴は舟橋をはじめ、あの連中に復讐を企ててるんです。私も狙われている」

「…………」

「衣川を消さないと舟橋たちが殺られてしまう。奴らが死んでしまったら、恐喝あげようにも相手がいないってことになりますからな」

生への渇望

1

黒布のような闇をヘッド・ライトで貫いて、衣川の奪ったパトカーは疾走した。

由紀子は、後部座席から身を乗り出すようにして、ハンドルを操る衣川の左肩に顔を埋めるようにしていた。

「車が拾えるような所で、君は降りてくれ」

ヘッド・ライトの光芒から目を離さず、衣川は呟いた。

「嫌！」

「俺の言うことをきくんだ」

「どうして？」

由紀子はすがりつくような瞳で尋ねた。

「さっきの銃声で、パトカーが出動してくるだろうからな」

衣川は言った。

「でも……」

由紀子が訴えるように言った。

そのとき――二人の乗ったパトカーの無線ラジオが呼出しをはじめた。

「警視三十八号、警視三十八号……」

それは、二人の乗ったパトカーの番号だった。

衣川は唇を噛みしめて、マイクをフックから外した。

「こちらは警視三十八号……どうぞ」

「村山貯水池の北側で、銃声らしきものが三度したそうです。ただちに現場に直行願います」

本庁五階の一斉指令室は命令を伝えた。

「了解。ただちに現場に直行します」

衣川は復誦してマイクをもとに戻した。

「…………」

由紀子は恐怖と感嘆のいりまじった瞳で、衣川を見上げた。

「今だけはうまくごまかしたが、安心はできないよ。有線係が田無署に通報してるだろうからな」

衣川は呟いた。

道の向こうから、ヘッド・ライトの二つの目が現われた。

「伏せろ！　姿を見られないようにするんだ」

衣川は強い声で言った。

由紀子は、シートに身を伏せた。

衣川は運転しているパトカーのスピードをグウンとあげ、一瞬のうちに相手の車とすれちがって顔を見られるのを防ごうとした。

スピード・メーターは、たちまち九十まではねあがった。床に、射殺した中年の警官の制帽が落ちているのを思い出し、ソフトを脱いで、それをかむろうとした。

床に身をかがめて警官の制帽をすくいあげたが、ハンドルのバランスを失ったパトカーは、スピードに乗って一瞬、道路から跳び出しそうになった。

身を起こした衣川は、素早くハンドルをたてなおして車輪を軌道に戻した。同時に、左手の制帽を頭にかむった。

白ナンバーのブルーバードとパトカーは、ライトを交錯させて物凄いスピードですれちがった。強烈なライトで目つぶしされて、たがいの顔は定かには見えなかった。

衣川はホッと溜め息をついた。ハンドルを右に切って、砂川（すながわ）の方に車首を回した。

「警視三十八号……」

再び無線の呼出しがあった。

衣川はマイクを取りあげて返答した。

「現在位置を知らせてください。現場近くの派出所から早く来るように催促してきています。どうぞ」

指令室の係員が電波を通じて言った。

衣川はひそかに舌打ちしたが、

「現場に急行中、挙動不審な少年を発見して訊問しているところです。少年は手製拳銃を所持していました……どうぞ」

と、もっともらしい嘘をついた。

「了解。その少年を同乗させて、ただちに現場に急行してください。道路上から血痕と拳銃弾の空薬莢が発見され、貯水池の柵が破壊されているとの報告がありました……」

「了解……」

衣川はマイクを叩きつけるようにもとに戻した。額に深い縦皺が刻まれた。

「どうしたの?」

シートの上に窮屈そうに身を伏せた由紀子が尋ねた。

「さっきのことがバレかかっている。あとは逃げるだけだ」

衣川は笑おうとして失敗した。

無線ラジオは、他のパトカーにも次々と呼びかけ、貯水池畔の現場に急行するように命じはじめた。

ヘッド・ライトのかなたに、東大和の密集した家並みが見えてきた。

衣川は道の左脇に寄せてパトカーを停めて、制帽を脱いだ。ライトを消し、由紀子を抱き起こした。

「離さないで」

由紀子は衣川の胸に顔を埋めた。

「また会える。君はここで降りるんだ」

「嫌！　嫌よ。もう、二度と会えないかもしれない」

「馬鹿な、生きているかぎり、俺たちは必ず会えるんだ。待ってくれ」

「死んじゃあ、いや！」

「俺は死なない。復讐の約束を果たすまで、俺は決して死にはしない。俺には血に呪われた凶銃と——そして君というお護(まも)りがついているからな」

衣川は暗い瞳で笑った。

2

由紀子を降ろしたパトカーは、サイレンを沈黙させたまま、裏通りを縫うようにして東大和を抜けた。

無線ラジオは再び指令を与えはじめたが、指令の言葉は暗号を使った。衣川の暗い予感は適中した。

砂川に入ったころ——サイレンをさかりのついた牡牛のように咆哮させて、大通りを村山貯水池に向けて続々とフッ飛んでいくパトカーの唸りを聞いた。

おそらく、奴らは湖水に沈んだタクシーを見つけたのだ。そして、射たれたパトカーの警官の死体も、そのパトカーにいま乗って一斉指令室の係員と応答を交わしたのが犯人だということも……。

衣川は悪魔的な狡猾さで交番を避けながら、なるべく淋しい道を選んでパトカーを進めた。

立川の向こうの福生に逃げこむつもりだった。福生は米軍ヨコタ・ベース・キャンプの町だ。そこまで五キロ……うまくたどりつけば運がひらけるかもしれない。衣川は裏通りを選びながら、さらに右にハンドルを切って、パトカーを田舎道に乗りいれた。

西砂川のはずれを迂回して、衣川の乗ったパトカーはやっと福生の近くに出た。幸運にも、警官とぶつからずにすんだ。

制帽を脱いで、パトカーから降りた。かぶったソフトを目深におろし、闇の中に歩を進めた。

田畑のなかに、農家から漏れる灯火が点在していた。空気は甘く冷たかった。農家に間借りした〝夜の女たち〟の笑い声が、風に乗ってかすかに聞こえてきた。

衣川は水の涸(か)れかかった多摩川の堤(つつみ)に出た。途中、何台ものオートバイやスクーターがすれちがい、追い越していったが、衣川を咎める者はいなかった。

堤に立って一息つき、衣川は長々と放尿した。立川やジョンソンやヨコタ基地から飛びたったジェット機が赤や緑の標識灯を点滅させながら遠くに消えていった。

この多摩川の堤を一キロほど行ったところに、米軍の将校クラブとなっている〝クラブ・ラッキー〟がある。クラブといっても、ホテルを丸ごと慰安場にしてあるのだ。衣川はかつて、バーテンとして少しの間、手伝ったことがある。

夜露に湿りだした堤に腰を降ろし、貪(むさぼ)るようにタバコを吸い終わった衣川は、足早にそのクラブに向けて歩きだした。クラブの入口には、アーチ状の看板がかかっていた。明るい灯の輝くクラブの本館から、ファンキーなリズムと陽気な笑い声が聞こえ、駐車場には五十台を越す外車がひしめいていた。

ホテルを兼ねた将校クラブは、一万坪近い広大な庭園を高いコンクリート塀で囲まれていた。入口のアーチ状の看板の下の両脇に立つボーイの目をかすめなければ、庭内に入りこむのは無理だった。ボーイを殴り倒すのは簡単だが、それでは騒ぎが起こる。しかし、衣川は諦めなかった。

クラブの裏手にあたる森に出た。衣川はニヤリと笑い、塀にいちばん近い松の幹に身軽によじのぼった。

太い枝にぶらさがり、無言の気合をかけて空中に身を躍らせた。衣川の足は塀の上に一度触れ、それを蹴って宙返りを行ない、柔らかな音を残して軽々とホテルの裏庭に跳びおりた。足首は痛まなかった。衣川は裏庭の木蔭にたたずんで様子をうかがった。

夜の帷に包まれた広大な庭は、森と築山の池の巧みな調合で無限の奥行きを見せていた。ところどころにガス灯を模した灯が淡い青紫の光を投げ、交錯した枯枝のレース模様を幻のように浮かばせていた。池につながる小川が縦横に走り、青紫の灯をかすかに反射してサラサラとさざめきながら流れ、水面に落ちた落葉の舟をゆっくり下流に運んだ。

今夜はここで夜を明かしてもいい。一種の治外法権地だから、警官は踏み込んでこないだろう……衣川は小川にかかった玩具のような太鼓橋の欄干に腰を降ろして考えた。

木立ちのかなたに、三階建てのクラブの本館と、池をへだてた別館が透けて見えた。別館は三つあった。ホテルになっているのだ。

人の近づく足音に、衣川は素早く欄干を離れ、灌木の蔭に蹲った。

クラブの方から肩を抱きあって近づいてくるのは、まだ二十歳をあまり越えてないらしいアメリカ人の男と、金髪が白っぽくなった年増の女だった。

二人は近くのベンチに腰かけ、熱っぽい口調で語りあいながら短い接吻を交わしていた。話の内容では、女には大佐級の夫がいるようだった。今も、クラブで飲んでいるらしい。

二人は長い接吻に移った。瞼を閉じて喘ぎ、たがいに左手は相手の下腹部をさぐっていた。

衣川は腰をあげた。落葉の砕ける音にも気をくばり、点在する灌木と木立ちを蔭に選んで、そろそろと彼らの背後に回りこみはじめた。

3

音もなくベンチの後ろに忍び寄った衣川は、重なり合って激しくもつれあう二人を静かに見下ろした。

女が上だった。ミンクのコートを頭からかぶり、スカートをまくりあげて激しく挑んでいた。太く真っ白な足が痙攣するように虚空を蹴るごとに、絶えいりそうな悲鳴が漏れた。

脱いだズボンをたたんで枕にした若い将校は、毛蟹(けがに)のような二本の脚で、女の腰を締めつけていた。衣川は腋の下のホルスターから、無限の冷酷さを秘めたワルサー拳銃を抜き出した。

素早くベンチに足を踏み出すと、弧を描いたワルサーの銃身は、唸りを生じて女の後頭部のあたりに叩きこまれた。

ミンクのコートで頭を隠していたので、女の後部頭蓋は打撃の音を発することなくヒビが入った。

己れの夢にふけっていた若い将校は、突然ぐったり鉛のように重くなった女の重量に、慌ててミンクのコートをはぐり捨てた。

その血走った青緑色の瞳に映ったのは、果てない死の威嚇を孕(はら)んだ凶銃ワルサーの真っ暗な銃口であった。

若い将校の桜色に上気した顔から、急速に血がひいていった。女はガクンと頭を垂れたまま、男の上で気絶していた。ワルサーで威嚇しながら、衣川はベンチの前に回り込んだ。

無言のまま、左手で女の髪をつかみ、力まかせに男の体からひっぱがした。巨大な肉塊は一回転し、地ひびきをたてて地面に落ちた。女は本物の金髪だった。髪は染めたのでないことがわかった。

若い将校は、下半身をむき出しにしたグロテスクな格好で、上向きになったまま痙攣するように両手をさしあげた。朝鮮戦線で銃の殺傷力のむごたらしさを身にしみて知っているのだろう。体中の筋肉が、面白いほど痙攣しはじめた。

「射つな(ドンツ・シューツ)！　殺さないでくれ(ドンツ・ゲット・ミー・キルド)！」

喘ぎながら発した声にも恐怖がこもっていた。

「車を持ってるか（ユー・ガッタ・カー）？」

衣川は静かに尋ねた。

「はい（ヤー）」

将校は顎をガクガクさせてうなずいた。

「このクラブに乗ってきたのか？」

衣川は米語で尋ねた。

「そうだ。駐車場に置いてある。欲しかったらやるから乗っていってくれ。そのかわり自分を殺さないでくれ」

「イグニッション・キーは？」

「ズボンのヒップ・ポケットに……」

「出せ」

衣川は命令した。

頭の下からフラノのズボンを外した将校は、震える手で鍵束を引っぱりだした。

「オーケイ」

衣川は将校の青緑色の瞳から視線を外さずに、左手でその鍵束を受け取った。

「放してくれるのか？」

将校の顔を安堵の表情がかすめた。

「気が早いな。まだ用は済んでない」

衣川は冷たく言った。

「……？」

将校の瞳は銃口を見つめて離すことができない。

「俺の仲間がこの裏庭の中に三人ほど隠れている」

衣川はハッタリをかませた。

「そ、それで（ソー・ソー・ホワット）？」

「俺たちは外の仲間と連絡をとらなければならない。俺が連絡係だ」

「…………」

「あんたの彼女は、ここに残る俺の仲間が見張っておく。お前さんは、俺と一緒に車で外に出てもらう」

衣川はゆっくり明確な発音でしゃべった。

「一度クラブのバーに戻って、勘定書きをチェックしてサインしなければ出られないんだ」

将校は、パニック状態がおさまったとみえ、だいぶ冷静になってきた。

「外に出て忘れ物をとってから、またここに来る、と言ったらいいんだ」

衣川は言った。

「オーケイ、そのかわり、約束してくれ。俺がアン・フェアな真似をしないかぎり、絶対に射たないと……」

将校は必死だった。

「ああ……そのかわり、ちょっとでも変わった素振りをしたら、まず尻に一発射ちこむぜ。銃声を聞きつけた俺の仲間は、あんたの彼女を辱しめてなぶり殺しにするぜ」

衣川は、カチッ、カチッとワルサーの安全装置を外したり掛けたりした。撃鉄が動く。

「よしてくれ！　暴発したら嫌だ。私はまだ死ぬには若すぎる」

将校は泣き声をたてた。

「名前と階級を聞きたい」

「ジョン・ブラウン、中尉だ」

「オーケイ、ジョニー、ズボンを着けろ」

衣川は命じた。

ブラウン中尉は、ベンチから滑り降り、昏倒した女の体に複雑な視線を投げて、ズボンを着けた。

「よし、出発だ。いつもあんたの背後でこの拳銃が背中を狙っているのを忘れるなよ」

衣川は左手のイグニッション・キーのつながった鍵束をトスし、ワルサーを服の右の裾で隠した。鍵束を受けとめたブラウン中尉は、衣川より三センチほど背が高かった。顔の造作はよく整っている。くるりと向こうむきになって歩きはじめた。

衣川は地面に落ちたミンクのコートを足でひっかけて、倒れている女の体にかけてやった。上着の裾の下に拳銃を隠したまま中尉のあとを追う。

池の中州では、水鳥がかたまって、首を羽の下に突っ込んで眠っていた。中尉は覚悟を決めたとみえて、平静な足どりで駐車場に歩み寄った。

中尉の車はフォードのサンダー・バードだった。最新型だった。

衣川はハンドルを握る中尉の右側に斜めに腰を降ろし、左手に握ったワルサーを中尉の腰に突きつけた。

アーチ状の門の所のボーイは、ソフトを目深にかむった衣川を米人と見まちがえたのか、べつだんあやしみもしなかった。車はほとんどエンジンの音もたてずにクラブの門を通りぬけた。

衣川は、フォードを甲州街道に向けさせた。

「タバコを吸ってもいいか?」

しばらくして車を進めてから中尉は尋ねた。

「いいとも、つけてやる」

衣川は中尉から目を離さず、右手でポケットからホープの箱を引っぱり出した。

「いや、私はチェスターフィールドしか吸わない」

中尉は言った。

「贅沢な奴だ。あんたのポケットにあるのか？」

衣川は笑った。道の両脇には、黒々と畑が拡がっていた。

「グローブ・コンパートメントの中に残っている」

中尉は答えた。

衣川は右手を伸ばして、ダッシュ・ボードにはめこみになっているグローブ・コンパートメントの蓋を開いた。一瞬、左手のワルサー拳銃の銃口が中尉の腰から離れた。

中尉は歯をくいしばって急ブレーキをかけた。車輪から煙がたった。

衣川はダッシュ・ボードに叩きつけられた。

ハンドルを離した中尉が、衣川の喉に手を伸ばしてきた。

半ばグロッキーになりながらも、素早くワルサーを右手に持ちかえた衣川は、中尉の額に音をたてるほど強く銃口を突きつけた。

襲いかかろうとして中腰になっていた中尉は、勢いよくシートに尻餅をついた。

「射つな！　射たないでくれ！」

と泣き叫んだ。

衣川は銃身で中尉の耳をひっぱたいておき、グローブ・コンパートメントの中を手さぐりした。掌に入るほど小さいヴェルナルディリ〇・二二口径の六連発自動装填式拳銃が隠されてあった。

巣

1

「便利なものを持ってるじゃないか」

衣川は、左手でグローブ・コンパートメントから引っぱり出した〇・二二口径ヴェルナルディリの超小型自動拳銃を見つめた。

そのイタリア製拳銃は、小さいだけでなく非常に軽かった。銃把はベークライトでできており、銃身も極端に短かった。

ブラウン中尉は両手を頭の上に組んで喘いだ。

「こんなの隠しておくのが、あんたの言うフェア・プレイかい？」

衣川は皮肉に笑った。

中尉は歯を鳴らしはじめた。

「オーケイ、ジョニー。このことは忘れてやろう。ただし、このハジキ(ロッド)は貸していただくことにするぜ」

衣川はヴェルナルディリをポケットに入れた。ポケットの中ではほとんど重量感を与えなかった。

「あ、ありがとう。命をたすけてくれるんですね」

中尉は必死に愛想笑いを浮かべた。

「ああ、殺しはしないよ。そのかわり、途中でポリ公(カップ)に車を停められたら、うまく煙にまいてくれ」

衣川は右手のワルサーP38の銃口で、軽く中尉の脇腹をつついた。

「わかった(アイ・ギット・イット)」

ブラウン中尉は顎をガクガクさせてうなずいた。

「オーケイ、出発だ」

衣川はニヤリと笑った。

中尉がハンドルを握るフォードのサンダー・バードは、軽快なエンジンの回転音をかすかにたてて、発車した。衣川はワルサーを左手に持ちかえ、銃口を中尉の腰に突きつけていた。

「実戦に参加したことはあるだろう？」

衣川は穏やかに尋ねた。

「朝鮮戦線で苦戦した――」

中尉は吐き捨てるように言ったが、衣川が黙りこんでいるのを見て、憑(つ)かれたようにしゃべりだした。

「殺しても殺しても、いくらでも奴らは兵数を補強して攻撃してくるんだ。こっちは機銃の銃身が焼ききれるほど射ちまくって全滅させたと思っても、第四第五の人間の波が肉弾で襲ってくる。武器は持って出ない。死体の武器を拾って、戦いをいどんでくる」

「…………」

「われわれは緊張をゆるめる間がない。モルヒネの厄介にならないと気が狂ってしまう」

「だから米兵(ジー・アイ)にヘロ中毒(ジャンキー)が増えたんだな」

衣川はヘッド・ライトの先の闇を見つめていた。

「私も神経がおかしくなって日本に送り返された。ベッドに横になると、無数のコリアンがのしかかってくる幻覚に悩まされた。そうなると、自分で自分が分からなくなるんだ。幸い私はウイスキーで生き返った。一時は完全なアル中だったが、おかげでヘロ中にならずにすんだ」

若い中尉は自嘲的に唇を歪めた。

「…………」

衣川は無表情な顔つきを崩さなかったが、中尉の言うことは理解できた。

甲州街道に出ると、警官隊の振り回すランターンの灯が車を停めていた。バリケードの後ろにはパトカーや白バイが停まっていた。

中尉はランターンを振り回すヘルメットの警官の鼻さきで車を停めた。

声高に罵った警官は、嚙みつきそうな顔で運転台の窓ガラスに顔を突きつけたが、中尉が早口の米語でしゃべると、不器用な愛想笑いを浮かべてバリケードを横に向けた。

都内に入るまでに三つの検問所に出くわした。完全武装した警官隊が張り切っていた。

衣川の腋の下に冷汗が滲んできたが、ブラウン中尉にまくしたてられた警官たちは、いずれもあっさりと車を通させてくれた。

中尉の運転するフォードのサンダー・バードは、世田谷、目黒(めぐろ)を抜けて都心に近づいていった。

「あんたは戦場で何人ぐらい人を殺した?」

衣川はポツンと尋ねた。

「はっきり数えたわけではないが、殺傷した敵の数は百人を越しているだろう。どうして、そんなことを尋(き)く?」

中尉は苦々しげに言った。

「なあにね、戦争はありがたいよ。俺はたった五、六人を殺しただけで、このとおりドブ鼠のように追われているんだ」

衣川は苦笑した。

「これからどこに行く？」

中尉は尋ねた。まわりはネオンと車のヘッド・ライトの洪水だった。

「勝鬨橋（かちどきばし）を渡ってもらいたい」

「オーケイ。よく地理はわからないから、君が指示してくれ」

「築地の先なんだ」

衣川は答えた。

勝鬨橋を渡り、月島を過ぎると晴海（はるみ）に出た。

「左に曲がってくれ」

衣川は指示した。

左側に公団アパートの灯を見て、フォード・サンダー・バードは広く坦々とした無人の大通りを急速度で飛ばした。街灯が吹き千切れるように後ろに逃げていった。

橋をすぎると深川・豊洲（とよす）だった。大工場の煙突が夜空に乱立していた。犬の遠吠えのあとには、軽やかなサンダー・バードのエンジンの唸りとアスファルトを噛む車輪の音だけだった。

「オーケイ、ストップ」

衣川は声をかけた。中尉は車を停車させた。

「無理を言ってすまなかった。ここで別れよう」

衣川はドア・ハンドルを後ろ手でさぐり、細目にドアを開いた。

「これからどうする？」

「なんとかなるさ」

「私を射つ気か？」

「馬鹿な。ただし、あんたが俺のことを黙っててくれたらの話だが」

「約束する」

「俺はめったに人の言うことを信じないが、あんたも戦場で命のやりとりをしてきた男。俺は裏切られて黙って引きさがる男でないことだけは承知しといてくれ」

衣川は右手にワルサーを持ちかえ、中尉の額に狙いをつける真似をした。

「よく分かった」

中尉はうなずいた。

「よし、行け。元気でな。幸運を祈るよ」

衣川は後じさりして車から降りた。

「ありがとう」

中尉は車を発車させた。

衣川は轢き殺されぬ用心のために、素早く太い電柱の蔭に跳びこんだ。

2

中尉の乗ったフォードはUターンして、もと来た方向に向きを変えた。スピードをあげて去っていった。赤いルビーのように輝くテール・ライトが、見る見る闇の中に溶けこんでいった。

それを見送った衣川は、ワルサーを腋の下の革ケース(ホルスター)に突っ込んだ。タバコに火をつけ、海から吹いてくる風に吐き出す煙を奪われながら歩みだした。

緊張を続けていたので、首を振るとポキーンと骨が鳴った。寒気が身にしみた。

パトロールの警官を巧みに避けた衣川は、東雲(しののめ)の埋立地にたどりついた。道の左側はセスナ機の飛行場やゴルフ場になり、突当たりの岸壁の右側に、船舶解体現場があった。

足音を忍ばせた衣川は、その岸壁に歩み寄った。赤錆の廃船数隻が接岸され、船舷には渡し板がかかっていた。

右側の陸は、解体された船の部品が広大な面積にわたって山積みになっていた。巨大な竜骨やスクリューが重なりあい、墓地の無気味さをたたえていた。

衣川は巻きあげられたロープの下に腰を降ろした。沖を通る船の灯を見つめながら、接岸された廃船に身を隠すべきか、それともスクラップの山の下にもぐりこむかを考えていた。

どちらが隠れ場として適当か……考えても解決はつきそうにない。運にまかせるだけだ。衣川は硬貨を投げて占う平凡な途を選んだ。人間の理性が決断の時にあたって、いかに頼りないかを確認するには銀貨を投げてみるにかぎる。

鈍く輝いた銀貨は、くるくる舞いながら掌に落ちた。裏が出た。衣川は立ちあがり、右手の巨大なスクラップの山に足を向けた。

灰色の波しぶきが牙を剝く細長いコンクリートの足場を伝って、衣川は船の墓地の中央近くの海沿いに出た。

ジポーのライターに点火した。潮風にはためいた炎は、巨大な鉄塊の重なりあう無気味な光景を映し出した。

衣川は身軽に足場を跳び渡り、鉄塊の間をくぐって奥へ奥へもぐりこんでいった。

手にしたライターが熱くなったとき、竜骨と舷側の鉄板の積み重なった絶好の隠れ場を見つけた。

闇の中で黄緑色の炎がギラッと光った。衣川は無意識に横に転がろうとしたが、甘えるような捨て猫の鳴き声をきいてホッと息を吐いた。

隠れ場に選んだ場所の鉄板は乾いていた。横に竜骨とスクリューの軸に囲まれ、上にはデッキの鉄板がかかっていた。身を折ってその隠れ場にもぐりこんだ衣川は、貝殻のこびりついたスクリューの軸に背をもたせて坐りこんだ。

手が触れられぬほど熱くなったライターから急いでタバコに火を移し、カチンとライターの蓋(ふた)を閉じた。

潮風と尻や背に当たった鉄板から、骨も凍るような寒気が伝わってきた。腋の下に滲んでいた冷汗も急速に体温を奪い、衣川は小刻みに震え出した。熱いライターを両の掌で包み、タバコを短くたてつづけに吸いこんで暖気をとろうとした。

雲が晴れて、銀の矢のような月光が鉄の隙間から射ち込まれた。

衣川は左手でヴェルナルディィリ小型自動拳銃を引っぱり出してみた。遊底の後ろに撃発を示す示針が突き出してないところを見ると、薬室は空になっている。

銃把の弾倉室から、弾倉を抜いて調べてみると、〇・二二口径ロング・ライフル・ハイ・スピードの実猟用ホローー・ポイント弾が六発詰まっていた。護身用には充分に役立つだろう。弾倉を弾倉室に戻した衣川は、掌よりも小さいその超小型自動拳銃をどこに隠そうかと迷った。

ズボンの裾をまくりあげて臑にくくりつけるのもいい。しかし、衣川はソフトを脱ぎ、それをひっくりかえして裏地の縫い目を少しはがした。そこからソフトに小さな自動拳銃をさしこんだ。

ソフトをかむり直してみた。頭上の小さな自動拳銃の重みは、慣れるとほとんど感じないほどになった。

3

巨大なスクリューの軸にもたれて衣川は、いつのまにか眠りこんだ。皮膚を刺す寒さのため、背を丸め、立てた膝の上に顔を伏せて、穴居(けっきょ)時代の原始人のような格好で眠った。

目が覚めたのは朝の七時だった。寒気と窮屈な姿勢のために体中の筋肉がこわばっていた。隠れ場から出て岸壁に立ち、長々と放尿した。

朝日を浴びた海上では白いカモメの群れが乱舞し、近づく船に驚いた黒鴨が水面を脚で叩きながら滑走して飛びたった。

衣川はしばらく柔軟体操を続けて、こわばった筋肉をほぐした。終わると腹がへってきた。晴海まで歩き、タクシーを拾った。運転手が衣川の正体を見やぶったら、即座に射殺するつもりだった。

その日は夕方まで、薄暗い映画館で時間をつぶした。ソフトで顔をかくし、シートで居眠りしていた。

デパートで食料品やコートや毛布を買いこみ、夕闇にまぎれて船舶解体現場の隠れ場に運びこんだ。

午後十一時――その衣川は疾走する黒塗りのトヨペットの運転台に坐っていた。鉛板で合鍵を作って、品川の近くの路上から盗んだ車だ。

衣川はトヨペットを、六本木の麻布寄りに建つナイト・クラブ〝フラミンゴ〟の裏口を見渡せる路面に停めた。車のナンバー・プレートにはわざと泥をはねかけて、ナンバーがはっきり読めないようにしてあった。

ナイト・クラブ〝フラミンゴ〟は、銀座、新宿、渋谷、上野の同名キャバレー・チェーン店を持つ大村が、ナイト・クラブ流行の波にのって六本木に進出させたのだ。

あたりは、終夜営業のレストランやスナック・バーが軒を並べ、その間にナイト・クラブのネオンが輝いていた。

〝フラミンゴ〟の裏口の近くに駐車した数台の高級車のなかに、衣川が復讐を誓った六人のうちの一人である大村のビュイック・スペッシャルがあった。サイド・ウォールが真っ白なタイヤに、シートは真っ赤なビロードだった。

衣川は小型拳銃をひそめたソフトを目深にかむり、焦茶色のサン・グラスをかけていた。トレンチ・コートの襟を深々と立てていた。

衣川の車の横を、芸能人や遊び人を乗せたスポーツ・カーが次々に通っていった。

パトカーが近づき衣川を緊張させたが、ルーム・ライトを消した衣川の人相に気づくことなく通り過ぎた。

午前零時——マネージャーに送られた小柄な大村がクラブの裏口から出てきた。その左右に従った二人の用心棒は、油断なくあたりに目をくばっていた。

冷笑を浮かべた大村は、マネージャーに軽く手をあげて、駐車しているビュイック・スペッシャルに向かって足を踏み出した。

左側のひょろ高い用心棒が駆け出し、車のドアの鍵を開けた。一見して、腋の下に拳銃を呑んでいるのがわかった。その拳銃のふくらみを隠すどころか、その男はわざと見せびらかしているようだった。

もう一人の用心棒に護られて、大村はビュイックのシートにおさまった。グロテスクなほど肩幅の広い大男の用心棒で、小柄な大村の姿はまるで子供のようであった。

ドアを開いたひょろ高い用心棒がハンドルを握った。肩幅の広い用心棒は大村の右側に坐り、腹の下のホルスターの〇・三八スーパーのコルト自動拳銃をそっと膝の上に置いた。

「馬鹿だね、君は。それほど用心深くしなくてもいいのに」

大村は用心棒を叱った。

「しかし、衣川は……」

用心棒は喉の潰れたような声をしていた。

「ふん、奴がいかに無謀だといっても、こんな街中では襲ってこないよ……拳銃を車の外から見えないところに隠しなさい。パトロールのポリにでも見つかったら厄介だからな」

大村は唇を歪めた。

「そうですか……」

用心棒は不服そうに、黒塗りの自動拳銃を腋の下のホルスターにしまった。

「どっちに行きましょう？」

ハンドルを握るひょろ高い用心棒が声をかけた。

「渋谷の店に回るのも大儀だな。家に帰ることにしようか」

大村は言った。大村の本宅は、芝白金町にあるのだ。

「承知しました」

用心棒はビュイックを発車させた。滑るように車は走り出した。

そのビュイックが十字路を右に曲がったのを見とどけて、衣川は盗んだ黒塗りのトヨペットを発車させた。

次の交差点でビュイックの背後三十メーターのあたりに追いつき、つねに三十から五十メーターの間隔をおいてくっついていった。

麻布のパキスタン大使館の近くにビュイックがきたとき、運転しているひょろ高い用心棒が言った。

「どうやら、この車は尾行られているようですぜ」

「まさか……気のせいじゃないだろうな？」

大村の顔に恐怖の表情が走ったが、虚勢を張って鼻で笑った。

「いや、どうもおかしいんですよ。この車がスピードをあげるとスピードをあげ、こっちが落とすと、あっちもスピードを落とすといった具合で」

「そうか。いったいどいつが乗ってやがるのかな？」

大村は後ろのガラスに顔をくっつけるようにした。

「分かりますか？」

運転台の用心棒が尋ねた。

「ヘッド・ライトがまぶしくてさっぱり分からんが、車は国産車らしい」

大村は言った。

「どうします？」

大村の横の肩幅の広い用心棒はホルスターから〇・三八口径コルト・スーパー自動拳銃を抜き出した。強力なスプリングの遊底被（スライド）を引いて手を離し、弾倉の弾を薬室に送りこんだ。

「早まるな。ちゃんと安全止めを掛けておけよ。こんなところで暴発したら大変だ」

大村は鋭い声で注意した。

「使い慣れたハジキですからね。めったなことでヘマはしないですよ」

用心棒は拳銃の安全止めの弁（べん）を押しあげて、安全装置を掛けた。露出した撃鉄はあがったままだ。

「どうしましょう？　このまま白金町のお屋敷に着けましょうか？」

ハンドルを握る用心棒が、ちらっと振り返った。

「そうだな――」

大村は考えこんでいたが、唇をねじまげて笑い、

「いったい誰が何の用で俺をつけてきているのかを確かめたい。つけてきているのはもしかしたら、増村の部下かもしれないし、俺の商売がたきかもしれない。衣川だとは決まってないのだ」

「…………」

「車を芝海岸通りにやってくれ。そこまでつけてきたら、そいつは目的があってこの車をつけていることがはっきりする」

「じゃあ、あの淋しい所で待ち伏せするわけですか？」

肩幅の広い用心棒がニヤッと笑って、自動拳銃を愛撫した。

闇の中で

1

大村と二人の用心棒の乗ったビュイック・スペッシャルは、制限速度を守って高輪町(たかなわちょう)を左に曲がった。品川駅の引込み線を越えて海岸に近づいていく。

「平尾(ひらお)、まだ奴はつけてきてるか？」

大村は興奮をおさえて、ハンドルを握るひょろ高い用心棒に尋ねた。

「らしい、ですな。ライトの具合では」

平尾はバック・ミラーから目を離し、不器用に肩をすくめた。二メーター近い長身なので、大型外車のハンドルを股の間で回転させているように見える。

「ふん。今に見てろ。久しぶりに、こいつにたっぷり血を吸わしてやるから」

大村の右側に坐った肩幅の広い用心棒がひきつるように笑った。右手に握ったコルト・スーパー○・三八自動拳銃の安全止めを親指でカチッ、カチッと外したり掛けたりする。

「よせ、守屋。暴発したら困るというのが分からんのか？」

大村は叱った。

「すんません」

守屋は分厚い唇を突き出した。

ビュイックは御楯橋にさしかかった。ここまで来ると、行き交う車は数えるほどになった。

橋の下には重油の浮いた汚水が流れ、つながれた筏がメタン・ガスを発生していた。左岸には製鉄所の荷あげ倉庫が立ちならび、溶接のスパークが紫色の火花を散らしていた。橋を過ぎると、タールの匂いをまじえた潮風が強くウインド・シールドを打った。

「よし、スピードをあげろ」

大村は命令した。

「………」

平尾は無言でギアを切り替え、アクセルを踏み込んだ。

ビュイックは、八気筒V型のエンジンを咆哮させ、ヘッド・ライトで闇を切り刻んで疾走した。甘いスピード・メーターは百八十キロのあたりでブルブル震えていた。

右側は水産大学と旧芝浦自衛隊の宿舎だった。それが、広大な敷地に眠っていた。猛烈なスピードで驀走するビュイックのヘッド・ライトの横にかすかに浮かんで飛び去っていった。

尾行する衣川は、ビュイックがスピードをあげるとともに、力いっぱいアクセルを踏みこんでいた。しかし、良好なコンディションにおいてさえ、最高時速わずか百数十キロのトヨペット・クラウンでは、空中に浮かぶように疾走するビュイックにかなうわけはなかった。ぐんぐん引き離されてしまった。

ビュイックのヘッド・ライトの光芒の先に、枯れた雑草と石ころの空地が浮かんだ。

空地は広かった。その先は暗い海になっていた。

ビュイックは、左側の五色橋(ごしきばし)に曲がる芝海岸通りにカーヴを切らず、まっすぐ空地に突っ込んでいった。

石ころだらけの地面に、車はスプリングを軋ませて跳ねあがった。平尾はギアをセカンドに切り替え、ビュイックのスピードをゆるめた。

「ふん、あの野郎、あんな所でもたもたしてやがる」

猛烈にバウンドする車の後窓に鼻を潰されそうになりながら、後ろ向きになった守屋が嘲った。

後からつけてくる衣川のトヨペットは、エンジンを焼ききれそうに活動させながらも、ビュイックから五百メーター近く引き離されていた。

「よし、停(と)まれ!」

前のシートの背につかまった大村が命じた。舌を噛まぬように用心していた。

ビュイックはパワー・ブレーキを効かせて急ストップした。ブレーキが凄まじい音をたて、スリップするタイヤは薄く煙を吐いた。

車内の三人は前に叩きつけられそうになり、危うく身をたてなおした。

まだブルブル車体を震わしているビュイックから、三人の男が跳び出した。それぞれ右手に拳銃を握りしめていた。平尾は、跳び出す前に車のすべてのライトを消し、イグニッション・キーを引き抜いていた。

三人の男は、海に向いたビュイックの車首の蔭に蹲り、追ってくるトヨペットに銃口を向けた。

凹凸の激しい石ころと雑草の地面のところどころに、土管やコンクリートの穴あき煉瓦が積み重ねられていた。小型の廃墟めいた様子で、闇よりも黒い輪郭を現わしていた。

「あの方が足場がいい」

大村は右側二十メーターのあたりに積まれたコンクリート・ブロックを銃口で示した。拳銃はベアード〇・三八〇。三十八口径中、最も小さいベルギー製六連発の自動拳銃だ。

「移りますか？」

守屋が囁いた。

「社長、ちょっと見てください。奴の車はブッこわれたようですぜ」

長身の平尾が小声で叫んだ。

衣川のトヨペットのヘッド・ライトは、百五十メーター離れたところで停止したままだった。エンジンの音も聞こえてこなかった。

「チャンスだ！　五秒ずつおいて、俺のあとに続け」

圧し殺した声で囁いた大村は、コンクリートの塊の山に向けて走りだした。上体を折り石ころや枯草の根に足をとられ、転がるように走った。長らく過激な運動をしたことがないので、心臓が口から飛び出しそうに苦しかった。

大村が胸の高さに積みあげられたコンクリート・ブロックの蔭に跳びこむと間もなく、平尾、守屋の順で二人の用心棒が転がりこんできた。

二人とも荒い息をついていた。三人の吐く息が、冷たい空間に乳白色の粒子を散らした。

2

口の中で罵った衣川は、ライトを消して、エンジンの故障した車から転げ出た。右手には凶銃ワルサーP38が、見事なバランスを保って握られていた。

道端の電柱の灯がかすかに照らし、深い黒青色の自動拳銃の肌を光らせた。衣川は車の蔭に蹲って、かなたの闇を透かし見た。

空地の百五十メーターほど先に、闇よりも濃いビュイックの輪郭が、ひっそりと横たわっているのが見えた。衣川の瞳はとぎすまされ、凄いほどの視力を持っていた。

追わねばならない。しかし、それには道ばたの電柱の灯が邪魔だ。たとえ灯は弱くしか衣川を照らさぬとしても、奴らにとって光を背にした衣川は絶好の射撃目標だ。

電柱の常夜灯のバルブまで、三十メーターはあった。ワルサーを左手に持ちかえた衣川は、手ごろな小石を拾って投げた。車の荷入れ(トランク)の後ろで立ちあがり、大きくモーションをつけて電灯のバルブを狙った。

唸りをたてた小石は、あるものは電柱に当たり、あるものは闇の向こうに落下していった。十数回目に、やっと小石の一つがバルブを破壊した。ガラスの悲鳴とパンクのような音とともに、あたりに闇がのしかかってきた。

大村たちは射ってこなかった。百五十メーターは拳銃の実用有効射程を外れている。射ちあいが長びくと、銃声が他人(ひと)の注意をひく。

衣川は靴を脱いだ。両方の靴紐を結びあわせて首にかけた。靴は衣川の胸もとでブラブラした。

ワルサーの安全止めを外し、露出した撃鉄を起こした衣川は、上体を屈め、腰を低くしてビュイックの方に忍び寄っていった。鋭い目をあたりに配っていた。靴下だけなので足音はたたなかった。

風が強かった。はるかかなたに船の灯が無数の罌粟粒(けしつぶ)のように浮かんでいた。マストの灯はクリスマス・ツリーの色ランプのように思われた。

ビュイックから二十メーターほど離れたコンクリート・ブロックの後ろで、守屋が大きく胴震いした。

「馬鹿、怖気づいたか！」

大村が圧し殺した声で罵った。

「じょ、冗談じゃねえ。武者震いですよ」

守屋は否定した。背筋が冷汗でびっしょり濡れていた。

恐怖にとらえられているのは大村や平尾も同じことだった。闇と、吹きすさぶ風とが恐怖に拍車をかけた。

「おい、守屋」

大村が脂汗でぬるぬるとしてきた右の掌をベアード自動拳銃から外し、ズボンになすりつけて乾かそうとした。

「……！」

自分の名を呼ばれた守屋は、いきなり背後から銃口を突きつけられたように跳びあがった。

「ビクビクするな。さっきの大見得はどこに行ったんだ？」

汗をぬぐった右手に小さな拳銃を持ちかえた大村は囁いた。

「ビクビクなんざ……」

「もういい。お前はビュイックの向こう側に回りこめ」

「……………」

守屋は悲痛な目つきをした。

「向こうに土管が並べてあった。お前はそこで待ち伏せろ。奴が来たら挟（はさ）み射ちにするんだ」

大村の歯が一瞬、鈍く光った。

「お、俺だけが向こうに行くんですか。殺生ですよ。ここに置いといてくださいな」

守屋は涙声になった。

「馬鹿、声が高い。行けといったら行くんだ」

「でも、社長……」

「でもも、糞もない。ここでかたまるより、二手に分かれて奴を挟み射ちにしたほうがずっとうまくいく」

大村は囁いた。

「頼む平尾、お前さんが行ってくれ」

守屋は相棒にすがりつくような視線を向けた。

「俺はご免だね」

平尾は早口に言った。暗くて表情はよくわからないが笑ったようだった。

「行け。俺の命令だ」

大村はベアードの銃口で守屋の脇腹を突っついた。

「無茶な……」

大柄な守屋はだらしなくよろめいた。

「貴様、何のために俺から高給をもらってるんだ？　チンピラどもに凄みをきかすだけがお前の仕事じゃないぞ」

守屋の半分の体重もない大村は毒づいた。

「分かりました。行きますよ。行きゃいいんでしょう？」

守屋は捨てゼリフを吐いた。

地面に四つん這いになり、重い息と体を引きずる音をたてて這い出した。少しでも静止すれば射たれるかもしれぬと思いこんでいるらしく、無我夢中で這いつづけた。ビュイックの向こう側十メーターのあたりに、毀(こわ)れた土管が、三十センチほどの高さで横に並んでいる。

息せききって土管の列の後ろに這い込んだ守屋は、肩で大きく呼吸しながら左右に目をくばった。指にくいこむほど固く握りしめたコルト・スーパー九連の弾倉能力では心細いのか、左手で装弾した予備弾倉をポケットから引っぱり出した。

少しも呼吸を乱さずに、衣川はビュイックの手前三十メーターのあたりに忍び寄った。地面に肘と膝をつき、じっと耳を澄ました。近くの小石を摑み、左手で力いっぱい放り投げ、素早く身を伏せた。

3

ビュイックの後窓ガラスにあたってはねかえった小石の反響がひびいてきた。しかし、相手側は沈黙を守っていた。

ビュイックの向こう側に回りこんでやる……衣川はニヤリと笑って匍匐を進めた。右側から大きな半円を描いてビュイックの車首側に出ようとした。衣川は知らなかったが、そのコースは土管の蔭にひそむ守屋の背後を通ることになった。

守屋は緊張に耐えかねて、しきりに生つばを呑みこんでいた。思いだしたように胴震いした。半身を起こし、銃口を左右に移動させた。何でもいいから、早く相手が姿を見せてほしかった。射って射って射ちまくれば、その間だけでも安心できるかもしれない。

衣川の姿は闇に溶けこんで発見できなかった。守屋は長い吐息をついて、再び腹這いになった。その動きを、衣川の鋭い瞳が見逃すはずはなかった。衣川はちょうどそのとき、守屋の背後十数メーターのあたりを這っていた。

衣川は一瞬動きを止めた。左に向きを変え、守屋に向かって這いはじめたとき、その動きに一段の慎重さが加わっていた。守屋はカチカチと奥歯を鳴らしていた。ときどき痙攣するように大きな自動拳銃を持ちあげ、闇の中の仮想の相手に狙いをつけては、ガックリと銃口をさげていた。

衣川はワルサーを握った右手で首に吊るした靴を押さえ、音をたてぬようにして左手で小石を拾った。手首のスナップだけを利用してその小石を投げた。ゆるやかな抛物線を描いた小石は、ビュイックの後側五メーターのあたりに落下した。偶然にも、地面に半面埋まっていた屑鉄とぶつかってかすかな火花を発した。

喉の奥で呻いた守屋は思わず半身を起こした。右手のコルト・スーパー〇・三八から青白い発射の閃光がひらめいた。

自動拳銃の遊底被(スライド)が目に見えぬ早さで往復し、右側の排子莢孔から熱く焦げた空薬莢をはじき出させた。

銃声は突きぬけるように鋭く、木霊となって無気味に撥ねかえってきた。小石が落下した近くに、弾着の土煙があがった。恐怖につかれた守屋は続けざまに引金を絞った。

自動拳銃は蹴とばされたように後ろに反りながら躍り続け、発射の閃光に守屋のひきつった瞳が浮かんだ。鼓膜を引き裂くような凄まじい連続発射音にまぎれ、衣川は守屋の背後に接近していた。

大村たちは、まだ銃火を吐きちらすのをひかえていた。衣川が守屋に対して応射すれば、その発射の閃光をめがけて射ち込もうという肚だ。

守屋はたちまち弾倉を射ちつくした。遊底被は後ろに開いたままの位置でとどまった。空になった弾倉の送弾板が遊底につかえ、残弾がないことを射手に示しているのだ。

逆上して空になったスーパー○・三八自動拳銃を発射しつづけようとしていた守屋は、弾倉止めを押して弾倉を抜き出した。軽くスライドを引いて離すと、スライドはカチーンと閉じた。

守屋はあわただしく、左手に握った予備の弾倉を銃把の弾倉室に叩きこんだ。

その途端――素早く立ちあがって背後から襲いかかった衣川のワルサーの銃身が、鋭い音をたてて守屋の後頭部に叩きこまれた。

守屋は拳銃を放りだし、両手で頭を抱えて尻餅をつこうとした。足の先まで電流のように走った激痛のため、悲鳴をあげる余裕もなく気絶していた。

衣川は勢いよく倒れかかる守屋の巨体を抱えこんだ。

守屋が放り出したコルト・スーパーが土管に当たって乾いた音をたてた。

同時に――ビュイックの向こうのコンクリート・ブロックの蔭から、二つの銃火が毒々しく舌なめずりした。大村のベアード○・三八○と平尾のブローニング○・三八○だ。二発の○・三八○口径弾は、気絶した守屋を抱えた衣川の頭上をかすめた。闇に照星がぼやけ、狙いが自然に高くついたのだ。

衣川は守屋を抱えて転がった。大村と平尾は、慎重に狙って射ってきた。土管を砕いた弾は火花を散らしてはぜた。

平尾の握る自動拳銃（オートマチック）は〇・二二、〇・二五、〇・三二、〇・三八〇、九ミリ・ルーガー弾と五つ口径の異なるブローニングの中で、いちばんスマートでポピュラーな口径〇・三八〇の八連発銃だった。

体のまわりではじける土管と銃弾の轟音の中で、銃声を聞きわけた衣川はそっと微笑した。

相手の二丁の銃から発射されている〇・三八〇口径弾は九ミリ・ショートと言われているごとく、殺傷力はたいしたことはないのだ。

薬莢が短く、火薬量が少ない。公称口径は同じ〇・三八インチでも、九ミリ・ルーガー弾の威力の半分ほどしかない。

再び銃火が舌なめずりしはじめた。

衣川は不敵な笑顔をおさめ、わざと苦痛の呻き声をあげた。敵弾を誘うのだ。

呻き声をめがけて、続けざまに火箭が走った。衣川は昏倒した守屋の重い体を土管の列の上に押しあげた。無気味な音をたてて、一弾が守屋の肺にくいこんだ。弾着の衝撃に守屋の体はずり落ちそうになった。衣川は、守屋にかわって苦痛の絶叫をあげてやった。

素早く弾倉の弾を詰めかえた大村と平尾は、衣川とカン違いした守屋の体をめがけて射ちまくった。ブスッ、ビシッ……と音をたてて弾は守屋の死体にくいこんだ。血とはみ出た内臓で、ギザギザに裂けた守屋の服は、赤くそまってきた。

銃声がやんだ。死の沈黙がのしかかってきた。沈黙を破ったのは、コンクリート・ブロックの蔭からの囁き声だった。

「守屋、守屋！」

ひそめた声が呼びかけてきた。

「どうした、守屋？ 奴はやっつけたぞ。震えてないで様子を見てこい」

圧し殺したようなヒソヒソ声で呼びかけているのは大村だった。

「守屋の奴、口ほどでもないですからね。あんまり怖がって気絶したんじゃないですか」

平尾が囁いた。

「そうかもしれん。だらしのない奴だ。お前、行って見てこい」

大村が囁いた。

平尾はコンクリート・ブロックを身軽に跳びこえた。腰のあたりにブローニングを構え、長身の体をゆすって衣川の方に近づいてきた。

虐殺の原

1

衣川は待った。砕けた土管の蔭で、息をひそめて待った。孔だらけになった守屋の死体からしたたる血が、かすかな音をたてて土管のかけらに当たり、土にしみこんでいった。腰だめにブローニング〇・三八〇口径自動拳銃を構えた平尾は、足を止めて、低く囁いた。

「守屋、どこにいるんだ?」

風の音がそれに答えた。

平尾はさらに近よってきた。土管の蔭にひそんだ衣川との距離は十数メーターに縮まった。

「どこに行った?」平尾は呟いた。

その瞳に、土管の上に乗った死体がおぼろに映った。平尾は大きく喘いで、拳銃を持ちなおそうとした。咄嗟に片膝をついていた。

衣川は素早く片身を起こした。右手に握った凶銃は、青紫の閃光をほとばしらせた。快適な発射の反動が衣川に生命の充実感をあたえた。突きぬけるように鋭い銃声は、肉にくいこんだ鈍い反響音となってはねかえってきた。

凶銃ワルサーP38の銃口を凄まじい速度で回転しながら離れた九ミリ・ルーガー口径弾は、平尾の胸の肋骨の隙間をくぐり、心臓を破壊し、背中の肋骨をへし折った。

長身の平尾は、落雷にあったように石ころだらけの地面に叩きつけられた。

「…………」

意味をなさぬ絶叫をあげた大村が四十メーターほど向こうのコンクリート・ブロックの蔭から立ちあがった。

小さなベアード拳銃を握った右手首を左手で支え、続けざまに乱射してきた。歯をむきだしていた。

弾は、高く、低くそれた。土管に当たった弾は青白い閃光を走らせて跳ね、高くそれた弾はチューンと長い尾をひいて囀りながら、闇の後ろに飛び去った。

「大村、拳銃を捨てろ！」

左の膝をつけた衣川は、腸にビリビリ響く声で叫んだ。

その声を目あてに、大村は絶望的な一弾を放った。弾は衣川の頰をかすめた。

「馬鹿！」

大村のベアードからほとばしった発射の炎をめがけ、衣川は再びワルサーの引金を絞った。
大村は、千切れかかった右手首に狼のように噛みつき、地面に転がって痙攣するように尻を突き出した。すっとんだベアードが、乾いた音をたてて地面に落ちてきたのにも気づかない。

銃口と遊底から薄煙のたつワルサーに安全止めを掛けた衣川は、足もとに転がっている守屋のコルト・スーパー38を左手で拾った。土管を跳びこえ、ジグザグを描いて走りながら、平尾の死体に一発射ちこんで、完全にとどめをさした。

大村の右手首から砕けた骨が露出していた。奇蹟的に動脈は千切れてなかったから、血の噴出はそれほどでもなかったが、大村は恐怖に発狂しそうな瞳から涙を垂らし、悲鳴とも啜り泣きともつかぬ声を洩らしていた。

衣川は、枯れた雑草の幹をへし折った。大村のベアード自動拳銃を闇の中に蹴りこんだ。苦悶する大村の前に冷やかに立ち、ワルサーの銃口を下に向けた。

「う、射たないでくれ！」

大村は絞め殺される鶏のような悲鳴をあげた。

「…………」

唇を歪めた衣川は冷酷な瞳で大村を見下ろしていた。

「わ、悪かった。あやまる。救けてくれ、医者を呼んでくれ！」

「あやまったら済むとでも思ってたのか？」

衣川は嘲った。

「頼む、救けてくれ。金で済むことなら……」

大村は血まみれの左手で内ポケットから小型のハンドバッグほどもある財布を引きずり出した。悲痛な顔つきで衣川に財布を差し出した。

「くれるもんなら、もらっとくぜ。軍資金になるからな」

衣川は左手に持った重いコルト・スーパー自動拳銃の安全装置を上げ、ポケットに落とした。

大村の手から財布をひったくった。札束でふくらみ、相当な重みがあった。それを自分の内ポケットにねじこんだ。

「あ、ありがたい。救けてくれるのか？　早く医者を呼んでくれ」

苦痛と恐怖にぐしゃぐしゃになった大村の瞳に生気が浮かんだ。

「早まるんじゃない」

衣川は冷笑した。

「……？」

充血した目で衣川を見つめていた大村は、いきなり肘と膝を使って逃げ出そうとした。死にもの狂いだった。

大村にかすかに逃走の希望を与えておき、衣川は五跳びで大村に追いすがった。力いっぱい大村の左肩を蹴とばした。大村は仰向けにひっくりかえり、酸素不足の金魚のように口をパクパクさせた。

「俺は約束した——」

衣川はカチッと音をたてワルサーの安全装置を外した。深い声が、憑かれたような趣を帯びてきた。

「兄貴をなぶり殺しにした貴様らを、そっくり同じようになぶり殺しにしてやるとな」

「う、射つな！」

大村のズボンから湯気がたってきた。

「俺はこの銃と兄貴の霊に誓った。誓いは果たされなければならない」

言い終わるとともに、衣川はダブル・アクションのワルサーP38から、続けざまに二度発砲した。

2

大村の両耳がギザギザに裂けた。至近距離なので、傷のまわりに黒い爆粉がへばりついた。

「やめろ、やめてくれっ！」

大村は上体を起こし、無茶苦茶に両腕を振り回した。血しぶきが飛び散った。

「島津は死んだ。三国は、もう一息のところで田辺の間抜けに始末された。俺は田辺も、死ななければならぬ人数のなかにいれることにした」

衣川は苦っぽい微笑に頰を歪めた。

「…………」

大村は小刻みに震えながら衣川を拝んだ。もう声は出なかった。

「死ね！」

衣川は、大村の下腹部に向けてワルサーの引金を絞った。腸を引き裂かれ、腰骨を砕かれた大村は、前のめりに倒れた。血のしたたる口を開いて衣川を見上げる瞳は、正気の人間のそれではなかった。

衣川は守屋のコルト・スーパーを大村の前に投げ出した。タバコに火をつけ、唇の端に横ぐわえした。左手を粋にズボンのポケットに突っ込み、ワルサーの狙いを大村の額につけた。

「や、やったな……」

大村は一寸刻みに、投げ出されたコルト・スーパー38オートマチックに這い寄った。

左手がその重い自動拳銃をつかんだ。親指で安全装置を押し倒した。

衣川は横ぐわえにしたタバコの煙を吐き出した。左手をポケットに突っ込んだまま、スウイッチ・レヴァーをフル・オートにして、ワルサーを速連射した。

拳銃を握りしめた大村の体は、着弾の衝撃に跳ねまわった。ワルサーの遊底からはじき出された空薬莢の雨が、熱く焦げた腹にタバコの赤い火を映してきらめいた。

大村は心臓をのぞく内臓を目茶苦茶に射たれて虫の息になった。命が助かる見こみはないだろう。

木霊となった銃声が遠くからはねかえってきた。それにまじってパトカーの咆哮が近づいてきた。

衣川はプッとタバコを吹き捨てた。タバコは昏睡状態から急速に死に移りつつある大村の頭上に落下した。火口が髪を焦がし、火葬場の悪臭を漂わせた。

衣川はワルサーの銃把の弾倉室から弾倉を引き抜き、革の弾薬サックから出した九ミリ・ルーガー弾を八発装塡した。

数を増して接近していたパトカーの唸りは聞こえなくなった。サイレンを殺して忍び寄ってきてるのだ。

衣川は唇を嚙んだ。右手が閃いて、ワルサーを腋の下のホルスターにおさめると、大村の死体が握ったコルト・スーパー38を無理やりに引っぱがした。

血まみれの肉塊と化した死体の片足を握り、地面に引きずってビュイックの方に走った。

死体は、石やコンクリートに当たってはねた。硬い地面にこすられた頰の皮膚がむけて、肉に砂がくいこんだ。

衣川はコンクリート・ブロックと土管の中間に停車したビュイック・スペッシャルの下に、大村の死体を詰めこんだ。

土管に向けて走り、平尾の死体を引きずった。

いくら痩せているとはいえ、二メーター近い長身を持つ平尾の体は重かった。衣川はローラーをひくような具合に足をふんばって、死体をビュイックに近づけた。

血で重くふくらんだ平尾のポケットから、鍵束が出てきた。そのなかにはビュイックの鍵もあった。

衣川は車のドアを開いた。骨ばった平尾の死体を座席におしこんだ。大村の肉塊も放りこみ、ドアを閉じた。

車の後ろに回りこんだ。車尾の荷入れ(トランク)を開き、コルト・スーパー38の安全装置を外した。露出した撃鉄は起きていた。

銃把をぐっと握りしめて把式安全装置(グリップ・セーフティ)を外した。ガソリン・タンクに向けて衣川は狙いをつけた。

至近距離だった。凄まじい発射の轟音を残した銃口から舌なめずりした火箭は、トランクにまでとどくかと思われた。

青白い煙と閃光を発し、〇・三八スーパー弾はタンクの金属を貫いた。頭がクラクラするような衝撃波がはねかえってきた。

衣川は息もつかずに、九連発コルト・スーパー・オートマチック全弾倉を射ち尽くした。着弾の火花と、白熱して粉散する金属片により、ビュイックのトランクの中はアセチレン・ガスで熔接されるときのように青紫の光に染まった。

タンクのガソリンに火が走った。コルト・スーパー自動拳銃を投げだした衣川は、転げるように横に走って逃げた。

3

ビュイックのガソリン・タンクは、目のくらむような閃光をひらめかせて爆発を起こした。つんのめるように走っていた衣川は、爆風を受けて地面に叩きつけられた。右の肩から先に地面についた衣川は、受身の要領で体を回転させて跳ねおきた。

ビュイックは炎に包まれていた。あたりを真昼のように照らして燃え狂っていた。

衣川は海に向かって走った。再びパトカーのサイレンが吠えながら炎上するビュイックめがけて殺到してきた。

シートの中に押しこまれた二つの死体は、凄まじい火熱を受けて膨張した。むろん、髪や服に炎が燃え移っていた。

青竹を火にくべたときのように炸裂音を発し、膨張しきった平尾の腹が裂けた。脂身がとびちり、湯気をたてる腸がはみ出た。

全速力で突っ込んできた最初のパトカーが燃え狂うビュイックのそばに急停車した。

髪が焦げるような熱気だった。パトカーの窓ガラスはたちまち水蒸気で曇った。

一人の警官がドアを開き、腰の拳銃に手を当ててパトカーから跳びおりた。火傷しそうな熱風にひるんだ。

音をたてて平尾の腸がはぜた。内汁と汚物が熱い塊となって警官の顔にふりかかった。

「ウッ……」

呻き声を漏らした二人の警官は、死にもの狂いに顔をぬぐった。悪臭と無気味な感触に耐えかね、胃からこみあげてきた消化物を吐き続けた。

次々に、後続のパトカーが到着した。パトカーから跳び出した警官たちは、風に煽(あお)られて燃えさかるビュイックを遠まきにとりかこんでいた。守屋の死体を発見した一人の警官が鋭くホイッスルを吹いた。

衣川は足音を殺して、海に向かって走り続けた。海はもう間近だった。

空地のはずれの左手に、五色橋の先に並ぶ京浜倉庫の列が見えていた。そのもっと左が芝浦桟橋だ。

海に突き出た防波堤の先に、緑や紫のランプがロシア飴のセロファンのように光っていた。

スマートなパイロット船が水すましのように走っていた。沖に停船した外国船の舷窓からこぼれた灯が波にゆらゆらと弄ばれていた。

ビュイックの炎が闇を赤く染めるあたりで、しきりに警官のホイッスルが吹き交わされた。

衣川は、まだコンクリートで舗装されていない岸壁にたどりついた。

右側の海に、数隻のボートが見えた。衣川は闇のなかを透かして見た。すでに戸を閉めた貸し船の小屋が建っていた。

衣川はニヤリと笑った。五百メーターほど離れた小屋に向けて走った。警官の吹き交わすホイッスルの音がますます近づいてきた。

貸し船屋の小屋は、灯を消していた。海に突き出た渡し場の横につながれた小船のなかには、モーター・ボートや焼玉エンジンのポンポン船もまじっていた。モーター・ボートのエンジンは外されていた。

森口貸船店、釣漁や鴨猟の案内もします……と書かれた看板の下のドアを、衣川はひそかにノックした。

返事はなかったが、中で人が息をひそめている気配がした。

衣川はノックを強めた。

「誰だ？」

塩から声がためらいがちに尋ねた。

「警察の者だ。開けてくれ」

衣川は答えた。右手のワルサー拳銃を、上着の裾の下に隠した。

人が近づく音がした。ドアの掛け金が外された。ドアが細目に開いた。

衣川はドアと柱の隙間に素早く靴を突っ込んだ。

「あんた、本当にサツの旦那かね？」

潮風と日光に赤銅色に焼けた店番の男がうたぐり深い目つきで尋ねた。四十に近いがっちりした男だ。腰のあたりに構えた村田式二十番の単発散弾銃が、ドアの隙間から衣川を狙っていた。

「馬鹿な真似はよせ。ちょっと家さがしさせてもらう。護送車から逃げ出した凶悪犯人がこのあたりにひそんでいるのだ。捜査網が張られている。呼び笛が聞こえるだろう？」

衣川は高びしゃに出た。

「ここには儂しかいませんが……そうですかい、凶悪犯人がね……道理で射ちあいの音が聞こえると思った」

番人は散弾銃の銃口を衣川からずらし、天井からぶらさがった裸電球のスイッチを手さぐりでひねった。

侘しい灯火に照らされた小屋の内部が、衣川の目に映った。

番人が立っているのがコンクリートの土間だった。鴨や鴫の羽毛が散らばり、赤黒い血が固まっていた。

大きな火鉢のまわりに、船用のコンロが置かれていた。土間の隅にベンチが積まれていた。

土間の上がゴザ張りの部屋だ。片隅に汚い蒲団が敷かれ、焼酎の一升ビンが立っていた。半分ほど透明な液体が残っていた。

床の間には、口径十番や八番の大砲のような散弾銃が立てかけてあった。銃身や機関部の外面は茶色っぽく錆びていた。船で案内した客の射ちそんじた獲物を仕留める巨砲だ。

左のガラス張りケースの中には、釣竿やリールが飾ってあった。この貸船屋は、夏は釣り、冬は猟を主にしているのだ。

番人は村田銃を柱に立てかけ、入口のドアを充分に開いた。

店内に足を踏み入れた衣川の右肩が動き、スイッチ・レヴァーをセミ・オートに戻したワルサー自動拳銃の銃口が鈍い音をたてて番人の胃にくいこんだ。

「……！」

番人は両手で胃を押さえて蹲った。

衣川は左の後ろ手で入口のドアを閉じた。柱に立てかけられた村田単発銃の槓杆(ボルト)を引いて、真鍮ケースの散弾を抜きとった。それを土間の隅に蹴とばした。

「立て！」

衣川は命じた。

番人はよろよろと立ちあがり、唇を突き出したふてくされた顔つきで腹を撫でた。

「な、何するんでえ！」

「モーター・ボートのエンジンと燃料を出してもらいたい」

衣川は低く圧し殺したような声で言った。

「だめだ。モーターは修理に出してあるからな」

番人は言った。

「出せ」

衣川は繰り返した。

「だめだといったらだめだというに」

番人はますます分厚い唇を突き出した。

「これでもだめか？」

衣川はしゃがれた声で言い捨て、ワルサーの銃身で番人の頬をひっぱたいた。

ガシッ……と音をたてて、銃身は番人の頬を砕いた。

照星が皮膚を裂いた。

番人は土間に両膝をつき、ベロッと一筋の皮膚の垂れさがった頬を押さえた。鈍い神経にも生命の危険を痛感しはじめたらしい。

衣川を見上げた瞳は恐怖にひきつっていた。

衣川は再びワルサーを振りあげた。

「ま、待ってくれ！　モーターを出す」

番人は喘ぐように叫んだ。

「早くしな」

衣川は不敵に笑った。

ボートのモーター・エンジンは、プロの競艇選手が使う軽量で強馬力のものだった。番人がそれをかつぎ、衣川が左手に混合油の缶を持った。

番人を先にたたせ、衣川が右手のワルサーで威嚇して、衣川は小屋の横から渡し場にかかった板の橋を渡った。

空色に塗ったモーター・ボートの一隻に番人がエンジンをつけ終わったとき——渡し場の近くで警官のホイッスルが鋭く鳴りひびいた。

海の追跡者

1

渡し場の近くに蹲った警官はホイッスルを吹き続けた。それに呼応して、遠く原っぱの闇の中からホイッスルが吹き交わされた。

「畜生！」

衣川はモーター・ボートの上に立ちあがった。ワルサー自動拳銃の狙いを、渡し場の近くの警官につけた。

「何するでえ！」

ボートの艫にいた船宿の番人が叫んだ。頭から先に衣川にぶつかってきた。

軽いモーター・ボートは激しく揺れた。

衣川は重心を失ってよろめいた。体勢をたて直そうと足踏みをしたとき、番人の頑丈な頭が衣川の下腹部に激突した。

「うッ」

と呻いた衣川は、水の溜った船底に尻餅をついた。尻餅をつきながらも、右手のワルサー拳銃を番人の石頭に向けて振りおろしていた。

グァーン……といやな音をたてて番人の頭に当たったワルサーの銃身は勢いよくはねかえった。すごく硬い頭だ。

しかし、いくら石頭でも、銃身で殴られてはこたえる。番人は一瞬、意識が遠のいて、尻餅をついた衣川の上に倒れてきた。

「動くと射つぞ！」

渡し場の近くで警官は砂地に左膝をついた。高校を出てからいくらも経ってなさそうな、若々しい顔つきをしていた。

その顔は興奮と恐怖に歪み、脂汗が垂れていた。

「動くな！」

若い警官は親指でスミス・アンド・ウエッスン四十五口径拳銃の撃鉄を起こした。拳銃を肩の高さに持ちあげたが、肩で息をついているので、拳銃はブルブル震えて安定しなかった。

衣川の背は船底に潰されそうになった。意識を取り戻した番人が、体重をかけてしがみついてきたのだ。

「どけ！　どかぬと射つ」

衣川は強い声で囁き、ワルサーの銃口を番人の顎に突きつけた。番人の顎を銃口で圧しあげながら、そっと安全装置を掛けていた。

とびだしそうに目を開いた番人は、両手で衣川の拳銃を摑もうとした。

衣川は強くワルサーの銃身をねじり、照星で番人の顎を切った。番人がひるむところを左の手で髪をつかみ、力まかせに横に引いた。苦痛の喘ぎをあげた番人は、衣川の左横に転がった。衣川はその顔を横なぐりに銃身で一撃して頰骨を砕いた。番人は皮膚の裂けた頰を押さえて背を痙攣させた。

「馬鹿め！」

衣川は半身を起こした。

「動くな！」

若い警官は、震えるリヴォルヴァーを夜空に向けて思いきり引金をひいた。

耳を聾する威嚇射撃の銃声は、反響しながら暗い海を渡っていった。

「ウワーッ」

番人は奇妙な悲鳴をあげ、海に跳びこんで逃れようとした。

「よせ！」

衣川は番人の首を後ろから摑んで、無理やりに上体を起こさせた。身をもがいて暴れる番人の体を自分の前に回して楯とした。

警官は衣川の右手に鈍く光るワルサー自動拳銃を認め、背筋に熱い電流が走った。

「銃を捨てろ！」

悲痛な叫びをあげ、再び親指で撃鉄を起こしたS＆Wリヴォルヴァーを発射した。

ピシッ……無気味に衣川の頭上を通過した四十五口径弾は、チューンと長い尾をひいて海のかなたに消えていった。

「そんなに死にたいのか？　死にたいのなら、死なせてやる」

低い声で罵った衣川は、素早く安全装置を外した凶銃ワルサーを、番人の肩ごしに突き出した。

三発目の威嚇射撃を放とうとしていた若い警官と、衣川と番人の乗ったモーター・ボートの距離は約二十メーター。いかに闇に照星が翳ろうとも、衣川にとっては充分に有効射程に入っていた。

警官は、鼻を潰し、後頭部の骨をはねとばして醜い射出口を残した弾をくらい、濡れた砂袋のように転がった。

小屋から漏れる灯が、砂浜に転がってザクロを踏みにじったような射出口をこちらに向けた警官の姿をかすかに照らした。

警官は、断末魔の痙攣につっぱった手足で激しく空を蹴っていた。射出口から噴出するペンキのように濃い血が、ゆっくり砂地に吸いこまれていった。

「……！」

恐怖に血走った瞳でそれを見つめていた番人が、喉の奥で悲鳴をあげ、ガクンと頭を垂れた。衣川の抱えた左腕の中で、意識を失った番人の体が急に重くなった。

「馬鹿、しっかりするんだ！」

罵った衣川は、重く垂れた番人の体を、左耳をつかんで引っぱりあげた。耳は千切れそうになった。

あまりの激痛のショックで番人は意識を取り戻した。

「た、救けてくれ！」

「よし、救けてやるからこのボートを海に出すんだ」

衣川は鼻で笑った。

原っぱを、鋭いホイッスルの音が交錯しながらグングン近よってきた。パトカーのサイレンが吠え狂った。

衣川は、番人の体を艫のモーターの方に突きとばした。視界に一人でも新手の警官の姿が入ったら、ただちに射殺しようと思っていた。

赤銅色に潮焼けした顔が、紫色に蒼ざめた船宿の番人は、小刻みに震える節くれだった手で、モーターに巻きつけた始動ベルトを力いっぱい引いた。

モーターが唸り、エンジンが咳こみはじめた。

「お前さんが運転するんだ」

衣川は強く腸に響く声で命令した。死の威嚇をはらんだワルサーの銃身を番人の胸に向けた。

声も出せずにうなずいた番人は、ガクガクする膝を踏みしめて運転席に移った。

2

モーター・ボートは、夜光虫のへばりついた魚の頭をはねとばし、波をけたてて動き出した。

舵輪(ハンドル)を握る番人の右側の座席で、衣川は右手に握ったワルサーを膝の上で支えていた。ゴム張りの座席は夜露に冷えて、衣川にかすかな身震いを起こさせた。

小屋の近くで叫び声があがった。息せききって駆けつけてきた十数人の警官が、砂浜に一列に並んで膝射ちの姿勢をとった。ある者は、砂を赤黒く血で染めた若い警官の死体を運びはじめた。

「スピードを出せ！」

衣川は銃口を番人の脇腹にぐりぐりくいこませた。

番人はスロットル・レヴァーを引いた。

「………」

途端に——砂浜に並んで火線を敷いた警官たちが、一斉射撃の銃声を響かした。

パッ、パッ、パッ、パッ、と赤みがかった発射の火箭が一列に閃いた。一斉射撃の轟音は、まるでダイナマイトを爆発させたように凄まじかった。

「畜生……」

衣川は身をすくめた。

スピードをあげはじめたモーター・ボートのまわりの海面に、しぶきをあげて着弾の水柱が吹きあがった。

「スピードをゆるめるなよ」

舵輪を必死に握りしめた船宿の番人に鋭く命じ、衣川は揺れる後部甲板に這い出た。

再び警官隊は一斉射撃の閃光をひらめかせた。一発はボートの舷側を削って木片を飛び散らせた。数発は甲高くさえずりながら、衣川たちの頭上をかすめた。

衣川は発砲した。そのときの距離は八十メーターほどだった。

警官隊の一人が、胸を射ちぬかれて砂に顔を突っ込んだ。咳とともにあぶくのまじった血塊を吐き出した。

警官隊は一瞬ひるんだ。その背後から白塗りの警察トラックが地ひびきたてて斜面を降りてきた。

衣川は再びワルサーの引金を絞った。肉に弾のくいこむ反響音がはねかえってきた。

警官の一人が、脇腹を熱く焦げた弾で貫かれ、独楽のように回転して砂地に叩きつけられた。

警察トラックは、目のくらむようなサーチ・ライトを照射した。

銀色にギラギラ輝く強烈なサーチ・ライトは、波立つ海面を這って、遁走するモーター・ボートを光の渦で包んだ。

警察トラックの左右に数台のパトカーが急停車し、赤いスポット・ライトの目を剝いた。

警察トラックのホロを張ったボディから、満載されていた警官が身軽に砂浜に跳び降りた。パトカーのドアも開け放たれた。警官たちはバラバラッと散開し、執拗に追うライトに捕えられたモーター・ボートをめがけて乱射を開始した。すでにボートは三百メーター以上陸から離れてしまったので、よほどのことがないかぎり、狙っても当たらないのを知っているのだ。

サーチ・ライトに照らされた海面に、無数の水柱が吹きあげられた。

鼻で笑った衣川は、ワルサーの弾倉室から弾倉を抜いて補弾した。警官隊の放つ弾はますます弾着がそれ、ひどいのになるとモーター・ボートから二十メーターも離れた海面を叩いた。

番人は、発狂しそうな目つきでハンドルにしがみついていた。サーチ・ライトの光はすでに、滑走するモーター・ボートにとどかなくなっていた。

銃声も散発的にしか響かなかったが、警官たちは射っても無駄だと知っても、日頃の練習不足の憂さをここで晴らしているのだろう。

「沖に出ろ」

席に戻った衣川は命じた。

モーター・ボートは舳先(へさき)で波を切ってフル・スピードで走っていた。高くあがったしぶきが、前窓の防風ガラスに吹きつけられた。

「…………」

ハンドルを握る番人は無言で舵を右に切った。緑と紫の色灯を幻想的に輝かせた二つの防波堤の間を通りすぎた。

「いいか、俺の言うことをよく聞くんだ」

衣川は、カチッ、カチッとワルサーの安全装置を外したり掛けたりしながら、圧し殺したような声で言った。

「……？」

番人はひきつった瞳を衣川の顔に走らせた。

「俺は追われている。どうしても捕まりたくないからだ。もし追いつめられて絶体絶命になったら、貴様も冥土の道連れにしてやるから、そう覚悟しとけよ」

衣川は凄惨な笑いを硬い唇に走らせた。

「無茶な！」

「道理もへったくれもない。俺は死にたくないんだ。死にきれないわけがあるんだ」

衣川の瞳は夜よりも暗かった。

「ど、どうして？」

番人はへつらい気味に尋ねた。

「うるさい。お前さんに関係ないことだ――」

衣川の声はドスがきいていたが、フッと口調を変え、

「お前さんだって死にたくはないだろうな？　死んでしまえば可愛い女も抱けないぜ」

「死にたくねえ。儂にだって、惚れてる女の一人や二人はあるんだ！」

たくましい番人は、絞め殺される鶏のような声で叫んだ。

「金は欲しくないか？」

衣川はニヤリと笑った。

「金？」

恐怖にうちひしゃげられた番人の顔に、チラッと貪欲な表情が走った。

「そうさ、金だよ。札束さ」

衣川はけしかけるように言った。

番人の顔に再びみじめさが戻ってきた。溜め息をついた。

「儂は昔から銭に縁がねえ男だ。いくら欲しくたって、ゼニの方がよりつきもしねえ」

「ふん、そうあきらめたもんでもないさ。俺がお前さんに儲けさせてやるよ」

衣川は、大村から奪った黒革の大きな財布を左手で引っぱり出した。

「何？」

番人は喘いだ。

「稼がせてやると言ったのさ」

衣川は片手で財布を開き、二センチほどの厚さの札束の端を引きずり出した。計器の明かりに照らしてみると、すべて手の切れるような一万円札だった。

「……！」

番人の瞳はその札束に釘づけになった。太い喉笛が動いて空唾を呑みこんだ。

「気をつけてくれよ。これに見とれていて、岩にでもボートをぶつけたら最低だからな」

衣川は言った。番人はやっとの思いで、札束から赤く濁った瞳を離した。

「どうだ、ちょっとしたもんだろう？　これをお前さんと山分けではどうだろう」

衣川は笑った。

「ど、どうしてこの儂に？」

「ただでは嫌だぜ、馬鹿らしい。お前さんがうまくこのモーター・ボートを操って、俺に逃げ路を開いてくれたらだ。そうすれば、このうちの半分をくれてやるよ」

衣川は言った。

「本当か？」

「うたぐる気か？」

衣川は声を走らせた。

「いや……べ、べつに……ただ、話があんまりうますぎるので」

番人は卑しい顔つきで、愛想笑いをした。

「話がうますぎる？　どういう意味だ」

衣川はすっとぼけた。

「用が済んでしまったら、いきなりズドンとやられちゃあかなわねえ」

「ふん、気を回しすぎてはゼニを摑めねえよ。どうだ、うまくやってくれるだろうな？」

衣川は瞳を光らせた。

「それでも、その金を警察(サツ)の旦那に見つけられたら、儂の手が後ろに回ってしまう。犯人から金をもらって逃がしたっちゅうことで」

「見つけられないようにしたらいいではないか」

衣川はあっさりと言った。番人は、舳先の蹴たてる波しぶきを見つめ、分厚い唇を動かしてブツブツ呟いていたが、ついに金への欲望が恐怖に勝ったらしい。

「よろしい。引き受けやした。そのかわり何ですが、一つ前金を……」

「なるほどな。さあ、とっておけ」

衣川は財布から一万円札を五枚抜きとって番人に差し出した。右手は用心深くワルサー拳銃を握ったままだった。

「これはどうも。へえ、どうも、どうも」

番人は舵輪から手を離し、顔中を愛想笑いでくずした。ペコペコ頭をさげながら札を受け取り、節くれだった指に唾をつけて何度も数えた。

「いいかげんにしろ」

衣川は怒鳴った。

番人は五枚の札を胴巻きの底にしまいこみ、再び舵輪を握っては思い出したように、分厚い唇に笑いを浮かべた。

モーター・ボートは四キロほど沖に出ていた。はるか背後の竹芝桟橋の上空をネオンが赤紫に焦がしていた。

「どこか逃げこむあてはあるのか？」

衣川は尋ねた。

「まかしといてくだせえ」

番人は薄笑いした。

あたりは奇妙に静かだった。水すましのように軽快に水面を走るパイロット船の姿も見当たらなかった。波と風の音だけが耳を打った。夜釣りの小船の集魚灯も見当たらなかった。

「この暗さでよく方向が分かるもんだな」

衣川は感心した。

「なあに、慣れてますんで」

番人は答えた。

上空をジェット機の金属音がかすめ過ぎたが、あまり高速なので機の標識灯は見わけることが出来なかった。

「本当に、いきなりズドンを一発くわされるんじゃないでしょうね？　儂に油断させておいて……海の上は鉄砲を射つ音がすぐ消えてしまうから、おっかなくていけねえ」

番人は再び不安がつのってきたようだった。しゃがれた声を出した。

「馬鹿な。殺ろうと思えば、今ここでもやれる。油断も何も、ただこの引金をひいたらいいだけだからな」

衣川は唇を歪めた。

海上では銃声はさほど響かない。焼玉エンジンをつけた小船で、鴨の群れをたびたび追ったことのある衣川はよくそれを知っていた。

波と風の音が銃声を吹き消すのか、それとも水には吸音力があるのか、百メーターほど離れた船から射ちまくる散弾銃の轟音も、こちらの船からはほとんど聞こえないのだ。

「なんだかおかしいな。静かすぎる」

衣川は呟き、闇に瞳を据えて聞き耳をたてた。瞳が翳った。

背後から、かすかにディーゼル・エンジンの音と波を切る舷側の音が追ってきていた。

「あれは何の音だ」

衣川は咳こんで尋ねた。

番人も聞き耳をたてた。顔色が変わった。

「糞っ！　ありゃ水上署の巡視艇だ。そうだ、確かにそうに違えねえ！」

「そうか……もっとこいつのスピードをあげろ」

衣川は叫んだ。

「もうこれ以上スピードは出ねえ。エンジンの馬力はあっても船体が重いから……」

番人は泣き声をたてた。

「仕方がない。また死人が出るぞ。目と耳をふさいで待っていろ」

衣川は酷薄無残な笑いに頬を歪め、海水のとびついた凶銃の銃身を左の袖口でぬぐった。

「や、やめてくれ！　ゼニを返す。儂はあんたさんに脅迫されて言うことを聞いただけだ。サツの旦那にそう言ってくれ」

逆上した番人は胴巻きから、さきほどの紙幣をつかみ出した。

「やかましい。静かにしろ」

衣川は背筋が凍りつくような冷酷な声をだした。

「今さらジタバタしてはみっともない。射ちあいがはじまったら、邪魔にならぬよう船底にでも引っこんでろ」

「…………」

言い捨てるとともに、左のバック・ハンドで番人の頬を張りとばした。

衣川の硬い関節は、銃身で砕かれた番人の頬にくいこんだ。番人は再び出血しだした頬を押さえて啜り泣いた。

追跡している巡視艇の音は、はっきりと聞こえるようになった。闇を一条の光の筋で切り裂き、巡視艇のデッキのあたりから強烈なサーチ・ライトの光線が流れ出た。ライトは獲物を求めて海面をさまよい、衣川の乗ったモーター・ボートに近づいてきた。

光を曳いて

1

巡視艇のサーチ・ライトは暗い海を薙(な)ぎながら、衣川の乗ったモーター・ボートに近づいてきた。

衣川はハンドルにしがみついて啜り泣く船宿の番人をボートの船底に突き倒した。この男が死ぬと、陸に戻るのに苦労しなければならない。

サーチ・ライトの光の筋はついにボートをとらえた。目のくらむような強烈な光線が、左の後ろ手でハンドルを操る衣川の姿を明るく浮かびあがらせた。

巡視艇は鋭く警笛を吹き鳴らして、モーター・ボートに停船を命じた。

デッキの上の機銃はカバーを外され、ブリッジの中の三人の署員は腰の拳銃を引き抜いた。

「…………」

衣川は不敵に唇を歪め、カンに頼って後ろ手に握ったハンドルを回し、サーチ・ライトの光の筋から逃れようとした。

巡視艇は警笛を吠えたてながらスピードをあげてきた。ボートとの間隔はぐんぐん縮められた。

「やるか！」

衣川は口の中で呟いた。親指でワルサー自動拳銃の安全装置を外した。

巡視艇のデッキでカバーを外された機銃の後ろに、射手と弾薬ベルトを支える保射手が蹲っていた。

機銃は口径三〇のＡ１型の水冷タイプだった。三脚で支えられていた。射手はその機銃の銃口を威嚇するように旋回させた。

巡視艇は衣川と番人の乗ったモーター・ボートの背後百メーターのあたりまで接近してきた。

衣川は、波しぶきをあげ、激しくピッチングとローリングして揺れるボートから、ワルサーを突き出した。

ボートと巡視艇の揺れにタイミングを合わせ、衣川は無謀とも思えるほどの一弾を放った。弾道のカーブとドロップも計算に入れていた。

鋭いワルサーの銃声も、波と風に吹き消されてほとんど反響しなかった。遊底からエジェクターではじき出された空薬莢が、暗い波がしらに舞い落ちた。

巡視艇のサーチ・ライトが甲高い悲鳴をあげて砕かれた。神技に近い衣川の射撃術だった。

衣川はモーター・ボートの舵輪をいっぱいに回して右に逃げた。再びのしかかってきた闇の海を逃げまわった。

巡視艇では、射ち砕かれたサーチ・ライトのガラスの破片を頭からかぶった機銃手が、大声でわめいてヘルメットをかぶった頭を押さえた。

身動きするごとに、背中の隙間に入ったガラスの破片がこすれ、皮膚を傷つけて出血させた。

「痛っ！」

「畜生、油断してたら、とんでもない野郎だ！」

「まぐれ当たりとは思うが、ひどいことになった。今度は、こちらが奴の肝を冷やしてやる番だ」

機銃の射手と保射手は叫びあった。

射手は機銃の槓杆を二度引いて撃発装置にした。機関部に挿入された弾薬ベルトの先端の実包が薬室に装塡された。

保射手は鼻の具合が悪いのか、いつも口を開いていた。機銃の左側に膝をつき、カーキ色の弾薬箱からのびた保弾帯を支えていた。

保弾帯にさされた三〇口径弾には、五発に一発のわりで曳光弾(えいこうだん)がまじっていた。弾頭を赤く塗って普通の弾薬と区別していた。

「威嚇射撃を始めろ！　あのボートが停船するまで」

ブリッジの中で、舵輪を握る署員の後ろに立った指揮官が命令した。ヘルメットと防弾チョッキに身を固め、鼻下に洒落たコールマン髭をたてていた。

「了解！」

射手は叫んだ。床尾板を肩に密着させ、銃口を海面から三十度ほど上に向けて続けざまに掃射した。

サーチ・ライトを射ち砕かれたので、巡視艇からは逃げまわる衣川のボートは見えなかった。

しかし——、機銃から五発に一発のわりで吐き出される曳光弾は、流れ星か花火のように鮮やかな黄白色の光を噴出させ、シューッと無気味な音をたてて闇を切り刻み、暗い海をおぼろげに照らし出した。

曳光弾の光の筋は、遁走する衣川のボートの上空に迫った。衣川から見ると、凄まじい速度でこちらに伸びてくる曳光弾はみな、自分の心臓を狙っているように思われた。

「畜生」

衣川の額には、いくら潮風に吹きとばされても、あとからあとからあとから脂汗が滲みでてきた。

ワルサーを握る掌も汗でぬるぬるしていた。

番人は、ボートの船底で頭を抱え、小水を漏らして震えていた。曳光弾があたりを照らすごとに、耐えきれぬ悲鳴をあげた。

衣川はすでにハンドルを放棄していた。大きな円を描きはじめたボートの中で、巡視艇に向かって体ごと向かいあっていた。

汗でぬるぬるする掌をズボンにこすりつけて乾かした。ワルサーを持ちかえ、ボートの揺れにタイミングを合わせて発砲のチャンスをうかがった。

巡視艇は五十メーターと離れてないところまで迫っていた。保弾帯を取りかえながら毒々しい舌なめずりを続ける機銃の閃光と曳光弾の輝きに、発射の反動によって後ろにはねとばされそうになりながらも、引金を絞り続ける射手と——左から右側の機銃の機関部に向けてコンベアーのように流れる保弾帯を支える保射手の姿が、幽鬼のように浮かびあがっていた。遊底からはじきだされた空薬莢の雨は、ジューッと音をたてて海水に飛びこみ、あるいはデッキに積もって薄煙をたてていた。

2

「しぶとい奴だな、まだ停船しないとは……もっと着弾をあのボートに近づけろ」

巡視艇の指揮官は、耳を聾する機銃の連続発射音に負けじと、大声を張りあげた。

「了解。着弾を近づけます」

射手は叫び返した。

機銃のラジエーターは、オーヴァー・ヒートの湯気をたてていた。一息ついた射手は、三脚に据えつけた三〇A1機銃の狙いをさげていった。

曳光弾は白熱の炎を曳いて、衣川の頭上五メーターのあたりを通過した。さらに低く衣川に近づきだした。

衣川はワルサーの引金を絞った。銃口は躍りあがった。

閃光を吐きちらす機銃にしがみついていた射手は、左の目を砕き、脳をえぐって後頭部を破った九ミリ弾をくらい、ブリッジの外壁に叩きつけられて即死した。

呆然とした保射手は、すぐにショックから回復し、機銃にとびつこうとした。

衣川はカンに頼って再び発砲した。機銃にとりついた保射手は、首の骨をワルサー弾にへし折られて横に転がった。

巡視艇のブリッジにいる三人の署員は、一瞬にして起こった惨劇を目撃し、歯ぎしりして呻いた。

「もう堪忍袋の緒が切れた！　威嚇射撃では生ぬるい。射ちまくって射殺するんだ」

指揮官は叫んだ。カチッと拳銃の撃鉄をあげた。

舵輪を握る署員を残し、もう一人の若い警官もリヴォルヴァーの撃鉄を起こした。

指揮官と若い署員はキャビンから跳び出した。二つの死体が転がる前部デッキに近よろうとした。

海の向こうから再びワルサーが吠え、指揮官は左膝を撃ちぬかれた。悲鳴をあげて横倒しになり、拳銃を投げ捨てて手摺に摑まって身をたてなおそうとした。

巡視艇は横波をくらって大きく揺らいだ。タイミングを外された指揮官の指は虚しく空をつかんだ。防弾チョッキとヘルメットに固めた体は、しぶきをはねあげて骨も凍るような夜の海に落下した。

したたかに水を呑んだ指揮官は、無我夢中で水を蹴り、水面から跳び出しそうな勢いで浮かびあがったが、すでに巡視艇は二十メーターほど先を走っていた。

「待て！　待ってくれ！」

ヘルメットをかなぐり捨てて重量を減らした指揮官は絶叫した。

巡視艇にその声は聞こえなかったらしい。コースを変えようとしなかった。

「待ってくれ！」

指揮官の叫びは悲鳴に近かった。

巡視艇は鋭くカーブを描いて旋回し、指揮官を救いあげようとした。若い署員の方は怖気づいて再びブリッジに逃げこんでいた。

「そうだ……」

衣川は瞳を輝かせた。モーター・ボートのハンドルを握ると、不敵にも巡視艇に向けて突っ込んでいった。

巡視艇に生き残った二人の署員は、モーターを唸らせて突っ込んでくる衣川のボートを認めて、度胆を抜かれた。

波立つ水面でもがく指揮官にかまっておれず、若い署員と舵輪を操っていた運転士は、リヴォルヴァーをモーター・ボートに向けて乱射した。

モーター・ボートのまわりに弾着の水柱があがった。一弾はボートの舷側に穴をあけた。もう一弾はハンドルの前の風防ガラスを砕いた。

ボートと巡視艇の距離が二十メーターほどに縮まるのを待ち、衣川は、恐怖に憑かれて狂ったように乱射してくる若い署員と運転士を、一瞬にして射殺した。

若い署員は心臓、運転士は額を射ちぬかれて転がり、生存者のいなくなった巡視艇は、ふらふらしながらモーター・ボートの方に突っ走ってきた。スピードは落ちていた。

衣川は不敵な笑いを浮かべ、モーター・ボートを旋回させた。巡視艇の舷側に並行して走らせた。

「立て！」

衣川は、ボートの船底にへばりついて啜り泣いている番人に鋭く命じた。

「だ、だめだ……」

番人は泣き声をたてた。

「立たぬと、あの連中と同じ死体にしてやるぜ」

ハンドルを操り、巡視艇に並行してボートを走らせながら衣川は凄みのこもった声を出した。番人に向けた背中で、彼の動きを感知していた。

呻き声を洩らしながら、番人は半身を起こした。濡らしてしまった下腹部に初めて気づき、居心地悪げにズボンを引っぱった。

「巡視艇に乗り移るんだ。移ったら、お前が運転しろ」

衣川は命じた。

「出来ねえ、腰が抜けた」

番人は哀れっぽく訴えた。

「これでもできねえというのか」

衣川は後ろの番人を振り返りざま、ワルサーを発射した。

銃弾は、半身を起こした番人の膝をかすめ、ボートの船底を射ち砕いて海に叩きこまれた。船底にあいた弾痕からシューッと海水が吹きあがった。

「早くしな、横の巡視艇に乗り移るんだ」

衣川は命じた。

いとめようとしていた。

「へ、へえ」

番人はワルサーから放たれた九ミリ弾があけた船底の孔を掌で押さえ、噴き出る海水をくいとめようとしていた。

3

「早く」

衣川は再び後ろを振り向いて引金を絞った。番人の左耳が千切れ、ギザギザの傷口から血が顔中に飛びちった。

「……！」

罠に足をはさまれた狼のような悲鳴をあげた番人は、発作的に傷ついた耳を押さえた。船底の孔から勢いよく噴き出した海水がその顔にぶつかった。番人は頭をのけぞらせてもがいた。

「次はどこにぶちこんでやろうか」

衣川は安手のギャング映画もどきのセリフを吐いた。

「う、射たねえでくれ！」

番人はよろめきながら立ちあがった。憑かれたように巡視艇の手摺にとりすがり、しゃにむに体を押しあげた。巡視艇のデッキに転げこみ、身を折って嘔吐をはじめた。

衣川も立ちあがった。手軽に巡視艇に乗り移った。

デッキは血でぬるぬるし、足を滑らしそうだった。衣川はワルサーに安全装置を掛けてズボンのベルトに突っ込み、四個の死体を海に投げいれた。次々に大きな水柱があがり、暗い海に血の波紋が拡がっていった。

運転する者を失ったモーター・ボートは、巡視艇の鉄の舷側に舳先をぶつけ、メリメリと音をたててはねかえった。破れた横腹から浸水し、急速に浮力を失っていた。

「いつまでメソメソしているんだ。運転はお前の役目でないか」

衣川は番人の尻を蹴っとばした。

デッキに顔を突っ込んだ番人は、バネ仕掛けの人形のように立ちあがった。出血する耳を左手で押さえたままブリッジに駆けこんだ。

衣川は唇を歪めて笑った。ワルサー自動拳銃の弾倉室から弾倉を引き抜いた。弾倉は空になっていた。衣川は八発それに詰めて銃把の弾倉室に戻した。

ブリッジの前のデッキについた機銃の銃座に蹲り、タバコに火をつけた。煙は強い潮風に吹きとばされて形をなさなかった。機銃の左側に置かれた暗緑色の弾薬箱には、保弾帯にさされた弾がまだ千発近く残っていた。

弾頭は尖っていた。米軍用のスパイツァーだ。五発に一発のわりで弾頭を赤く塗ってあるのが曳光弾であることも、衣川は知っていた。

「こうなったらお前の勝手で身をひくことはできないんだぜ。お前は立派な共犯者ということになったんだからな」

立ちあがった衣川は、舵輪を握る番人に言った。新しいタバコにチェーン・スモークし、銃弾で破れたブリッジの窓から番人の唇に火のついたそのタバコを差しこんでやった。

「共犯者？」

番人はタバコの端を唾液で濡らし、ひきつった目を剝いた。左耳から垂れた血が首筋で乾きはじめていた。

「そうだよ」

衣川は暗く笑った。

「儂はおどかされて言うことを聞いただけなんだ！」

番人の唇から力なくタバコが垂れた。

「ふん、そんな勝手なことを言っても警察の連中が聞くものかい」

衣川は嘲った。

「嫌だ！　絞り首になるのはいやだ」

「捕まれば、嫌だといっても絞首刑になるだろうな」

衣川は狡猾な笑いかたをした。

「嫌だ、嫌だ！」

番人の唇からタバコが落ちた。

「絞首刑にならないためには、ただ一つしか方法はない」

衣川は唇を歪めた。

「……？」

番人の赤く濁った瞳に一瞬生気がさし、喉を鳴らして生つばを呑みこんだ。

「簡単なことだ。ただ捕まらなかったらいいのさ」

衣川はニヤリと笑った。

「阿呆らしい」

番人はガックリ肩をおろした。

「しかし、それだけが俺たちが生きのびられる方法だぜ」

「…………」

「もうあとにはひけない、警察(サツ)はこの海じゅうに網を張ってるだろう。それを強行に突破してこそ、俺たちが生きる道はあるのだ」

衣川は圧さえつけたように、激しい声で言った。

「儂を見のがしてくれ、おねげえだ」

番人は醜く顔を歪めて哀訴した。

「ここから泳いで逃げるのか？　ボートはあのとおりだぜ」

衣川は鼻で笑った。

浸水したモーター・ボートは渦巻きを残して沈んでいくところだった。一面にガソリンとオイルが浮かんでいた。

番人はカタカタ奥歯を鳴らして震えだした。震えは膝に走っていった。

「お前が俺の言うとおりにこの巡視艇を動かしてくれたら、俺は必ず警察の鼻をあかす自信がある」

「…………」

「俺を信じろ。うまく逃げのびたあとで、お前にはもっともっと褒美をやる……お前も男だろう？　ベソをかいて震えるだけが能じゃないはずだ」

衣川の声は強かった。

「…………」

番人は黙りこんだまま考えていた。しばらくするうちに震えが止まった。

「タ、タバコを一本……」

血走った目をあげた番人はザラザラしたかすれ声で口を開いた。

「そうかい、決心がついた。それでこそ男だよ」

衣川は暖かく笑った。タバコを二本同時に吸いつけ、一本を番人に手渡した。一本は自分が吸った。

「すまねえ」

番人はむさぼるように煙を吸いこみ、長く肺の中に溜めてフーッと吐き出した。

「じゃあ、頼むぜ。さっきお前さんが言ってた場所に船を向けてくれ」

衣川は言った。

「まかしといてくだせい」

番人は顔をひきつらせて笑おうとしたが、うまくいかなかった。

背後で無線機のキーがモールス信号をさえずり続けていた。

外海に近づいたのか、波が荒くなってきた。衣川は機銃の後ろに蹲り、掌でおおったタバコを無心に吸っていた。遠くで、停船命令の警笛が鋭く吹き鳴らされた。

海は穢(けが)れた

1

「来たな！」

プッとタバコを吐き捨てた衣川は、ブローニングA1の〇・三〇口径機関銃の引金に指をかけた。

水冷式の不格好な機銃だ。一分間四百から二百二十発の回転数で銃弾が通過する銃身のまわりを、ラジエーターがおおっていた。

そのラジエーターの先の方から、ゴムのホースが機銃の下に置かれた水槽に通じていた。銃身の熱で水蒸気と化したラジエーターの水を、再び液体に戻すのだ。

停船命令を発した巡視艇からサーチ・ライトの光が躍り出た。

巡視艇は一隻だけでなかった。三隻が並行していた。三本の強烈な光の筋が、衣川と番人の乗った巡視艇に向けてのびてきた。

「いくぞ！」

衣川は下唇を噛んで、機銃の引金をひき続けた。銃口から流れ出た曳光弾が真ん中の巡視艇に向けて最短距離を走った。

重い機銃も、続けざまの発射の反動で躍った。機関部の下のT型排莢子孔からはじき出された長い空薬莢が積もっていた。

真ん中の巡視艇のサーチ・ライトが砕け散り、曳光弾を次々にくらったブリッジは火を吐きはじめた。機銃の射手は頭を口径三〇弾に削られて昏倒した。

衣川は引金をゆるめなかった。

乾いた音をたてて撃針は虚を撃った。二百五十発ずつで一本になっている保弾帯の弾薬がつきたのだ。

声高に罵った衣川は、高い照明の後ろに突き出たボタンを引き、機銃の給弾器蓋を上に開いた。

弾薬箱から引っぱり出した二百五十発入りの新しい保弾帯の左端を機銃の給弾器に入れ、強く右に引いた。給弾器蓋を閉じた。

そのとき――左右の巡視艇から機銃が唸りはじめた。曳光弾の光の筋をまじえた銃弾は、海面に二列の飛沫をはねあげて衣川の巡視艇に近づいてきた。

衣川は機銃の遊底を二度ひいた。やっと撃発装置になり、保弾帯の先端の口径三〇－〇六弾は薬室にとびこんだ。

二隻の巡視艇から射ちだす機銃弾は、衣川の巡視艇の間近に着弾をのばしている。

衣川は、歯をくいしばって射撃に移った。距離は五百メーターほどだったが、衣川の巡視艇はジグザグを描いているので、距離はぐんぐん縮まっていった。

衣川は銃口を左から右に移動させ、射って射って射ちまくった。自分の乗った巡視艇にも、相手側から射ち出す機銃弾が次々に命中し、舷側の鉄を削り、衣川の頭上をかすめてブリッジの木材を貫通した。

舵輪を握っていた番人は、射ちあいが始まるとともに、船底の機関室に這い込んで目と耳をおおっていた。

衣川の背後で、ブリッジが火を吹き出した。曳光弾の仕業だ。

炎と、シューッ、シューッと飛び交う曳光弾に照らされ、衣川は悪鬼のような形相で保弾帯を詰めかえては射ちまくりつづけた。ラジエーター・キャップから吹き出す湯気で正確な狙いはつけられぬので、カンを頼りに射ちまくる。

すでに、左端の巡視艇の機銃も沈黙していた。真ん中の巡視艇のブリッジは、赤黒い火の粉を舞いあがらせて燃え狂い、熱に耐えかねた署員たちは、装備を捨てて海中に跳びこんでいた。

衣川は機銃を旋回させ、右端の巡視艇と銃火をまじえた。絶えまなく射ち出される両方の銃弾は、空中で衝突するのではないかと思えた。

衣川の背中は、チョロチョロと炎を舌なめずりするブリッジの熱気を受けた。連続発射の衝撃波で頭がガーンとなり、耳は麻痺してきた。

しかし——、ついに、衣川のブローニング機関銃から放たれた一連射は、右端の巡視艇の機銃にしがみついた射手と保射手の頭蓋骨を吹っとばした。相手の機銃はピタッと沈黙した。

衣川はひきつる頬を歪めて、凄まじい笑いを走らせた。息もつかずに、曳光弾を弾着の目やすとして、ブローニングA１機銃を射ちまくった。右端の巡視艇の機銃に着弾が集中し、機銃は異様な音をたててブッこわれた。

左端の巡視艇からも右端のそれからも、救命袋を背負った署員が、次々に海に跳びこみはじめた。

衣川は、海面に向けて身を躍らす署員たちを、機銃の照星と照門にかすかにとらえては銃撃を加えた。

無残な殺戮は火ぶたを切った。海面は赤黒く染まっていった。

らだ。

2

衣川は銃撃を中止した。ブリッジの外を這う炎で、背中が焦げるように熱くなってきたか

立ちあがり、右手にワルサー自動拳銃を抜き出してブリッジの中に躍りこんだ。

「馬鹿野郎、また、モタモタしやがって……」

衣川は、機関室に蹲った番人の肩を蹴っとばした。

「痛い、痛い！」

番人は泣き声をたてた。

「しっかりしろ！」

衣川は番人の髪を摑んで引きずり出し、ワルサーの銃口でその耳をグリグリえぐった。

「バケツはないのか？」

番人の髪を離した衣川は言った。

「わ、わかったから、乱暴はよしてくれ」

番人は再び機関室にもぐりこみ、ロープを柄につけたバケツを探してきた。

「ボヤボヤするな！」

衣川は番人の尻を蹴った。

番人は夢から醒めたように舷側に近より、海水をバケツでくみあげてブリッジの炎に浴びせはじめた。

「その調子だ」

衣川は皮肉に唇を歪めた。

衣川の放った曳光弾をたっぷりくらった三隻の巡視艇は、血を吸った海をさらに毒々しく染めて燃え狂っていた。その巡視艇の間に、すでに絶命していながら胸や背中に背負った救命具の浮力で、沈むことのできない署員の死体がポカポカ浮いていた。白い救命具も血を吸って無気味な色になっていた。

番人は、体を動かすことによって恐怖から逃れようとするらしく、夢中になって消火に努めていた。努力の甲斐あって火は下火になり、炎は消えて、おびただしい煙を放った。

「ご苦労――」

衣川は軽く番人の肩を叩いた。

「計器がこわれてないか見てきてくれ」

「…………」

番人はバケツをデッキに投げ出して、煙っぽいブリッジの舵輪室に戻った。

「だめです――」

番人はしゃがれた声で言って咳こんだ。

「計器はあらかた配線を射ち切られたり、チューブを射ち抜かれてますぜ」

「そうだろうとは思ってたがな」

衣川は呟いた。ブローニングA1機銃に使う口径三〇弾は、米軍のMIガーランド・ライフルと同じ三〇－〇六スプリングフィールドの被甲弾だ。至近距離では松材の一メーター五十センチ以上の厚さをブチぬき、六百メーター離れても四十センチは貫通する。芯に軟鉄を入れた対装甲弾では、千メーター離れても鉄カブトを射ち抜くのだ。

「計器を見ないで、目的地に行きつくことはできるかね？」

衣川は尋ねた。

「星が出たらいいんだが……そうでないと、ちょっと見当がつきにくいですぜ」

番人は不安げに言った。

舳先に衝撃があった。衣川はあやうく体のバランスを保って尻餅をつくのをまぬがれた。

船にぶつかったのは、衣川が射殺した署員の死体がかたまったものだった。船のスピードにはじかれて、死体は横にはねとばされたが、一つの死体はスクリューに右手をもぎとられた。

衣川と番人の乗った巡視艇は、燃えさかる三隻の巡視艇をあとにして、ますます沖に出ていった。

「今、どのあたりだ？」

衣川は再び機銃に坐りこんだ。

「さあ、今この船は、だいたい、横浜と木更津（きさらづ）の間を通ってると思うんだが……」

番人は少し落着きを取り戻してきた。

「そうか――」

衣川は機銃の下に積もった空薬莢を弄んで考えていたが、

「よし、この船をバックさせろ！」

「……？」

舵輪を握る番人には、衣川の言うことがよく呑みこめなかったようだった。

「あともどりさすんだ」

衣川は叫んだ。

「ど、どうして？」

「俺たちが浦賀水道（うらがすいどう）を抜けて相模灘（さがみなだ）に抜けようとしていることを、奴らはよく知っている。あの狭い水道に網を張って待ち伏せしてるにちがいない」

「だから？」

「だから、奴らの裏をかくのだ」

「…………」

番人は黙りこんだ。

「文句があるのか?」

衣川は言った。

「滅相もない。儂はただ……いや、何でもねえです」

番人は体ですがるようにして、巡視艇の舵輪を回した。

炎上する三隻の巡視艇が、漁火(いさりび)のように眺められた。衣川と番人の乗った巡視艇は、ぐうっと右に傾き、波を甲板に受けて方向転換した。

射ちまくられた巡視艇を救助に来る船はなかった。それも衣川に、捜査網が浦賀水道に張られ、自分たちを待ち伏せしているという確信をいだかせるようになった。

反転した艇は、暗い海を、千葉よりに沿って進んでいた。衣川はブローニング機関銃の後ろに蹲り、潮風を頰に受けて行く手の闇を見つめていた。

ディーゼル機関の騒音にまじって、海のかなたから、かすかな櫓(ろ)の音が響いてきた。衣川の鋭い耳はそれを聞き落とさなかった。

「行く手に艀(はしけ)がいる。イチかバチか、ともかく近よってみろ」

衣川は言った。

やがて闇の中から、小船がかかげたアセチレン・ランプが幻のように浮かびあがった。

衣川と番人の乗った巡視艇は、エンジンの音を殺してその小船に近づいていった。

小船では、若い船頭が一人で、ギーッ、ギーッと櫓を漕いでいた。

巡視艇は小船に接近した。けたてる波に小船は大きく揺れた。

「止まれ！」

衣川は三脚に乗せたブローニング機関銃の銃口を回し、小船を操る船頭に狙いをつけた。

仰天した若い船頭は艫に坐りこみ、嫌(いや)、嫌をするように夢中で両手を振った。

「ロープを投げろ！」

衣川は舵輪を握る番人に鋭く命じた。

エンジンを止め、操舵室から出た番人は、先に鉄の爪のついたロープを投げた。

鉄の爪は小船の縁にガキッとくいこんだ。番人は力をこめてロープを引っぱり、小船をたぐりよせた。

小船の船頭は勇をふるって立ちあがり、海に跳びこもうとした。

「馬鹿！」

衣川は頬を歪めて、ブローニングA1型機銃を点射した。

小船のまわりに着弾の水圧が跳ね、曳光弾は夜気を焦がした。

船頭は尻餅をつき、胸を押さえて喘いだ。

番人はロープを引く手にさらに力をこめた。小船は巡視艇に横づけになった。

「ちょっと、こちらに来てくれないか？」

衣川は番人に向かって穏やかな声で言った。

番人はロープの端を巡視艇のポールに結びつけた。機銃の後ろに蹲った衣川のそばに立った。

「こいつを外して小船に移す。ちょっと銃身の前に回って持ちあげてくれ」

「こうですか？」

番人は薄気味悪げに機銃の銃身部のそばに寄った。

「前に回るんだ」

衣川は言った。

番人は勇をふるって機銃の前に立ち、銃身をとりまくラジエーターに手を伸ばした。

3

衣川は射った。機銃を連射した。

一瞬にして穴だらけになった番人の体は、デッキに転がる前に血まみれの肉塊と化していた。

「言ったとおり、お前さんは本当にツイてないよ」

穏やかに罵った衣川は、番人の肉塊を引きずって、機銃の後ろに横たえた。曳光弾に焦がされた番人の服はブスブスくすぶっていた。

こうして、番人を衣川の身代わりにしておけば、少しの間は時を稼ぐことができるだろう。不敵な笑いを浮かべた衣川は、腋の下のホルスターからワルサー拳銃を抜き出した。

小船の船頭は、両手で目をおおって頭を垂れていた。肩が痙攣した。

衣川は身軽に小船に跳び移った。船端を噛んだ鉄の爪を外し、ロープから小船を解放した。

船頭はやはり夜釣りをしていたらしい。竹で編んだフゴの中で小魚が跳ねた。

「顔をあげろ！」

舳先に後ろ向きに坐り、船頭と向かい合った衣川は鋭く命じた。

船頭はビクッと頭をあげた。発狂しそうな目つきだった。

衣川はワルサーの安全装置をカチッと外した。

「これが見えるか？」

船頭は頭をガクガクさせてうなずいた。

「こいつはオモチャではない」

衣川は近くの海面に向けて一発ブッぱなした。船頭は自分が射たれたかのような悲鳴を漏らした。

「さっきの男のようになりたくなかったら、俺の言うことをよく聞くんだぜ。死にたくなかったらな」

衣川は安全装置を掛けた。

船頭はうなずき、船端から半身を乗り出してゲーゲーと夜食を吐いた。

「吐いたらちょっと気分がよくなったろう？　このあたりはどこになるんだ？」

衣川は笑った。

「姉ケ崎と五井のあいだです」

若い船頭は震えていた。

船頭は漁夫に似ず、あまり日焼けしてなかった。輪郭のはっきりした男前だ。

「じゃあ、千葉市はそう遠くないな」

「…………」

「漕げ。腕の折れるまで」

衣川は命じた。

尻餅をついていた船頭は、電流に打たれたように立ちあがり、力をふるって船を漕ぎはじめた。

「千葉の近くに鴨射ちの鳥屋があったな。ここから漕いでいけるだろう？」

衣川は思い出したように言った。

「…………」

船頭は黙りこんでいた。

「どうした、返事は？」

「い、行きます」

船頭は叫んだ。

「よし、途中で知った船にあっても、俺が何だかをしゃべるな。おかしな素振りをしたら、お前さんの命と引きかえになるってことを忘れるなよ」

衣川は静かに言った。

「はい」

船頭は頭をさげた。

番人の死体を残した巡視艇は、闇の中に溶けこんで見えなくなった。櫓の音だけが耳に響いた。

二十分ほどして、行く手の海からエンジンの響きが聞こえてきた。

衣川は手を伸ばしてアセチレン・ランプを消した。

「漕ぐのをやめろ！」

圧し殺した声で船頭に命じた。ワルサーを握りしめて待った。

闇に浮かんだのは、五十トンほどの漁船だった。二人の乗った小船に気づかずに横を通りすぎた。

しばらくのあいだ、漁船の残した波が小船をゆるがせた。

「よし、動かせろ」衣川は言った。

長い間、単調な櫓の音が続いた。

雲が切れ、弱々しい月光が顔をのぞかせた。衣川の喉は渇いてきた。小船は畑のように整然としたノリソダの海の横を通っていた。畑の畦道のかわりに、ノリ船の通る船道が縦横にノリソダのブロックを断ち切っていた。

「もう少しです」

船頭は汗の湯気をたて、自分をはげますように呟いた。

小船は、ノリ畑のはずれを右に折れた。十五分ほど行くと、葦の生い茂った水辺が見えるようになった。

浅瀬に、無人の葦原をバックにして、枯枝や藁で三方を囲んだ鳥屋（トヤ）が黒々と建っていた。そこに待ち伏せし、前方の海面に囮としたゴム製の鴨を浮かせ、舞いおりてくる鴨を迎え射つブラインドだ。トヤは三、四百メーターずつの間隔をおいて建っていた。櫓の音を弱めた小船は静かにそのトヤの一つに向けて進んだ。

待つ

1

枯れた葦や茅(かや)の原をバックにしたトヤ射ちの小屋は、土台となる四本の柱を波になぶられて、静まりかえっていた。

「あの下に着けろ」

衣川は左手に見えるトヤを指さした。

若い船頭は、コクリと音をたてるほど強くうなずき、櫓を使って巧みに舵をとった。

岸に近づくと、今まであまり気がつかなかった風を急に意識してきた。風は波の飛沫を頬に吹きつけ、衣川に胴震いを与えた。

寒気はきびしかった。興奮の鎮まった今、衣川はしばしばワルサー拳銃を持ちかえて、指の運動をしなければならなかった。すぐに寒さで指がこわばり爪の間にヒビ割れがするのだ。

船頭が漕ぐ小船は、静かに目指したトヤに向けて進んでいた。漕ぎ続けた船頭は、額から汗の湯気をたてていた。

干潮だった。浅瀬に立つトヤに近づくために、小船は何度か下腹を岩や泥にぶっつけた。

小船はトヤの横に着いた。

「船の中に何か食い物はないか？」

「にぎり飯があっただが、食っちまいました」

風が体温を奪うせいか、衣川の腹はひどく空いてきた。

船頭は答えた。疲れがでたとみえ、坐りこんで肩で息をしていた。

「水は？」

「お茶ならありますだ」

船頭はのろのろと船底に手を伸ばして、大きなヤカンを振ってみせた。

「お茶の方がいい。それとランプを持って、先にトヤにあがれ……そうだ、このフゴも一緒に」

衣川は船頭が釣った魚の入ったフゴを指さした。トヤは三方を枯葦や藁で囲まれていたが、小船を着けた右側だけは、半分ほどが入口となってあいていた。

船頭は腰を叩きながら立ちあがった。掛け声を発して重いフゴをトヤの床にあげ、ランプとお茶の入ったヤカンを左手に提げてトヤの中によじのぼった。

「くどいようだが、もう一度繰り返す。下手な抵抗をするんじゃないぜ。俺を突き落とそうとするより、弾の速度の方が手の動きよりずっと早いってことをよく考えるんだ」

衣川は先にトヤにあがった船頭に警告を与えておき、右手に撃鉄をあげたワルサーを握ったままトヤの床に身軽に移動した。ワルサーの遊底後部に、薬室に弾が入っていることを示す小さなピンが突き出ていた。

船頭は、畳一枚ぐらいの狭さのトヤの隅に蹲って頭を抱えていた。入口の近くに立った衣川はワルサーの安全装置を掛けた。安全止めのロックは撃針を固定し、自動的に、撃鉄を柔らかく撃針の上に降ろした。

胸の高さまでトヤの囲みがとどいた。頬に潮風が吹きつけ、ソフトをとばしそうになった。

衣川も板の上に藁を敷いた床に腰を降ろした。囲いに背中をもたせた。バリバリ音をたてて、囲いの枯葉が鳴った。

「船は繋(つな)いでくれました？」

不安げな瞳をあげた船頭は、しばらくためらったのち、思いきって尋ねた。

「いや」

衣川の返事はそっけなかった。

「繋がないと、潮に流されてしまう！　困る。あれは俺のただ一つの財産なんだ！」

若い船頭は泣き声で言った。

「ところが俺にとっては船が沖に流されてしまった方が都合がいい」

衣川はタバコをさぐって唇にくわえた。

「無茶な！」

船頭は叫んで立ちあがろうとした。

「おっと、動くんじゃない」

衣川はカチッと親指で安全装置を外し、ピタッと銃口を船頭の額に向けた。左手で器用にジポーのライターのねじの蓋をはじきあけながら、鑢の歯車を回して点火した。

大きな炎が、青黒く底光りするワルサーを照らしだした。銃口は死の穴を覗かせていた。

「これでもあんたは、立てるかね？」

衣川はタバコに火をつけて、ゆっくりした口調で言った。タバコの火口がピクピク動いた。

「………」

船頭はガックリ頭を垂れた。

「悪いが仕方がないんだ――」

衣川はパチンとジポーの蓋を閉じて火を消した。

「これで、文字どおり背水の陣を敷いたってことさ。あの船が近くにあると、ここに俺たちが隠れてるってことがバレてしまうからな」

若い船頭は拳を握りしめながら肩を震わせていた。

「泣きたければ泣けばいい。泣いたところで、命を失うよりはずっと悲しいことではないだろうからな」

衣川は静かに言った。

トヤに乗りつけた小船は、波に揉まれてトヤから離れ、すでに三十メーターほど沖に向けて漂っていた。あとは干潮にまかすだけだ。

衣川はヤカンの首に口をつけて、冷えきった番茶を飲んだ。注意深く目の隅で船頭をうかがっていた。

すでに、午前四時だった。衣川の腹の虫が鳴いた。

「フゴの魚は何だ？」

衣川は海藻で上をおおった竹籠を顎で示した。

「寒ハゼとセイゴです」

「よし、セイゴの皮をはげ」

「……？」

「俺が食うんだよ」

衣川は苦笑し、アセチレン・ランプに点火した。ポケットから出した飛び出しナイフの刃を起こして船頭の足もとに滑らせた。

船頭はフゴから出したスズキの子の腹を、慣れた手つきでナイフで割いた。

味もつけずに、衣川は白身の肉をよく噛みしめた。船頭からナイフを受け取り、刃をよくぬぐって閉じ、ポケットにおさめた。

2

吐いては困るので、衣川はあまり多くは食わなかった。ランプを消し、タバコに火をつけて深く煙を吸いこんだ。船頭にも火をつけたタバコを与えた。

「帰してくだせえ。お袋が首を長くして待ってるんで」

船頭は唇についたタバコの粉をぬぐって哀願した。

「お袋？　彼女じゃないのか」

衣川は笑った。

「二人ともです」

「そいつは気の毒だが、今は帰すことはできないね」

衣川は言った。

東の空が青灰色に染まってきた。夜明けが近づいてきたのだ。

「お願いします。このとおり」

タバコを揉み消した船頭は、床に頭をすりつけた。

「いつまでもそうしていろよ。命があるだけありがたいと思ってな」

衣川は唇を歪めた。立ちあがって外を見回すと、乗ってきた小船はすでに視界から消えていた。

「畜生、殺すんならさっさと殺しやがれ！」

船頭は上体を起こした。憎悪に血走った瞳で衣川を睨みつけた。

「殺すとは言ってない」

衣川は静かに言った。

「嘘つき！　さっきの奴のように、俺に用がなくなったら、殺すつもりだろう！」

船頭は吠えた。自分の大声にヤケクソな勇気を煽られたとみえ、頭から必死に衣川にぶつかってきた。

「あわてるな」

衣川は親指でワルサーの安全装置を掛け、短く鋭く振りおろした。

ワルサーの銃身は、突っ込んできた船頭の頭をガーンと砕いた。船頭は蛙のように床に叩きつけられ、痙攣する足で囲いの枯葦を破って気絶した。

「かわいそうに」

衣川は嘲笑した。

空は一面に灰色がかってきた。上空を低く鴨や雁の群れが陸から海に向けて飛んだ。ときによると、その群れは幅十メーター、長さ五百メーターもの大編隊になっていた。

衣川はトヤの上をかすめる鴨の羽ばたきに向けて、ワルサーの狙いをつける練習をした。引金を絞りたい衝動に駆られた。

銃声が起こった。続けざまの銃声があまり遠くない所で炸裂した。

一瞬ギクリとして身を固くした衣川は、苦笑してゆっくり立ちあがった。ポーン、ポーン……と鳴りひびく銃声は散弾銃のそれだ。ライフルのように反響しない。

右側に三百メーターほど離れたトヤから、灰色の薄明をついて次々に銃声が閃いていた。散弾銃は二丁だった。トヤの前に浮かせた十数個のゴムの鴨にだまされて舞いおりた鴨の群れが、あわてふためいて逃げ去ろうとしては、銃火を浴びて真っ逆さまに落ちていった。

そのトヤでは、ブローカー風の中年のハンターが二人並んで射ちまくっていた。禁じられている日の出前の発砲の火ぶたを切るほどの男たちだから、すでに装塡した予備のブローニング自動式を数丁背後に立てかけ、射っている銃の弾倉が尽きると、予備の銃を構えて射ちまくった。

鴨の群れは去り、赤いペンキをぶちまけたような海を残した。羽が散乱した水面には、囮の模型(デコイ)の間に、二十数羽のハジロ鴨が浮かんでいた。

近くの入江で待っていたモーター船が、射ち落とされた獲物を攩網(たもあみ)で拾いあげはじめた。

「今日はツイてるぜ。しょっぱなから、定数をあげてしまったんだからな」

トヤの中の右側の男は笑いがとまらなかった。日焼けした顔に髭が濃かった。

「今まで何年もやってたけど、こんなことは初めてだよ。どうする、続けるか？」

左側の大柄な男は、ブローニングの弾倉にアメリカ製十二番の緑色の弾薬を詰めながら尋ねた。

「おかしくって、制限定数なんか守っていられるかっていうのさ」

右側のハンターは豪傑笑いした。

「また、ここでやるのかい？」

左側の大柄な男が言った。

「いや、今度は場所を変えてみる。あっちのトヤで試してみようや……おーい、船頭さん。トヤを変えるから船を寄せてくれ！」

右側の男は、衣川たちのいるトヤを顎で示し、射ち落とされた鴨をすくっているモーター船の船頭に、大声で呼びかけた。

3

「へい、わかりましただ」

分厚い綿入れをまとい、頭から煮しめたような手ぬぐいをかぶった猟船の船頭は、間のびした声で叫んだ。絶えまなくずり落ちてくる鼻水をチーンと手でかんだ。

長い竹竿を操り、波に揺られて本物そっくりに動く模型(デコイ)の鴨を引きあげにかかった。模型の鴨は下に煉瓦の重しがぶらさがって錨のかわりをしていた。

薄汚れた船頭は腹まであるゴム長を履いていた。モーター船の下腹が泥につかえてトヤに着けることができないので、船端から水中に滑りおりた。腰の近くまでゴム長が水につかった。

トヤに近づいた船頭は、六丁の銃を背負って船に戻った。こんどは二人のハンターを一人ずつ背負って船に移した。最後に、トヤの中に持ち込んでいたコンロを持って戻った。

二人のハンターは、船倉に放り込まれた獲物を引っぱり出し、握手を交わしては笑いあっていた。

鼻水を啜りながら、船頭は船尾に近く据えつけた古物フォードのエンジンをかけた。スクリューが唸りだした。

衣川は、トヤの囲みの枯葦の隙間をおしひらき、ゆっくり近づいてくる猟船を睨みつけていた。怒りに、硬くこわばった唇のまわりが白くなってきた。

衣川に殴られて昏倒していた若い船頭が、気絶から覚めたとみえ、そっと薄目を開いた。

その焦点のまだよく定まらない瞳に、自分の方に背を向けて身をかがめ、枯葦の壁の隙間から向こうをうかがっている衣川の姿が映った。衣川の右手はワルサー拳銃を握ったまま、ダランと力が抜けていた。

「……！」

若い船頭は舌なめずりした。音をたてぬように気をくばり、そろそろと半身を起こした。膝をついて立った。

「今だ！」

若い船頭は、掛け声を発して背後からとびかかった。左手で足をすくって倒そうとした。

「馬鹿！」

背後から抱きしめられた衣川は、拳銃を持った右手の肘で船頭の顔を強打した。

グウッ……船頭は呻いたが、闘志はひるまなかった。歯を剝いて衣川の耳に嚙みついてきた。

足の先まで走った激痛に耐えかね、衣川は化石のように静止した。背筋に熱いものが走った。

「お礼だ！」

衣川の左耳に背後から嚙みつきながら、若い船頭は左手で髪を引っぱり、右手を衣川の握ったワルサー拳銃に近づけていった。

衣川はワルサー自動拳銃を高く振りあげた。背丈（せたけ）の違う船頭はそれに手をとどかすことができなかった。

「いいかげんにしろ！」

衣川は拳銃を若い船頭の鼻づらに強く突きつけた。

銃口が、ちょうど船頭の眉間にガキと音をたててくいこんだ。

「痛い！」

若い船頭は尻餅をつき、額を押さえて転げまわった。

怒りに瞳を据えた衣川は、苦悶する船頭の顔を、思いきり靴の底で踏みにじった。整った船頭の鼻は、無気味な音をたてて平べったくなった。

ハンターたちを乗せたモーター船は、波をけたてて近づいてきていた。衣川はトヤの中で中腰になり、力をこめてワルサーを振りおろした。

銃身で頭を割られた船頭は、呻き声を残して静かになった。

衣川はその体を引きずり、入口の横の囲いに坐らせた。気絶した船頭の体はグラグラし、頭は深く垂れていた。

近づく猟船の舳先寄りに、二人のハンターが並んで真ん中に置いた七輪に空いた手をかざしていた。

風よけのために立てた板に、安全装置を掛けた二丁の散弾銃を立てかけていた。

一丁はブローニング十二番マグナムの自動式、もう一丁はフランキ十二番の軽量自動式だった。予備の銃は二人の背後に置いていた。

「いつも、あんなにのんびりした鴨ばっかりだったらな。まるで解禁の初日みたいだったじゃないか」

イタリア製フランキの持ち主の大柄な方が言った。

「まったくですよ。このごろの鴨は旅なれてやがって、なかなかのことでは寄せつけないのに……」

小柄な男が返事した。二人の吐く白い息は風に吹きとばされた。

手ぬぐいで頬かぶりした船頭は、舵を握って仁王立ちになっていた。足もとに、赤く錆びついた口径八番の単発銃が置かれてあった。

客が射ちそこなった獲物を仕留めるためのものだ。大砲のように長かった。

空は刻々と明度を増してきた。朝風はさわやかだった。

「商売のほうも、さっきのように景気よくいったらいいんですがね」

小柄な男が呟き、ハンティング・コートの襟を開いてその間でライターの火をつけた。唇にくわえたタバコに火を移そうとして、何度か失敗した。あきらめて、七輪のタドンの火にタバコの先をおしつけた。

「不渡り手形を出して、こうやって逃げまわってるんじゃや、お話にならないよ。まあ、帰ったら、債権者に鴨鍋でもご馳走してご機嫌うかがいをしようかな」

「でも、肉を噛みしめたとたん、鉛弾をガキッとやったらかえってまずいことになりますぜ。

まあ、くよくよしないことにしましょう。海は広いし空も広い」

二人のハンターは馬鹿笑いを交わした。

衣川はトヤを囲った葦に指で細い隙間をあけ、近づいてくる船を見守っていた。ワルサーは安全装置を外されて右手にしっかりと握られていた。

船はトヤの前方三十メーターのあたりでエンジンをとめた。

船頭は水洟をクンクンすすりながら、煉瓦の重しをつけた模型の鴨を次々に海に投げていった。

海に浮かんだ模型は鮮やかに色どられていた。首を羽に突っ込んで眠っている格好をしたのや、くちばしを水に向けているのもまじっていた。

おとりを仕掛けた船頭は、長い竿で海底を突き、エンジンをとめた船をトヤに近づけはじめた。

衣川は、気絶した若い船頭の横に蹲り、瞳を囲いの隙間にくっつけるようにして待った。

その瞳はギラギラ輝き、かすかに唇を開いて口で呼吸をしていた。

待ち射ち

1

船底を水の下の岩や泥にぶっつけながら、ハンターを乗せたモーター船は、衣川の隠れたトヤに近づいた。

浅瀬なので、二十五メーター以内には近づけなかった。船底がつかえるのだ。

「しようがねえ。あそこまで歩いてもらいましょう」

水澳をすりながら船頭は言った。自分が履いていた腰のあたりまであるゴム長靴を脱ぎはじめた。

トヤの中に隠れた衣川は、口の中で罵った。ワルサーの安全装置を外した。小さな隙間をあけたトヤの壁の葦の枝の間に右目をくっつけていた。

気絶した釣船の若い船頭は、頭を垂れてトヤの入口の横の囲いに坐ったままだった。

「鈴木君、頼むよ。君を背負ったら潰されそうだから」

モーター船の船頭が脱いだ股まであるゴム長を受け取った小柄なハンターの方が苦笑した。

「いいですとも吉野さん。しっかり、つかまってください」

鈴木と呼ばれた大柄なハンターは、ゴム長に窮屈そうに足を入れはじめた。その間に、小柄な吉野はブローニング自動装填式散弾銃から散弾実包を抜いていった。鈴木のフランキからも散弾実包を抜いていった。

「どうぞ」

鈴木は長靴を履き終わった。船端から浅瀬に滑りおりた。膝のあたりまで水がとどいた。

「すまねえ」

吉野は鈴木の背にすがった。

掛け声をかけた鈴木は軽々と吉野を背負った。泥に足をとられながらトヤに歩み寄った。

トヤに近づいた鈴木の足がとまった。

「誰か先客がいるようですな？」

「そうらしい」

二人は囁きかわした。

「それにしても、何か様子が変だな」

鈴木に背負われた吉野が首を伸ばした。

「中を覗いてみましょうか？　せっかくここまで来たんだから」

鈴木が言った。

「そうしてみてくれよ」

吉野は答えた。

彼らの声はトヤの中に身をひそませた衣川によく聞こえた。

衣川は覚悟を決めて立ちあがった。胸から上がトヤの囲いの上に突き出た。

鈴木は足をとめた。吉野も驚いたような顔つきをした。二人の体はトヤから五メーターほどしか離れてなかった。

「何か用かね」

衣川はつとめて落ち着いた声を出した。

「いやあ――」

吉野は語尾を濁し、エンジンを整備している船頭の方に振り向いた。

「船頭さあん、先客がいますぜ。どうしましょうかね？」

「何だって？」

薄汚い手ぬぐいをかむった船頭は、眉をしかめて顔をあげた。衣川に顔を向け、

「お客さんは、誰の船でここに来なさっただ？」

「そんなことはお前に関係はない」

衣川は冷たく言った。

「いいや、そういうわけにはいかねえですよ。ここらのトヤは、儂らの漁業組合が管理してるんでな。儂もちゃんと割当ての金を払ってるんです。モグリはお断わりしてるんです」

船頭は鈍重な怒りを顔にあらわした。

「船宿の亭主の名前は聞いたんだが、あいにく忘れてしまった」

衣川は答えた。トヤの囲いで隠れた右手にワルサーを握りしめていた。

「その船の名は？」

鈴木が威丈高に尋ねた。

「黙ってろ！」

衣川の瞳に凄味が加わった。

「何い、俺を舐める気か？　おい、若いの。えらそうな口をきくんじゃねえぜ。俺たちはな、上野じゃあ、ちょっとばかり知られた顔なんだ。俺たちのためなら、生命を捨てる覚悟の若えのがいつでもゴロゴロしてらあ」

吉野が髭の剃りあとの濃い精悍な顔をけわしくした。

「てめえ、それでもハンターか？　ソフトなんかかぶりやがって」

鈴木が吠えた。

「ギャー、ギャーわめくな」

衣川は冷たく言った。

「何い！」

吉野を背負った鈴木は、水を蹴ちらしながら憤然とトヤに近づいた。

ワルサーを背後に隠した衣川は、スッとトヤの入口に身を移した。

「寄るな！」

衣川は命じた。

「野郎！」

吉野と鈴木の顔は、衣川のすぐ下にあった。彼らの目は気絶した若い船頭の体の一部を認めた。

「貴様、そんな格好で何をしてるんだ？　外に出ろ」

衣川の顔に瞳を移した吉野が命じた。

「仕方がない」

呟いた衣川は、安全装置を外したワルサーを腰のあたりに構えた。

2

「……！」

二人の男は化石したようになった。鈴木の背から滑り落ちた吉野が、水しぶきをあげて浅瀬に尻餅をついた。もがきながら中腰になったが、立ちあがる決心がつかなかった。バックスキンのズボンから水が滝のように垂れた。

「あんたらのところの、若い衆がいないのが残念だったな」

衣川は嘲笑った。

ハンターたちの顔から血がひいていった。

モーター船の船頭が、木箱に入れた八番散弾の真鍮ケースにそっと手を伸ばしていった。

「そこの大きいの。じっと突っ立ってないでここにあがってこい」

衣川は鈴木に命じた。

「な、何の用だ」

鈴木は紫色に変わった唇の間からひきつった声を出した。

「いいから、あがってこい」

衣川はワルサーの狙いを鈴木の胸につけた。

「よせ、何をする」

鈴木は金切声をたてた。

モーター船の船頭は真鍮ケースの散弾をつかみ、掌の中に隠した。横目で、錆が浮いた大砲のように太く長い八番の単発銃をうかがった。

「そこの船頭さん」

衣川は声をかけた。

「おかしな真似をするんじゃねえぜ。掌の中のものを海に捨てな」

「お前こそ、そのオモチャを捨てやがれ！」

船頭は低い声で罵って、すっと手を伸ばして重い単発銃を持ちあげた。銃身を折って弾を詰めようとした。

衣川は射った。ワルサーの銃口が、蹴とばされたように跳ねあがった。遊底からはじきとばされた空薬莢が舞いあがった。

船頭の単発銃の閉鎖部に当たった九ミリ弾が、銃声と重なって耳の痛くなるような轟音を発した。

見えない糸で引っぱられたように、船頭の手から大きな単発散弾銃がフッ飛んだ。船端にはねかえり、水しぶきをあげて水中に飛びこんだ。

船頭は頬かむりした手ぬぐいの下で、茫然とした表情を浮かべていた。鈴木は発射の衝撃波を全身に受けて一瞬、心臓の動きをつまらせ、膝から急速に力が抜けていった。水底に膝をついて耳を押さえていた。

「みんな動くな!」

衣川は命令した。

恐怖に駆られた吉野は、四つん這いになり、岸にむけて逃げようとした。水を呑みながら、気が狂ったように手足を動かした。

「停まれ!」

衣川は叫んだ。

吉野は停まらなかった。中腰になって立ちあがり、水しぶきをあげて走ろうとした。

「ストップ!」

もう一度声をかけておいて、衣川は発砲した。

吉野はつんのめるように倒れ、顔を水面に突っ込んだ。心臓を貫いた弾が胸の肋骨をへし折り、あざやかな水柱を吹きあげた。

吉野の胸に開いた射出口から、スーッと血がのぼってきた。水の表にポッカリ赤い血が花咲いた。脂もまじってギラギラ光っていた。肺から漏れた空気の泡がゴボゴボと音をたてた。

「射つな!」

「射たないでくれ！」

鈴木と船頭は同時に叫び、喘ぎながら高々と両手をあげた。必死の顔つきだった。

「よし、そこの船頭、船から降りてこっちに来い」

衣川は叫んだ。

「へ、へい」

綿入れを着こんだ船頭は、頬かむりした手ぬぐいの下で顔面筋肉を痙攣させ、タビのままの足を水に突っ込んだ。あまりの冷たさに身震いした。

「ぐずぐずするな」

衣川は言った。

船頭は股引(ももひき)の膝の上まで水につかり、腰で重心をとってトヤに近づいてきた。両手はあげたままだった。

「その男をこっちに引っぱってこい」

衣川はワルサーの銃口で死体を示した。吉野の死体のまわりの血は、波にのって散っていった。

「…………」

船頭は無言でうなずいた。こわごわ死体に近づき、片脚をつかんで引っぱりはじめた。泣きだしそうに顔を歪めていた。

鈴木は落ち着かぬ目を左右に走らせながら、水に膝をついて両手をあげていた。

「お前はちょっとそこでじっとしていろ！」

衣川は死体を引っぱる船頭に声をかけた。鈴木に銃口を向け、

「帽子をよこせ」

「こ、これですか？」

鈴木は赤と黒のチェックの耳隠しのついたハンター帽を脱いだ。よろめきながら立ちあがり、左手を差し出した衣川にそれを手渡した。チラッとワルサーに走らせた瞳に、一瞬、捨てばちな光が浮かんだ。

3

「気をつけろ。お前の考えてることは俺には筒抜けにわかるんだぜ」

衣川は構えたワルサー拳銃を腰に引きつけた。鈴木の差し出した帽子をひったくった。

鈴木はひるんだ。瞳から捨てばちな光が消えていった。

「次は弾帯だ」

衣川は言った。弾帯の実包は猟が終わる最後のころまで残しておくのを習慣としているのか、鈴木の弾帯に差された二十五発ほどの実包は一発も射ってなかった。水の飛沫がかかっ

ていたが、紙ケースを蠟で固めたアメリカ装弾だから心配ない。レミントン・エクスプレス十二番の三号弾だった。

弾帯の次には、ハンティング・コートを奪った。裏にアザラシの毛がついたハンティング・コートは、持っただけで暖かかった。上体を重ね着したラクダのシャツだけになった鈴木は、寒さにカチカチ歯を鳴らした。衣川の命令を受けて立ちどまっている船頭も胴震いしていた。

「よし、上にあがれ」

衣川はワルサー自動拳銃を動かした。

鈴木は大きな体をトヤのなかに押しあげた。トヤは急にやりきれぬほど狭くなった。

衣川はトヤの奥まで退がった。鈴木は気絶している若い船頭に薄気味悪げな視線を走らせた。

鈴木にゴム長靴とズボンを脱がせた。ズボンは、吉野と同じようにバック・スキンだった。ただ、吉野のは明るいカーキ色だったが、鈴木のはグリーンだった。

「もう勘弁してくれ。これ以上脱ぐと肺炎になってしまう」

鈴木は泣き声で言った。紫色の歯ぐきから血が滲んでいた。

「いいともさ」

衣川は静かに言ってワルサーの引金を絞った。

鈴木の顔に信じられぬといった表情が浮かんだ。一瞬のことだった。その顔が脳天をどやしつけられたようにくしゃくしゃに歪むのと、体が着弾の衝撃にコマのように回転するのとが同時だった。鈴木は声もあげずにトヤから落ちた。一発で心臓を射ちぬかれていた。

頬かむりの船頭は、衣川がトヤの奥に引っこんだチャンスを狙い、水中で自由に動かぬ脚を素早く運んで猟船の方に戻ろうとしていた。船には鈴木と吉野の猟銃が置いてある。弾も充分ある。

その船頭は、突然響いた銃声と、飛沫を高くはねあげて落ちてきた鈴木を見て立ちすくんだ。銃口から薄煙のたつワルサーを構えてトヤの入口に衣川が姿を現わした。白い歯を見せて笑っていた。

「逃げようったってむだだ。さっさと戻ってこい。風邪をひかない前にな」

衣川は嘲笑した。

船頭は自分の船まであとわずか一メーター足らずだった。しかし、あと一歩船に近づくことができなかった。衣川の射撃の腕を見ただけに、命令にさからえば自分を待つのは死だけだと知っていた。

船頭は鈍重な目をしょぼつかせ、溜め息をついて向きをかえた。両手を頭の後ろに組んで銃口に向かって歩きだした。海水の冷たさに脚の肉が千切れそうな気がした。トヤの前では二つの死体が沈みかけていた。流れ出る血を海水に吸われて、二つとも蠟のように蒼ざめた顔色になっていた。

「よし、こちらに背を向けて立ってろ」

モーター船の船頭がトヤの五メーターほど前にきたとき、入口に立った衣川は命令した。

船頭は両手を頭の後ろに組んだまま言われたとおり行動した。垂れさがった鼻水が水面に落ちた。

「な、なんでも言うことをきくから、水からあげてくだせえ。骨まで凍りそうで我慢ができねえ」

船頭はカタカタと歯を鳴らした。

「もうちょっとの辛抱だ。そのまま動くんじゃないぜ」

衣川は薄く笑ってワルサー自動拳銃に安全装置を掛けた。噛みあわされて固定した撃針の上に、静かに撃鉄（ハンマー）が落ちた。

ワルサーを、スポーツ・シャツの上に肩から腋の下に吊った革ケース（ホルスター）におさめた。上着もズボンも脱いだ。

向こうむきに立った船頭の様子をうかがいながら、衣川は手早くバック・スキンのズボンとハンティング・コートを身につけた。弾帯を巻いた。少し大きかったが、不自然ではなかった。ソフトを脱いだ。ソフトの裏地の間に、小さなベアード自動拳銃が隠されてあった。

それを引っぱり出した衣川は、ハンティング・コートの脇ポケットにしまった。靴をゴム長とかえた。自分の脱いだものを一まとめにした。ホルスターからワルサー拳銃を抜き出して安全装置を外した。

「オーケー、こっちを向きな」

衣川は叫んだ。

船頭は痺れかかった脚を動かして衣川の方に向きを変えた。

「お願いしますだ……」

船頭は口を開いた。紫色の唇に変わっていた。

「わかってる。まず、俺の言いつけた用事を済ましてからだ」

「その間抜け野郎を船にあげろ――」

衣川は水底についた吉野の死体をワルサーで示した。

「いいか、気をつけるんだぜ。おかしな真似はよせよな。嫌なことがおこるからな。死体は船の舳先の甲板に置け。船にある鉄砲に手を伸ばすなよ。お前が手を伸ばしたとしたら、そのときは、手首から先がフッ飛ぶときだ」

「わ、わかりました」

船頭はうなずいた。歯が大きく鳴った。

「その調子だ。なかなかききわけがいいな」

衣川はニヤリとした。

服が水を吸った吉野の死体を、船頭はこわごわ足をつかんで引っぱった。死体は浅瀬の底に沈んでいるので、船頭の綿入れの袖は濡れた。

船頭は、夢中で死体を船まで引きずっていった。甲板にあげるのにはだいぶ力がいった。死体の服はザーッと水を垂らした。鈴木の死体も甲板に運ばせた。船頭はすでに濡れねずみになっていた。

「もういいですか？」

船頭は船端にもたれて荒い息をついた。

「あと一人だ」

「まだ！」

船頭は叫んだ。

「これだ」

衣川は入口の横の囲いにもたれさせてあった釣船の船頭を引きずり出した。若い船頭は、気絶したまま重い息をついていた。

モーター船の船頭は、あきらめたように首を振った。のろのろとトヤに戻ってきた。気絶した若い船頭の体を薄汚れた中年の船頭に背負わせた。衣川も、自分の脱いだ衣裳を左手に抱えて海に滑り降りた。右手のワルサーに安全装置を掛けた。

陽がのぼりはじめていた。雲の切れ目を下方からさす陽の矢が鋭く断ち切っていた。頭上をハジロの群れが鮮やかな風切羽を見せて斜めに向かっていった。

葦の葉が風にざわめいた。思わず振り返るほどの水音を残して魚が跳ねた。大きな魚だったらしい。波紋が見る見る拡がっていった。

また魚が跳ねた。一メーター近かった。背びれが鋭い歯型を見せていた。

衣川は一瞬その方に気をとられた。モーター船に近づいていた船頭が、背中に背負った若い船頭を放りだして船に跳びこんだ。

波と風

1

日頃から船で体を鍛えているだけあって、船頭の身のこなしは敏捷だった。年に似合わぬ身軽さだった。

猟用のモーター船に跳び乗ると、そのまま体を船底に転がした。その姿は、猟船の舷側に隠され、水中に立った衣川の視線から消えた。

転がったまま、船頭は手を伸ばし、身近にある鈴木の自動装填式散弾銃をつかんだ。夢中で遊底を引いた。遊底は開いたままの位置でとどまった。

「よせっ！」

鋭く叫んだ衣川は、猟船の舷側に向けてワルサー自動拳銃を威嚇射撃した。

舷側から木片が飛び散った。銃弾は舷側を貫き、船頭の尻の肉を削って、反対側の舷（ふなばた）に抜けた。

フランキ散弾銃の薬室に散弾を押しこんでいた船頭は、尻から頭の先に向けて突っ走った激痛に耐えかね、銃を放り出して一回転した。綿入れの裾と股引に血の滲んだ尻を突き出して悲痛な声でわめいた。

衣川はゴム長で水を蹴ちらして猟船に走り寄った。足がもつれ、早くは走れなかった。モーター船の近くには、船頭が背中から投げ出した若い船頭の気絶したままの体が沈みかけていた。鼻と口から海水を吸って、苦しまぎれにもがいていた。

衣川は、船底に倒れ、肉を殺がれた尻を突き出してわめく、年かさの船頭が見下ろせるあたりに近づいていた。

その船頭は、必死に苦痛をこらえ、フランキ自動散弾銃の遊底覆いの左側についたカット・オフ・ボタンを押して遊底を閉じた。

左手で体重を支え、顔をひきつらせて、右手に持った散弾銃を振り向けようとした。マグナムでも重量わずか三キロそこそこのフランキは、自動装塡式散弾銃のうち、最も軽い。

「動くな!」

衣川は命じた。船頭の顔の近くの弾箱の一つの真ん中にワルサーを放った。弾箱には五、六発の実包が射ち残されていた。

ワルサーの鋭い発射音と同時に、船頭の近くで鼓膜の千切れるような炸裂音がした。ワルサーの九ミリ・ルーガー弾をくらったレミントン・エキスプレスの十二番の散弾が破裂したのだ。散弾の紙ケースは四散し、雷管と火薬は真っ赤な火を閃かせた。

船頭は、フランキを手から落とし、両耳を押さえて悲鳴を漏らした。ガーンと頭の芯まで痺れ、目の先が真っ白に霞んだ。

衣川はワルサーを構えたまま、モーター船に跳びおりた。グロッキーになった船頭の襟首をつかんで引きずり起こし、ワルサーの銃身でその頬をひっぱたいた。

「グウッ……」

呻いた船頭は、後ろ向きに倒れた。尻餅をついた拍子に、尻の傷が船板に当たった。船頭は気絶した。ぐるっと白目が上を向いてむき出しになった。

「馬鹿な奴だ」

衣川は穏やかに罵った。

瞳を移すと、海中に沈みながらもがいていた若い船頭は、すでに身動きもしてなかった。背を海老のように曲げて呼吸を止めていた。苦しまぎれに漏らした汚物が漂って悪臭を放った。

衣川は舌打ちした。ワルサー自動拳銃に安全装置を掛けて腋の下のホルスターに突っ込んだが、鈴木から奪ったハンター・コートを着ているので、スムーズにはいかなかった。

モーター船の後甲板のエンジン室の蓋の左右に、船頭が運んだ吉野と鈴木の死体が置いてあった。

衣川は立ちあがったまま、眉をきつく結んで考えこんでいた。

「そうだ……」

と、呟き、吉野の死体のそばに寝かされた長い竹竿を持ちあげた。浅瀬ではその竹竿を使って船を進めるためのものだ。

竹竿を伸ばして、動かなくなった若い船頭の体をつついた。しばらくゆらゆらしていた死体は、ポッカリ水表に浮きあがった。

衣川は、船の真ん中に戻った。気絶を続けている年かさの船頭が薬室に装塡したフランキを持ちあげ、カット・オフ・ボタンを押しながら、銃身の下のチューブ弾倉に新しい弾箱から十二番の実包を四発詰めた。

口笛を吹きながら後甲板に戻った。フランキ散弾銃の狙いを、海表に浮きあがった若い船頭の死体の顔に向けた。

引金をひいた。発射の轟音とともに、ポーンと小気味よい音をたてて遊底からはじき出された緑色の空薬莢(からケース)が海に飛びこんだ。

若い船頭の顔が、小粒な鉛弾を無数に受けてはぜた。顔の近くの水面からは物凄い水しぶきがたった。

血まみれの血塊と化した死体の顔に、衣川は続けざまにフランキからの散弾を叩きこんだ。

血と肉と骨の破片で濁った飛沫がおさまったとき、若い船頭の顔は完全に消失していた。弾倉と薬室を射ち尽くした衣川は、年かさの船頭のそばに戻った。

船頭は銃声で気絶から覚め、どんより濁った目を放心したように開いていた。

衣川はゴム長でその船頭の頭を蹴った。

「起きろ！」

「………」

船頭はバネ仕掛けのように立ちあがろうとした。拳銃弾に削られた尻が痛んだらしく、喉の奥で唸り声を出した。

2

「ぼやぼやするなよ」

衣川は冷たい声で言った。全弾を射ち尽くしたフランキの熱い銃口を船頭の額に圧しつけた。

「へ、へい……」

上ずった声をあげた船頭は、傷の痛みを必死にこらえて立ちあがった。首から上をフッとばされた若い船頭の死体を見て、瞳をつりあげた。

「お前さんはむごいことをするよ」

衣川は言った。

「ど、どうして？」

年かさの船頭はよろめいた。

「あの男はお前さんが殺したようなものだ」

「……？」

「お前さんが背中から投げ出したんで、あいつは溺れ死んだ。俺はただ、死人の顔を変えて人相をわからないようにしてやっただけだ」

衣川は唇を歪めた。

「嘘だ！」

船頭の顔は張りとばされたようにくしゃくしゃになった。

「嘘でない。お前さんだって俺と同じ人殺しなんだぜ。しっかりしてくれよ」

衣川はピシリと言った。

「儂は……儂は……」

「もういい。誰も弁解しろとは言ってない。ただ、お前だって人を殺したということだけが事実なんだ。ぼやっとしてないで、早く船を出せよ」

衣川は嘲った。

赤く濁った船頭の目から涙の筋が流れた。船頭は鼻水と一緒に、その涙を綿入れの袖でぬぐった。

「早くしろ!」

衣川はフランキ自動装塡銃の銃口で船頭の腹をつついた。

船頭は片足をひきずりながら後ろの甲板に回りこんだ。吉野と鈴木の死体に触れぬように用心していた。

尻が痛くてしゃがむことができないので、船頭は顔をしかめてゆっくり両膝をついた。後甲板の下に仕込んだエンジンを始動させた。

トン、トン、トン……と、エンジンはリズミカルな音をたてた。猟船は波を渦巻かせてバックをはじめた。

衣川は船倉の真ん中に立ち、弾帯から抜いた散弾をフランキに詰めていった。瞳は船頭から放さなかった。

船は、たちまち、囮のカモの模型(デコイ)の群がっているところに来た。

「停めるな」

衣川は言った。

「儂の鉄砲とデコイが……」

船頭は涙をこぼした。

「鉄砲は買える。デコイの鴨だって買える。だけど、お前さんの生命は、俺の機嫌をそこねたら、買い戻そうにもできなくなるんだぜ」

衣川は、フランキ自動の引金の後ろについた安全装置のボタンを右に押した。安全装置は引金を噛んだ。

船倉には、吉野のブローニング自動装填式散弾銃があった。頑丈だが重い。そのほかに、予備の銃が四、五丁、前甲板の後ろに立った風防ガラスに立てかけてあった。

「沖に出せ」

衣川は命じた。

モーター船はスクリューの回転を逆にして、前進しながら左に旋回した。

船頭は後甲板に、傷ついた右の尻を浮かすようにして坐った。左手で体重を支え、右手で舵をとっていた。

鴨射ち用の二号と四号のレミントン・エキスプレスとウインチェスター・スーパー・スピードの散弾の箱が左右の隅に積まれてあった。レミントンは緑、ウインチェスターは赤だ。

トン、トン、トン、トン……と、眠気を誘うようなエンジンの音を響かせて、猟船は沖に向かった。ムグリッチョと称するカイツブリが、船の左右に水面すれすれを逃げていった。

衣川は立ちあがった。

「その死体をこっちに持ってこい」

顎で鈴木と吉野の死体を示しながら船頭に呼びかけた。船頭は立ちあがろうとした。傷の痛みに耐えかねて、再び横ざまに坐りこんだ。

「だらしがない奴だ」

衣川は穏やかに言った。鈴木と吉野が予備に使っていた二丁の散弾銃を左手に握り、揺れる船の上で巧みにバランスを保って後甲板に向かった。

「伏せてろ」

船頭に命じた。船頭は甲板に鼻水をすりつけた。

衣川は吉野のズボンのベルトに重い自動式散弾銃の一丁を差しこんだ。甲板からその死体を蹴りこんだ。

吉野の死体は、服の間からおびただしい泡を発し、ベルトに差しこまれた銃の重みでゆっくり沈んでいった。

衣川は、今度は上半身を濡れたラクダのシャツだけになった鈴木の死体に手をかけた。シャツの背は射出口となって、ギザギザに引き裂かれた穴があいていた。鈴木のシャツの首から裾にかけて、もう一丁の銃を差しこんだ。これも吉野の死体と同じように海に蹴りこんだ。

大きな水柱があがり、飛沫が船頭の髪にかぶさった。船頭は自分が海に蹴りこまれたように悲鳴を漏らした。

3

「いいか、よく聞け——」

衣川は、甲板に額をすりつけた船頭を見下ろして言った。

「夜になるまで、俺はこの船で過ごす。久しぶりに猟をするのも気が晴れるからな」

「………」

「ほかの船に近づくなよ。近づいて、向こうが声をかけてきても、おびえた素振りを見せるな。さり気なくふるまえ」

「へえ」

「もし、万が一、水上署の巡視艇がやってきたとしても、余計なことは一切しゃべるんじゃないぜ」

「へえ」

「俺の名前は何ということになるのかな——」

衣川はハンティング・コートの内ポケットから、鈴木の銃砲所持許可証の入った財布を引っぱり出した。開いてみて、

「そうか、鈴木章一(しょういち)か。上野の周旋屋だな。お前さんの名前は？」

と、尋ねる。当時は銃砲所持許可証や狩猟免状に写真は貼ってなかった。

「権藤（ごんどう）ってんで」

船頭はしゃがれた声で答えた。

「嘘を聞かされるのはご免だぜ」

衣川は声に凄味をきかせた。

「め、滅相もない！」

船頭は呻いた。

「よし、分かった。巡視艇がきてもそのとおり言うんだぜ。尻の傷はあやまって出刃庖丁の上に尻餅をついたぐらいに言っておけ」

衣川はニヤリと笑った。

「わかりました」

「お前さんの店は？」

「儂はただ、雇われているだけで……」

「だから、船宿はどこだと聞いてるんだ」

衣川は言った。

「千葉の大橋際の守田（もりた）貸船店で……」

「オーケイ、権藤さんとやら。俺がどんな男だかは、さっきでわかったろう。お前さんもよく気をつけてもらいたいな」

衣川は電光の素早さで腋の下のホルスターからワルサー拳銃を引き抜いた。親指でカチ、カチッと安全装置を開閉させホルスターに戻した。

「さあ、元気を出して舵をとりな。俺は今日は猟を楽しむんだ。案内を頼むぜ」

衣川は言った。船の舳先よりに身を戻した。腰掛けがわりのミカン箱の上に敷いた座蒲団に腰を降ろし、まわりを見回した。

四丁の散弾銃が残っていた。二丁はフランキとブローニングの自動、あとはウインチェスター十二のスライド・アクションとミッドランド二連銃だった。

鈴木と吉野のものらしいバッグが置いてあった。そのそばに水筒や魔法瓶が出してあった。

衣川は手を伸ばして、チェックのビニールのバッグの一つを開いた。缶詰や果物、多量の握り飯やツクダニの包みを取り出した。

船頭は尻の痛みをこらえ、片足を投げだして坐っていた。右手で舵をとっている。鼻水がポトン、ポトンと甲板に落ちた。

すでに、夜は明けきっていた。朝日が清冽な大空を光で満たした。

船は鴨の群れを求めて沖に向かっていた。衣川はブローニング自動とフランキ自動の散弾銃に装塡し、船端に立てかけた。

握り飯の包みを開き、ゴクリと喉を鳴らした。唾液が口中に溜ってきた。握り飯の横に分厚い卵焼きが五枚近くあった。魔法瓶の蓋を取ってみると、熱い紅茶が入っていた。水筒には赤のブドウ酒が入っていた。

衣川は水筒のブドウ酒を、ゴクン、ゴクンと音をたてて一気に半分ほど飲んだ。満足げな吐息をついて水筒をおろした。

空きっ腹だったので、ブドウ酒は胃の中で燃えた。緊張して固く張っていた首の筋肉がゆるんできた。

ブドウ酒にさらに刺激されて、猛烈な空腹感が襲ってきた。衣川はタラコや粒ウニや奈良漬けのお握りをパクつき、紅茶で胃に流しこんだ。

朝と昼の二食分と見えて、全部は食いきれなかった。卵焼きを二、三枚胃におさめると、ゲップが出そうだった。

衣川は握り飯の残りを、船尾の船頭に持っていってやった。

「ご苦労。これでも食って元気をつけてくれ」

「…………」

船頭はあいまいな笑いを浮かべた。ワルサーで射たれた尻の傷は出血が止まっているらしい。

衣川は腰掛けに戻ってブローニングの重い自動装塡式散弾銃を膝に乗せ、鈴木から奪って着こんだハンター・コートのポケットから出した、セイラムのハッカ・タバコを何本も吸った。

船頭は痛みを忘れようとするかのように、夢中になって握り飯を頬ばった。ときどき喉に詰まらせながらも、またたくまに食い終わった。ヤカンの水を飲んで胃を落ち着かせた。

前方三百メーターほどの左よりに、無数の鴨が群れていた。幅十メーター、長さ百メーターほどにのびていた。

衣川は装塡したブローニングの銃口を鴨の群れの方向に伸ばし、船頭の方を振り向いた。船頭はひきつるような愛想笑いをうかべてうなずいた。船の舵を右にとり、進行のスピードを落とした。右に船を向けて鴨を油断させておき、近くに寄ってからスピードをあげて回りこもうという算段だ。衣川は微笑した。瞳を細めて鴨の群れを凝視していた。

鴨の群れは、尻を立て、首を水中に突っ込んで餌をあさっていた。騒々しく水をはねちらしていた。

迂回しながらトン、トン、トン……と単調なエンジンの音をたてて近づく船影を認め、鴨の群れは首をあげた。群れの中の左右の端の鴨が数十羽足で水を蹴りながら飛びたちはじめた。

まるで黒い河の流れのような群れだった。次々に水を蹴り、水面すれすれを羽ばたきながら、高度をあげていった。イナゴの集団移動のような光景だった。

飛びたった鴨の群れは右に頭を向けていた。船の前方百メーターのあたりを横切った。だが、百メーターは散弾の射程を外れている。

船頭はグウンと船のスピードをあげた。左手にまだ残っている数百羽の鴨の群れの風上に向けて船を迂回させた。

鴨は習性としてリーダーのあとを追う。群れの中の真ん中の列にあって逃げ遅れていた数百羽の鴨は、進行する船の頭上に空を黒く染めてかぶさってきた。

衣川の構えたブローニング自動が、続けざまに発射の反動に躍った。頭上にかぶさってきた鴨の群れの中の数羽が、瞬間的な死の訪問を受けて鉛の塊のように水面に落下してきた。ペンキのような血が水面を真っ赤に汚した。

熱　線

1

ブローニング自動式散弾銃の全弾倉を射ち終わった衣川は、陽炎（かげろう）のように熱線をゆらめかす銃身に鼻をよせて、かすかな火薬の匂いを楽しんだ。

鴨の群れは頭上を通過し去ったが、海面には五、六羽の鴨が即死体となって浮かんでいた。血に汚された水面には、飛び散った羽毛も漂っていた。船頭はモーター船のスピードを極端に落とした。

衣川は重いブローニングを船土間に置き、長い柄のついた攩網を手に持った。網の目は粗かった。

船頭は、諦めきったのか、職業意識を取り戻していた。スピードを落とした船を、海面に浮かぶ鴨の死体に近づけた。衣川は網を伸ばしてそれらを一羽ずつすくっていった。海水とともに濃く粘った血が船土間に落ちた。

遠くから見ると、イナゴのように見える黒鴨も、こうして命を失った今は、無気味なほど大きく見えた。衣川はそれらを、船倉の箱におさまったハジロの死体と一緒にしてやった。

「そこ、そこ！」

船頭が突拍子もない大声で叫び、左側の海面を指さした。

船から十メーターほどの水面に、半矢の黒鴨が首を突き出していた。羽を射たれて飛べなくなったらしい。

「……？」

衣川は振り向いた。

半矢の鴨を認め、ニヤッと笑って腋の下のホルスターからワルサー自動拳銃を引き抜いた。

半矢の鴨は、動物の直感で危機を見ぬいた。頭を水中に突っ込み、くるっと尻を立ててもぐった。波間に波紋が残った。

衣川はかすかに舌打ちした。

「苦しくなって、また顔を出しますぜ」

船頭はとりなし顔に言った。鴨がもぐった場所を中心にしてゆっくり船を回しはじめた。

衣川は仁王立ちになり、鋭い瞳をあたりにくばりながら、安全装置を外したワルサーを腰のあたりに構えていた。

「出た！　前だ……」

船頭が叫んだ。

舳先の前方十五メーターのあたりに、半矢の鴨は苦しまぎれに首を突き出した。船の動揺に対し、腰でバランスを保ちながら、ワルサーを握った右腕をいっぱいに伸ばして正確な狙いをつけようとした。船も揺れていたが、海面に突き出した黒鴨の頭も揺れていた。縦横左右に揺れるので、狙いをつけるのはむずかしかった。

一瞬、照準線に鴨の頭が止まった。衣川は息を止めたまま引金を絞った。

発射の衝撃にワルサーが躍ると同時に鴨は首をすくめていた。

鴨は頭部から羽毛を散らして水に沈んだ。

後ろに着弾の水しぶきがあがった。

「だめだったかな？」

衣川は拳銃に安全装置を掛けて苦笑した。

海面にスーッと血がのぼり、射たれた鴨が浮いてきた。首を水中に垂れ、動かなかった。

衣川は口笛を吹いて、ワルサーを腋の下に吊ったホルスターにおさめた。

船はそのままゆっくりと進んだ。衣川は攩網でその鴨を拾った。

鴨は、頭の天辺(てっぺん)をフッ飛ばされていた。脳がはみでていた。衣川はそれを船倉の箱に放り込んだ。

船は再びスピードをあげていった。衣川は船土間に坐りこみ、開いたままになっているビニールのバッグの底をさぐった。

クリーニング・オイルや四角く切ったフランネルの布地、洗い矢やブラッシなどの銃の掃除道具が出てきた。

ワルサーの手入れをしなければならない。銃腔や機関部は、火薬滓（かやくかす）や薬莢の真鍮の粉末で汚れきっているだろう。

衣川は用心のためフランキ散弾銃に装塡して手許に引きつけておき、ホルスターからワルサー自動拳銃を抜き出した。

座蒲団の上に新聞紙を敷いた。安全装置を掛けたままのワルサーの銃把の弾倉から、弾倉止めを引いて弾倉を抜いた。一列に七つの小穴が横腹にあいた弾倉から、残っている四、五発の実包を抜いていった。

空（から）になった弾倉を弾倉室に叩きこんだ。左手で遊底（スライド）を引くと、銃身の後ろの薬室に入っていた実包が、薬莢の尻を遊底の抽莢子（エクストラクター）に引っかけられて戻っていた。排莢子（エジェクター）に蹴とばされて新聞紙の上に落ちた。

遊底は後ろに引かれ、開いたままの位置にとどまった。空になった弾倉の上端にあがってきた送弾板が遊底止めを押しあげたからだ。

ワルサーは、コルト〇・四五やルーガーなどと同じように、全弾を射ち尽くすと遊底は開いたままの位置でとどまる。弾倉に弾を詰めてやるか弾倉から実包を抜きとり、さらにもう一度軽く遊底を引かないと閉まらない。

衣川は弾倉室から弾倉を抜いた。拳銃の骨組(フレーム)の前端についた分解レヴァーを充分に下に引いた。

遊底を左手で持ち、右の親指で遊底止めを下に押して外した。引金をひき、銃身をくっつけたままの遊底を前に引いてフレームから外した。

外した遊底を逆さに持った。遊底につながった銃身の連結器を押し、銃身を遊底から前に引き抜いた。

衣川は銃身の内腔を覗いてみた。火薬の滓が溜り、螺旋(ライフル)の溝(みぞ)には弾を被甲した銅がこすれてこびりついていた。

遊底中の撃針孔や抽莢子のあたりも、火薬の滓でドロドロしていた。衣川はクリーニング・オイルをたっぷり遊底内部に振りかけた。

銃身の先端にフランネルで栓をしておき、銃腔内にオイルを詰めた。

ビニールのバッグから出した洗い矢やブラッシは、口径の大きい散弾銃用のものであるため、拳銃の銃腔に通すことはできなかった。

衣川は七輪の火箸を洗い矢がわりに使い、何枚ものフランネルの切れ布で銃腔を掃除した。布は真っ黒になった。

金属ブラッシで螺旋の溝をこすらなければならないが、拳銃用の金属ブラッシを持っていないので、その過程ははぶいた。フランネルの布地だけで銃腔を磨いていった。

遊底も綺麗にした。機関部に充分にオイルを注し、余計な部分からオイルをぬぐいさった拳銃を、分解するときと反対の順序で組み立てていった。

2

組み立てたワルサー拳銃に、衣川は八発の実包を詰めた弾倉を叩きこんだ。表面から丁寧にオイルを拭きとった拳銃を腋の下のホルスターにおさめた。

タバコをくわえ、ライターの火をつけた。ジポーのライターの炎は、潮風に吹きつけられてはためいた。

船倉の獲物箱の中で、羽をバタバタさせる音がした。フーッと煙を吐いた衣川は、羽音の方に目をやった。

さっき拳銃弾で頭のてっぺんを吹っとばされた鴨だった。傷口からペンキそっくりの血を流しながら、キョトンとした目を見張っていた。

今まではショックで気絶していたらしい。それが気絶から覚めたのだ。恐ろしいほどの生命力だな、と思いながら、衣川は死から甦った鴨を見つめた。

その鴨の体は小刻みに震えていた。やがて震えがとまると、羽毛に飛びちった血を嘴で拭っていた。

羽づくろいにあきると、重傷の鴨は大きなあくびをした。悠々たる態度にも見えた。衣川はその生命力の強さに感嘆の目差しをそそいでいた。

船は、また新しい鴨の大群を発見して忍び寄っていた。衣川はフランキ自動散弾銃を構えた。

今度の群れは利口だった。船を寄せつけなかった。船が近よったときには、群れの全部がとびたったあとだった。

「旅なれてやがる……」

衣川はペッと海に唾を吐いて散弾銃をおろした。背後の船倉を振り向いてみると、さきほどまであくびをしていた重傷の鴨は死んでいた。衣川はハンター帽を脱いで、チラッと頭をさげた。

風が強まり、前甲板を洗った波が、まともに衣川の顔に吹きつけてきた。衣川は濡れた唇に乾いていく塩を舐めた。顔面はヒリヒリしだしたが、気分は爽快だった。生きがいがあった。

途中、何度か船影を見た。船頭は衣川に命じられていたとおり、他の船と接触しないように気をくばった。

鴨射ちに飽きると、衣川は河口近くの入江に船を入れさせて、田鴨射ちに転じた。船土間の散弾のなかには、九号の装弾も入っていた。

ジグザグを描いて稲妻形に飛び出す田鴨に命中弾を浴びせるのは難しい。初めのうち、衣川は十発に二発を外したが、すぐに田鴨の飛翔スピードに慣れて、全弾必中の成績をあげた。

船頭は射たれた尻の痛みも忘れ、正確な死を送り続ける衣川を、呆れたような面もちで眺めていた。

入江には、ところどころに寒ハビ釣りの寄りあい船が停まっていた。寒風にさらされながら、釣人たちは竿をおろしていた。

衣川は帽子を目深にかむり、ハンター・コートの襟を深く立てて顔を隠した。そのうえ、風よけのバス・タオルまで頭からかぶったから、釣人たちに顔を見られる怖れはなかった。

船は再び沖に出た。金色の夕陽が海を染め、水浴びや昼寝をしていた鴨たちは陸に向けて空中移動しはじめた。

船倉の獲物箱には、肉屋でもはじめることができるほど多数の水鳥の死体がおさまっていた。

「旦那……」

船頭がオズオズと口を出した。

「もう、それぐらいで勘弁してやってくださいよ。これだけ荒されたら、明日から鴨が全然寄らなくなってしまいそうです」

「分かったよ。営業妨害になるって言いたいんだろう」

衣川は薄く笑った。

あんまり射ちまくったので、耳がおかしくなってきた。エレベーターに乗っているときのようだった。

頭も痛んだ。昨夜一睡もしてなかったので、猟の興奮が去ると、眠気が襲ってきた。

陸に帰る真鴨（まがも）やカル鴨は上空を高く飛んでいた。風向きが変わり、遠く沿岸のマンモス工場の煙突から吐き出される濃煙が海に流れはじめた。

夕日が沈むのは早かった。海の色は刻々と変化した。四界は薄闇に包まれだした。

3

「よし、陸に船を着けろ」

衣川は命じた。

「船宿に戻ってもいいんで？」

船頭は顔を輝かせた。

「馬鹿なことを言うな。なるべく人里離れたところに船を着けるんだ」

衣川は嘲笑した。

船頭は聞こえよがしに長い溜め息をついた。それでも陸に戻れるのが嬉しいとみえ、舳先を転じた船のスピードをぐんぐんあげていった。

「鴨を追っかけてるときは、こんなに飛ばさなかったのにな」

衣川は唇の端をつりあげた。

陽が落ちると、風の冷たさが一段と厳しさを増した。皮膚が千切れそうだった。衣川は自分が手に触れたものから指紋をぬぐっていた。指がこごえ、爪の間から血が滲んでいた。

船は、新浜(にいはま)御猟場の近くの草原に着いた。スクリューは泥を跳ねあげ、竜骨は岸の土に当たって軋んだ。

「ここでいいんですか?」

船頭は衣川の顔色をうかがった。

「ご苦労」

衣川はワルサーを抜き出し、銃身で船頭の頭蓋を叩き割った。船頭は後甲板に長々と横たわった。

衣川はその横に蹲った。船頭の喉笛を両手で締めつけた。

痙攣していた船頭の体はやがて動かなくなった。

衣川は苦い笑いを唇に刻んで立ちあがった。船土間に戻り、船倉から脂の乗り切った真鴨を五、六羽選り出した。それらの足を麻紐でくくって束にした。銃口を船端にあてがって力をこめ、銃身を後退させながら、先台のキャップを外した。

フランキ自動散弾銃の薬室と弾倉から実包を抜いた。

フランキは、機関部と銃床、銃身、先台の三つに分解された。衣川は船土間に転がっている銃ケースにそれらをおさめた。

銃ケースは長方形をしていた。二連銃を運ぶときのケースとよく似ていた。

左手に銃ケースと鴨の束をさげた衣川は、船から岸に身軽に跳び移った。地面は濡れていたが、靴が埋まるほど軟らかくはなかった。

夜霧の水玉をふりまく葦間をかきわけ、衣川は道路をめざして歩いていった。

農家の縁側から光がこぼれていた。電柱についた光が田畑をかすかに照らしていた。

衣川は、民家の切れ目を走るアスファルトの道路にたどりついた。ズボンは夜霧でびしょ濡れだった。

千葉寄りから、ヘッドライトの光芒が近よってきた。トラックらしかった。

衣川は道路の真ん中に立ち、右手をあげた。トラックは急停車した。

「おどかすな。いったい、何の用だ！」

頬骨の尖った若い運転手が車窓から顔を突き出して怒鳴った。助手台には誰も乗ってなかった。

「ご免、ご免。この車は東京まで行くのかね？」

衣川は邪気のない笑顔を見せた。

「行くことは行くんだが……」

運転手はまだふくれっつらをしていた。

「頼む。乗せていってくれないかね？　運賃は払うよ。タクシーが拾えないんでね」

「猟に行ったのかね？」

運転手は顔色を柔らげた。

「ああ」

「金はいらねえから、そのうちの一羽だけでもくれないかな」

運転手は衣川が提げた鴨に目をつけた。

「いいとも」

衣川は笑った。

「すまねえな。まあ、乗りなよ」

運転手はドアを開いた。

衣川は礼を言って助手台に乗りこんだ。

運転手はトラックを発車させた。衣川は束にした真鴨のうちから、一羽を外して車の床に置いた。

「ほう……脂が乗ってやがるな」

運転手は相好を崩した。

「このトラックの行き先はどこだね？」

衣川は探りを入れた。

「上野だ。乾物を運んでるんでな」

運転手は答え、自分も猟が好きだが時間と金がないとか、もと飼っていたポインターは素晴らしい猟犬だとかを、いつ果てることもなくしゃべりだした。

衣川はシートに体を預け、襲ってくる睡魔と戦っていた。

運転手のしゃべる声が子守歌のように聞こえた。

「チェッ、また一斉だ。今日はいったい何があったんだろう？」

運転手の呟きが、衣川の眠気を吹きとばした。

江戸川にかかり、今井と相川を結ぶ今井橋だった。ランターンを振り回し、警官が車に停車を命じていた。数台の白バイやパトカーの姿も見えた。

衣川は腋の下に吊ったワルサーのホルスターをハンター・コートの下側からさわってみた。顔色は変わらなかったが、心臓が鼓動を早めた。

ホイッスルが夜気をつんざき、ランターンを振り回した警官がトラックの前に立ちふさがった。

スピードを落としていたトラックは、すぐに停車した。運転手は舌打ちして車窓から半身を乗りだした。

「今日はいったい何があったんだあ？　約束の時間に間に合わなくなるじゃねえか」

運転手は警官に嚙みついた。

警官は質問には答えず、形どおり運転免許証の提出を求めた。

運転手は口の中で悪態をつきながら、免許証入れを差し出した。営業許可証も見せた。

それらを仔細に点検して返した警官は、衣川の方に視線を向けた。

「名前は？」

「鈴木章一」

「住所は？」

「台東区車坂」

「職業は？」

「土地周旋業」

衣川は鈴木の銃砲所持許可証にしるされてあったとおりを述べた。

「身分を証明することのできるものを持ってるかね？」

警官は尋ねた。

衣川は、鈴木の銃砲所持許可証と狩猟免許証の入ったパス・ポート入れを出した。内ポケットから出したので、腋の下のホルスターを見破られはしまいかと、一瞬ギクリとした。

警官は懐中電灯の光を証明書にあてて見つめていたが、突然、

「生まれた日は三月二日だね？」

と尋ねた。

衣川は一瞬返答につまった。証明書には二月三日と書いてあったような気がする。

「いや、二月三日です」

衣川はかすれた声で答えた。腋の下に汗が滲んできた。

「どうも、ご苦労さま。もう通ってもいいです」

警官はパス・ポート入れを衣川に返した。それを受け取った衣川の手は小刻みに震えていた。

再び街に

1

運転手は、トラックを乱暴に発車させた。今井橋の両脇の欄干近くには、ランターンを持った警官隊が並んでいた。

流れに沿ったランターンの光が揺れていた。長い尾をひいて揺れていた。

トラックはのろのろと橋を通った。今になって、助手台の衣川の額に脂汗が吹き出ていた。

「感じの悪いポリだったたな」

頬骨の尖った若い運転手は吐き捨てるように言った。

「まったくだ。いったい、何があったんだろう？」

衣川はとぼけた。

「なんだか知らねえがね。おおかた、きのうの晩の射ちあいの犯人を捕えようと網を張ってるんだろう」

運転手は呟いた。

「射ちあいというと？」

衣川は知らないふりをした。

「巡視艇がギャングにやられたんだってさ。ニュースを読まなかったのかね！」

運転手は驚いたように言った。トラックは橋を渡りきった。こちら側でも、車の列が数百メーターの長さにわたってせきとめられ、警官がそれらを一々点検していた。

「凄いことをやる奴もいたもんだな。いや、それは知らなかった。なにしろ、今朝は日の出前から猟をしてたんで……」

衣川は薄く笑った。

運転手の話から察すると、鈴木や吉野たちが殺されたことは、まだ知られてないらしい。トラックは、今井から小松川橋(こまつがわばし)に通じる直線道路を突っ走った。車窓の隙間から吹きこむ風が衣川の汗と体温を奪い、肌に吸いこまれて身震いを残した。

「それで、その犯人の名前はわかったのかね？」

車窓をピッタリ閉じた衣川は、運転手に横顔をみせたまま尋ねた。

「それが、さっぱりわかんねえらしい。サツの野郎、モタモタしてやがって、俺のような何の関係もねえ者ばかりに威張りやがる」

運転手は鼻を鳴らした。

「そうか、まだ犯人は割れてないのか」

衣川はかすかに安堵の溜め息をついた。

「あんだけの荒わざをやるのは、一人や二人の仕事じゃないっていってるぜ」

「そうかね」

「ポリさんも、武器を持たねえデモ隊をやっつけるときだけは威勢がいいが、相手が銃を持ってると、からきし意気地がなくなりやがるんだな」

運転手は嘲笑った。

「そういうもんだろうな」

衣川もニヤリとした。

道は登り坂になった。

ここも、長い車の列がひきとめられ、行列のはるか先の右側に江戸川署の赤いランプが見えていた。

車の列はいらだって、しきりにクラクションを鳴らしていた。爆音をたてて白バイが近づき、クラクションの騒音を制止しようとした。

「チェッ、まただ。この調子じゃあ、約束の時間に間に合いっこねえや」

トラックの運転手は罵った。

「まったくだよ」

衣川は相槌を打った。ハンター・コートのポケットからセイラムの箱を出して一本吸いつけ、運転手にも差し出した。

「洋モクだね」

運転手は音がするほどタバコを吸いこみ、鼻の穴から驚くほど多量の煙を吐き出した。

車の列は、一寸刻みに前進していた。面倒臭くなったトラックの運転手が、前の車の動きにつれて車を動かすのを怠ると、後ろにへばりついた車の列がクラクションを鳴らした。

二十分ほどたって、やっと衣川が同乗したトラックが調べられる番が来た。

今度は運転手や衣川の調べは形式的に済んだ。しかし、警官はトラックの荷台によじのぼって、荷物の間に不審な者がひそんでいないかを調べた。

「どうも、ご苦労さま。通っていいですよ」

荷台から降りた警官は言った。

「調べるのはそっちの商売だろうけど、ちっとは俺の商売のことも考えてくれ」

トラックの運転手は毒づいた。

警官はムッとして何か言い返そうとした。運転手は派手な音をたててトラックを発車させた。警官は慌てて跳びのいた。

すぐ先が小松川橋の鉄のアーケードだった。眼下の中川と荒川放水路では、巡視のボートが光を点滅させていた。はるか上流の鉄橋で架線のスパークが紫色に閃いた。

「糞っ、いまいましい。お得意さんはカンカンに怒ってるだろうな」

トラックの運転手は、窓の外にガーッと痰を吐いた。

九時近かった。衣川を乗せたトラックは亀戸を通り、けばけばしいネオンのまたたく錦糸町の歓楽街を右に見て両国橋に向かった。

錦糸町の駅の前には、白タクが集まっていた。駅から吐き出された客に言い寄るポン引の姿も見えた。

2

両国橋の警戒線を通過したトラックは、右に折れて上野に向かった。

だだっぴろい浅草桂町のアスファルト道で、衣川は運転手に声をかけた。

「どうもお世話さま。ここで降ろさせてもらう」

「いいのかね?」

運転手はブレーキをかけた。

「タクシーを拾うから」

衣川は笑った。

「じゃあ、気をつけてな。この鴨はもらっておいていいのかい？」

運転手は衣川が与えた一羽の鴨に目を走らせた。トラックは、淋しい歩道寄りに停車した。

「いいともさ。一羽では俺の感謝の気持ちはあらわせない。もっと、とっておいてくれ」

「無理すんなよ」

「いいから、俺の気の済むようにさせてくれ」

衣川は、車の床に積んだ鴨の束から、さらに二羽を外した。

「そういうなら、遠慮なくいただくぜ。ありがとうよ」

「俺こそ、ありがとう」

衣川は本気で言った。ドアを開き、歩道に跳びおりた。左手に、残り三羽の鴨の足を束ねた麻紐と、銃ケースに分解して入れたフランキを提げていた。ケースの中には超小型ヴェルナルディイリ拳銃を隠したソフトも入れてあった。

「じゃあ」

トラックは黄色っぽい砂塵をまきあげて発車した。赤いテール・ランプは見る見る遠ざかり、行き交う車にまぎれて見えなくなった。

歩道にたたずむ衣川のハンター姿は、通行人の注意をひいた。しかし、彼らの目は、獲物と銃ケースを提げ、猟衣をスマートに着こなしたハンターとしての衣川に対する興味に光ったのであって、衣川を不審の目で見ているわけではなかった。

衣川は粋な格好で右手の親指を立てて流しのタクシーを停めた。ブルーバードのタクシーだった。

運転手は、ふてぶてしい顔つきの肥った男だった。乗りこんだ衣川がシートに深く腰を降ろしたまま口をきかないので、

「どっちへ？」

と、無愛想な声で言った。

「東中野」

衣川も無愛想な声で答えた。

運転手は田原（たわら）町の交差点で車を左に向けた。

再び睡魔が衣川を襲った。目を閉じると、瞬時にして眠りこみそうだった。

「東中野の宮園（みやぞの）神社の近くまできたら起こしてくれ」

衣川は運転手に命じて瞼を閉じた。スーッと意識が遠のき、丸太のように眠りこんだ。

車に揺られながら、夢を見た。霞んだような灰色の夢であった。

夢の中で、兄が島津たちに嬲（なぶ）り殺しになっていた。虐殺者たちは島津と舟橋、それに坪田と大村、三国、小田、高橋の七人であった。

虐殺者たちの手の中で拳銃が醜い鼻づらをむいていた。

衣川の兄は、弾頭を斜めに削られた残虐なダムダム弾を腹にブチこまれ、背から腸がとび

出していた。

かなわぬまでも反撃を試みようと、兄は憤怒に狂った瞳を血走らせ、腹から血を引きずりながら這っていった。虐殺者たちは、頭を反らせて悪鬼のように笑い、兄の耳や手足を次々に射ち抜いていった。

夢は変わった。復讐の鬼と化した衣川は、無数のユダヤ人の血を吸い、アメリカに渡って闇の世界に君臨したナチス・ドイツの凶銃ワルサーP38を握り、箱根仙石原の山小屋で虐殺者の一人島津と向かい合っていた。島津は、衣川の兄が射たれたと同じ場所、臍のあたりをダムダム弾に射ちぬかれ、苦痛と絶望に歪んだ顔つきで、衣川が故意に投げ出した凶銃に向けて、芋虫のように這いずってきた。

あとわずかで凶銃ワルサーに島津の手が届こうとしたとき、衣川はそれを取りあげて、骨と肉の区別がつかなくなるまで島津の体を乱射した。

それが復讐の第一歩であった。続いて衣川は三国に重傷を負わせ、大村を罠にかけて嬲り殺しにしたのだ。

灰色の悪夢は更に変わった。悲しみを湛えた由紀子が、訴えるような目つきでこちらを見ていた。二人の間には深く険しい谷が横たわっていた。

由紀子は夢遊病者のような足どりで、こちらに向けて霧の中を泳ぐように歩いてきた。危ない！……衣川は思わず谷の縁に駆け寄った。しかし、谷は冷酷に二人を隔て続けていた。

由紀子は羽毛のように舞って、谷底に転落していった。衣川もそれを救けようと手を伸ばした途端、足を滑らせて、頭から真っ逆さまに墜落した。

「旦那、どうしました?」

タクシーの運転手の声が衣川を現実の世界に呼び戻した。

「う……?」

衣川は慌てて瞼をこすった。谷底から落ちたのではなく、シートからずり落ちていた。

衣川は苦笑してシートに坐り直した。メーターを見ると、まだわずかの額しか示してなかった。随分長い間夢を見ていたような感じであったが、実際はそうではなかったらしい。

衣川は再び瞼を閉じた。まだ復讐すべき舟橋たち残り五人と島津の腹心の部下であった田辺の顔が脳裡を横切った。

俺はまだ死ねない。

まだまだ果たされるべき復讐が残っているのだ。復讐を果たすまでは、射たれても刺されても、俺は自分で包帯を傷口に巻いてでも待ち伏せてやる……。

衣川は腋の下に右手を突っ込み、冷たく凶暴なワルサーの銃把をそっと握りしめて心の中で誓った。

※本文中に、今日の観点からみて差別的と思われる台詞や表現が含まれています。それらは作品が発表された一九六一年（昭和三六年）当時の時代及び社会風俗を反映したものであり、また、著者がすでに故人であることも考え併せ、原文のままとしました。読者の皆様のご理解を賜りたくお願いいたします。（編集部）

一九六一年六月　アサヒ芸能出版刊

光文社文庫

みな殺し(ごろ)の歌(うた)

著者　大藪春彦(おおやぶはるひこ)

2021年9月20日　初版1刷発行

発行者　鈴木広和
印刷　堀内印刷
製本　榎本製本

発行所　株式会社　光文社
〒112-8011　東京都文京区音羽1-16-6
電話（03）5395-8149　編集部
8116　書籍販売部
8125　業務部

ISBN978-4-334-79242-8　Printed in Japan

組版　萩原印刷